MUSTAFA ULUSOY

1965 yılında Sungurlu'da doğan Mustafa Ulusoy, temel eğitimini bu şehirde aldıktan sonra lise öğrenimini Ankara Bahçelievler Deneme Lisesi'nde tamamladı. 1982'de girdiği İÜ Çapa Tıp Fakültesini 1988'de bitirdi, 1993 yılında da psikiyatri uzmanı oldu. 1999 yılından beri, kendi ofisinde terapilerini sürdürmektedir. Temel çalışma alanı Kognitif ve Varoluşçu Psikoterapiler olan Ulusoy'un ulusal ve uluslararası kongrelere sunduğu, özellikle kognitif psikoterapiyle ilgili mesleki çalışmaları vardır. Ülke içinde ve dışında, psikiyatri dergilerinde makaleler neşretmiştir. Yazarın ilk kitabı olan *Nietzsche ve Babaannem* 1998 yılında yayınlandı. Ardından *Ay Terapisi* isimli öykü kitabına ve aşk konusunda farklı açılımlarıyla adından söz ettiren "İnsanın Temel Acıları Üçlemesi"nin ilk romanı olan *Aynalar Koridorunda Aşk*'a imza attı. 2006 yılında deneme kitabı *Yakınlık*'ı kaleme alan yazar, 2008 yılında "İnsanın Temel Acıları Üçlemesi"nin ikinci kitabı, *Giderken Bana Bir Şeyler Söyle* romanını tamamladı. Ulusoy'un 2011'de *Dünyanın Üç Yüzü*, 2014'te *Evlilikler Yalnızlıklar Umutlar* adlı deneme kitapları, 2017'de *Hayat Apartmanı* romanı yayımlandı.

Ulusoy, editörlüğünü İbrahim Abu-Rabi'nin yaptığı ve Suny Press (State University of New York Press) tarafından Amerika'da İngilizce olarak yayınlanan *Spiritual Dimensions of Bediuzzaman Said Nursi's Risale-i Nur* adlı kitabın yazarlarından biridir.

Yazın çalışmalarının yanı sıra, iki buçuk yıl boyunca, özgün formatıyla bir ilke imza atan *Film Şeridi* isimli televizyon programının yapımcılığını ve sunuculuğunu üstlenmiştir.

Mustafa Ulusoy, evli ve üç çocuk babasıdır ve İstanbul'da yaşamaktadır.

www.mustafaulusoy.com

Kapı Yayınları 563
Edebiyat 242

DÜNYANIN ÜÇ YÜZÜ
Mustafa Ulusoy

1-2. Basım: Nisan 2018
3. Basım: Mayıs 2021

ISBN: 978-975-2448-23-0
Sertifika No: 43949

Editör: Süleyman Sertkaya
Kapak Tasarımı: Emir Tali
Sayfa Tasarımı: Mürüvet Durna

Kapı Yayınları
Ticarethane Sokak No: 15 Cağaloğlu/İstanbul
Tel: (212) 513 34 20-21 Faks: (212) 512 33 76
e-posta: bilgi@kapiyayinlari.com
www.kapiyayinlari.com

Baskı ve Cilt
Melisa Matbaacılık
Matbaa Sertifika No: 45099
Çiftehavuzlar Yolu Acar Sanayi Sitesi No: 8 Bayrampaşa/İstanbul
Tel: (212) 674 97 23 Faks: (212) 674 97 29

Genel Dağıtım
Alfa Basım Yayım Dağıtım San. ve Tic. Ltd. Şti.
Ticarethane Sokak No: 15 Cağaloğlu/İstanbul
Tel: (212) 511 53 03 Faks: (212) 519 33 00

Kapı Yayınları, Alfa Yayın Grubu'nun tescilli markasıdır.

MUSTAFA ULUSOY

DÜNYANIN
ÜÇ YÜZÜ

kapı

içindekiler

HAYALHANE

CADDE

YÜZ YÜZE

PERDE

ÖNSÖZ YERİNE
Dünyanın Üçüncü Yüzü

İçimizde bitimsiz bir hüzün. Bizi sevip kabullenmiş, gitmek bilmeyen misafiri olmuş keder. Kasvetli bir boşluk. Sağımız solumuz uçurum.

Göğsümüzün üstünde bir yumru.

Gönlümüz dünyaya küskün. Ruhumuz yaşlı. Hayat, cazibesini yitirmiş. Buruş buruş yüzü.

Başımızı alıp çekip gitsek. Kendimizi götürmeden. Gitsek ve değişse her şey.

Kalbin içindeki duygular nemli bir zindanın duvarlarında mahpus.

Varsın, olsun. Bize sadece umutsuzluk yakışmaz.

Dünyanın üçüncü yüzündeyiz sadece. Biz fânilere bakan yüzünde.

Yolumuz kapalı bir kutu. Her şey sadece bir engel. Her varlık sonsuz kere atılmış düğüm. Her varlık karanlığın kendisi.

Dünya, kalbin alakasına, fikrin merakına değmiyor.

Her varlık bir diken. Kıymık kıymık batıyor.

Varsın, olsun. Bize sadece umutsuzluk yakışmaz.

Dünyanın daha üçüncü yüzündeyiz. Heves ve arzularımızın âşık olduğu dünyanın yüzünde. Bize aldırmadan giden, yüz vermeyen sevgiliyi andıran dünyanın yüzünde. Can çekiştiren oklar fırlıyor üçüncü yüzden.

"Aşkın, umudun, dingin şöhretin/ Aldatışı uzun sürmedi/ Dağıldı şölenleri gençliğin/ Uyku gibi, sabah dumanı gibi" diyen şair (Aleksandr Sergeyeviç Puşkin) bizim yerimize konuşuyor baksanıza. O da umutsuz değil ama: "Arkadaş inan er geç doğacak/ Büyüleyen mutluluğun yıldızı."

Her varlık buz kesmiş. Kendi sıcaklığına muhtaç. Her varlık suskun. Her varlık teselli arıyor. Her şey ceset sanki. Her şey yabancı. En başta kendine. Her varlık takatsiz, yorgun. Her varlık zevalin içinde eriyor. Yitiyoruz. Hep birlikte. Gidiyoruz. Nereye?

Her şey fazla. Her şey ağır. Kâinatın kendisinden bile daha ağır. Her varlık gece. Her varlık çaresiz. Her şey donuk.

Her varlık yetim. Terk edilmiş. Her varlık bir hiç. Kendi adına. Her varlık dilsiz. Kör ve sağır.

Her varlıktan yükselen yalnızca bir inilti. Yardım çığlıkları.

Elimden tut diyor. Her şey. Bir yığıntı. Kopuk kopuk. Çevremizi saran karmaşa.

Varsın, olsun. Bize sadece umutsuzluk yakışmaz.

Dünyanın üçüncü yüzündeyiz ya! "Ehl-i şuurun ticaretgâhı" olan yüzünde.

Ölmek desen, kendisi dipsiz bir kuyu. Sonrası dert, sonsuz keder.

Gök üstümüze düşecek. Her şey üstümüze üstümüze geliyor.

İçimizde huzursuzluk. Kötü bir şeyler mi olacak? Ne olacak?

Ötesi, berisi yok. Şu an var. An var, şimdi var. Havayı tutamamak gibi o da tutulmuyor. Gidiyor. Nereye?

Kalplerimiz dargın. Kavuşuyoruz dediğimizde ayrılıklar. Hazların içi acı dolu. Dünya gaddar. Dünya mekkâr. Bir lezzet veriyor. Bin elem salıyor arkasından.

Varsın, olsun. Bize umutsuzluk yakışmaz.

Dünyanın üçüncü yüzündeyiz hâlâ. Zamanın Bedii'nin "... fânilerin ve ehl-i hevesâtın mâşukası ve ehl-i şuurun ticaretgâhı ve vazifedarların meydan-ı imtihanlarıdır" dediği yüzde.

Elimizde avucumuzda ne var?

Dünyanın bir de birinci ve ikinci yüzü var. Bu dünyada yaşamaya değer!

HAYALHANE

"BELKİ DE ŞUNU DEMEK İSTİYORUM..."

Sabahın serinliği bitti bitecek. Güneş tepeye dikilecek. Gözlerin üzerine çevrilmesinden oldu olası rahatsızlık duyardı. Hele iş yaparken biri tepesine dikilecek olsun. Eli ayağına dolanırdı. Belki de bu yüzden hazzedemiyor yazdan. Güneş gözlerini dikince dünyanın da eli ayağına dolanıyor.

Yazın rehaveti iyice çörekleniyor bedenine. Elinin altında Milan Kundera'nın üç romanı var. Üçünü de önceden okumuştu. Şimdi kendini okumaya veremiyor. Yok, böyle olmayacak. Beden hareket etmeyince ruh da etmiyor.

Arabaya binip ilçeden ayrılıyorlar. Arabada anne babası. Diğer bir arabada yakınları. Anayoldan Boğazkale yoluna sapıp beş yüz metre ilerledikten sonra bir köy yoluna giriyorlar. Güneş tepeye iyice yaklaşmış. Küçük İncesu köyünden geçiyorlar. Köylüler çalışıyor. Ekinler biçilmiş, taneleri başaklarından patozda tane tane ayrışıyor. Ayrışmak lafını hep sevmişti. Ayrılmak değil, ayrışmak. Havada samanlar uçuşuyor.

Çocukluğunda buraya yakın Salman köyüne giderdi. Dedesinin köyüne. Öküz, manda ya da atların çektiği sert taşlarla döşeli dövenin buğday başakları üzerinde yılan gibi kayışını hatırladı. Dövenin yerini patoz almış. Küçükken sık sık köye gittiğinden yaz aylarında sıkılmazdı. Köylüler en sıkı yazın çalışır. Yaz demek çalışmak, hareket demek. Şehirliler içinse yaz, tatil demek. Sıkıntı demek.

Yabanıl dağlardan kıvrıla kıvrıla yol alıyorlar. Çocuk sesleri, kuş sesleri ve bir de su sesi duyuyor bir pınarın yanından geçerken. Pınar, Beşkız köyünün. Yalnız bir kavak ağacı gözüne ilişiyor. Yalnız olan varlıklar hep çekici gelmiştir ona. Durup fotoğrafını çekiyor. Yazın yabanın ortasında yalnız başka bir ağacın.

Yokuşa vuruyor arabayı yeniden. Dolana dolana çıkıyorlar artık. Hayat yolunda ilerler gibi. Dolana dolana. Babasının bir sözünü hatırlıyor. "Çok dolaşmamak insan, yoksa kördüğüm olur." Yok, arabanın klimasının soğukluğunu sevmiyor. Bir ağaç gölgesi, bir de su. Yeşil erik, ekşi elma, soğuk ayran canlanıyor hayalhanesinde. Babaannesinin soğuk ayranı. Bahçedeki yeşil erikler.

Ormanlık bir alana varıyorlar. Canlı ne varsa bir ağaç ya da kaya bulup gölgeye çekilmiş sanki. Çam ağaçlarının altı kozalaklarla dolu. Hangi ağacın altına oturmalı. Gölgesi geniş olanının. Kilimler, minderler seriliyor. Oturuyorlar. Milan Kundera'nın *Yavaşlık*'nı açıyor. "Tanrı'nın pencerelerini seyreden kimsenin canı sıkılmaz; mutludur. Günümüz dünyasında işsizlik'e dönüştü aylaklık; aynı şey değil kuşkusuz: İşe yaramaz hisseder kendini işsiz insan, canı sıkılır, yoksun kaldığı devinimi arar durur," cümlelerinin altını çizmiş. Bir parça toprak alıyor, kokluyor, sonra da ufalıyor. Ne çok yapardı bunu çocukluğunda. Toprak; Yaratıcı'nın en güzel pencerelerinden biri.

Ormanı bir uğultu kaplıyor. En sevdiği pencere açılıyor; havanın çamların iğne yaprakları arasından kayıp giderken çıkardığı ses. Gözleri gökyüzüne kayıyor. Sonra da *Yavaşlık* kitabına. "Bir yudum serin su, gökyüzüne (Tanrı'nın pencerelerine) doğru bir bakış, bir okşama," cümlesinin altını çizmiş.

Elinde bu sefer *Bilmemek*'i tutuyor. "Nostalji, doyurulmamış dönüş arzusundan kaynaklanan bir keder... Nostalji, bilmemenin acısı olarak ortaya çıkıyor. Uzaktasın ve ben sana ne olduğunu bilmiyorum..." cümlelerinin altını çizmiş bu kitapta da. Yolda annesi çocukluğunu anlatmış, dinledikçe annesinde saklı geçmişini yeniden ele geçirir gibi olmuştu.

Kundera'nın ne demek istediğini anlıyor. Bu yüzden mi ani bir kararla geldi doğduğu ilçeye? "Herkes annesine canlılığı nedeniyle hayrandır" cümlesininse altı çizili değil. Annesinin yetmişine dayanmış canlılığına hayret ediyor. Üşenmeden sabah erkenden su böreği açmış.

Akşam yaklaşıyor. Ömür defterinden bir sayfa daha çevrilmek üzere. Eskiden olsa, bir sayfa daha eksilecek, derdi. Gün su gibi akıp gidiyor; çağıltısız, sessiz. Nereye? Günler akıp boşa gitmemiş, yaz gelmiş. Yapraklar çiçeğe, çiçekler meyveye durmuş. Akıp giden günler yine meyveye duracak. Öte dünyada.

Buraya kadar olanlar bir hafta öncesindeydi. Şimdiyse İstanbul'da bir kafede oturuyor. Yalnız. Günün dalgalarında sürüklendi. Dalgalar onu akşamın sahiline vurdu. Güneş batıyor. Hava kararıyor. Her yer gölgelik artık. Yaz gecelerini neden sevdiğini anlıyor. Gece: Kâinatın serin gölgesi. Püfür püfür rüzgâr esiyor. Derken ezanlar başlıyor her biri bir yerden. Ezanlar gece ağacının gölgesi, namaz ise pınardan akan su sanki.

"Belki de şunu demek istiyorum: Dünyanın bir namaz ferahlığına ihtiyacı var." (*Ablam Uzak Ülkede,* İsmail Kılıçarslan) Şiir kitabında mısraların altı çizilir mi? Çizmiş işte. Kalkıyor...

TAMAMLANMAMIŞLIK HİSSİ

Umutlar denizinin ortasında bir adaya doğarız. Yakamızı bırakmayan bir hisle yaşar gideriz: Bir şey eksik. Ama ne? Bir tamamlanmamışlık hissiyle yaşarız. Bizi ne tamamlayacak? Ne olursa her şey tamam olacak, eksiğimiz gediğimiz kalmayacak. İpin iki ucu birbirine bağlanacak. Şimdi ile geçmiş, şimdi ile gelecek birbirine bağlanacak. Sonra...

Sonra bir daire kuracağız. Adadan umutlar denizine dalar dalar çıkarız. Hep eksik olan şeyi bulup çıkarmak için.

Sonra... Her dalıştan vurgun yiyerek çıkarız.

Önce ipin bir ucu çocukluktur, diğer ucu büyüme umutlarıdır. İpin diğer ucunu yakalamak için gece gündüz düşler kurarız. Ah bir şu okulu bitirsek. Sınavların telaşı bir bitse. İstediğimiz liseyi bir kazansak her şey tamam olacaktır. Kazanamayan, ipin ucunu kaçırdığını düşünür. İstediği liseyi kazanan içinse, ipin ucu bu kez üniversite olur. İpin iki ucu yine bir araya gelememiştir.

Lisedeyken iyi bir üniversite kazanınca her şey tamam olacak zannederiz. Her şey tamam olmaz. Hep bir eksiklik duygusu. Sanki hiç bitmeyen bir sonbaharın ortasındaymış gibi. Ne zaman geziye çıksak, vedalaşmak için sanki.

Arzularımız, isteklerimiz kadar umut da bizi bırakmaz. İyi bir işimiz olursa hayat tamamlanacaktır sanki. İyi bir gelirimiz olursa tüm isteklerimizi karşılayacağımız düşüyle düşer kalkarız. Hep bir boşluğu doldurmakla geçecektir hayat. Bu yüzden yorucu olacaktır. İnsan yüreğinin ölümsüz arzuları doymayacaktır. Ne çok şey istediğimizi gördükçe şaşkınlaşırız. Ne çok arzu, tabii ki ne çok da acı. Parçalanan, kopan yaşamın sancısı. Şimdiyi ne geçmişe ne geleceğe bağlayabiliriz. Ne de geçmişi geleceğe.

Belki de daha aşkın yaşantılara ihtiyacımız var diye düşünmeye başlarız. Sevmek ve sevilmek, en anlamlı, en derin aşkı bulmak. Severiz, âşık oluruz. O da bizi severse hayat tamamlanacaktır. Ruh ikizi düşüncesinin çıkış noktası bu olsa gerek. Severiz ve çok seviliriz. Âşık oluruz, âşık olunuruz. Adımıza şiirler bile yazılır. Birilerinin adına şiirler bile yazarız. Neredeyse şair olacağızdır. Bilmeyiz ki şairlerin sonsuz derin kalpleri en eksik kalplerdir.

En saf haliyle sevilsek de hâlâ bir tuhaflık vardır. Hâlâ, hayat eksiktir. Birlikteyken dahi özlediğimizi fark ederiz şaşkınlıkla. En çok birlikteyken korkuya kapılırız. Bu dünyada birleşen, ayrılabilir de. İlkbaharın sonbaharı vardır. Gündüzün gecesi. Aydınlığın karanlığı. Hayatın önünde ölüm dikilir. Bağlanmanın önünde ayrılık. Koca bir dağ gibi dikilir. Sevdiğimiz dağlar bu sefer bizi ayırır.

İpin iki ucu birbirine bağlanmalıdır. Bu bizim, olmazsa olmazımızdır. Ufukta bir umut belirir. Evlenirsek tamamlanacak, eksiğimiz giderilecektir. Bize ait bir ev, bize ait bir yaşantı yegâne kurtuluşumuzdur. Dört duvara bakakalırız. Bir şey eksiktir ama ne? Yakınlarımız bu evde eksik olan şey çocuk derler. Çocuksuz ev olur mu? Umutlanırız. İpin diğer ucu bulunmuştur. Birinci çocuğumuz olur. Niye hâlâ bir şeyler eksik? İkinci çocuk bizi kesin tamamlayacaktır. Hele ikinci çocuk oğlan olursa. Hâlâ bir şeyler eksiktir.

Eksik olan şey kendimize bir türlü zaman bulamayışımızdır. Emekli olunca eksik gedik kalmayacaktır. Büyük bir boşluğun içinde buluruz kendimizi. Belki de bir deniz kenarında, ormanın içinde bir köyde ya da bir dağın eteklerinde temiz havada tertemiz pınarlar arasında yaşarsak her şey tamam olacaktır. Sonra?

Sonra, ölürüz. Hâlâ bir şeyler eksiktir. Bu dünyada ipin iki ucunu birbirine bağlayamamış, iki yakamızı bir araya getirememişizdir. Çünkü...

***

"Hah, tamam oldu"yu unutmalı insan. Unutmalıyız. Bunun için erken. Daha vakit gelmedi. Henüz bu gezegenin misafirleriyiz. Tamam, aziz birer misafiriz. Ama misafiriz. Her gün dolar boşalır bir misafirhane burası. Her daim tebeddül eder, halden hale çevrilir. Nasıl, "Tamam, oldu işte," diyebiliriz? Tamam dediğimiz anda kaçar gider elimizden. Havayı elimizle tutamazsak bu dünyayı da tutamayız. Giden gelmez, gelen gider. Kim misafirlikte rahat rahat oturabilir, "Tamam, oldu işte," diyebilir? Misafir demek hep bir yanı eksik demektir.

Burada, bu dünyadaki hayatımızda hep bir eksiklik hissederiz çünkü burada sadece numuneler vardır. Asıllar bir "diyar-ı aher"de bizi bekler. Gözlerini açıp bizi bekler. Bizi ister, bizi talep eder. Kâinatın değerli varlığını bekler. Tüm asıl sanatlar, nimetler bizi bekler. Sonsuza dek bizim tarafımızdan temaşa edilmek için. Sonsuza dek bizim tanıklığımız için.

Nasıl "Hah tamam, oldu, tüm eksikliklerimiz yok oldu" diyebiliriz ki! "Kalpler ancak Allah'ı anmakla mutmain olur." (Ra'd Suresi 28. âyet) O'nun dışındaki tüm anmalar kalplerimizi kasvete boğar. Burası bir imtihan yeridir. Bir tecrübe yeridir. Bir hizmet yeridir ancak. Şiddetle sınanırız. Sınav anında kim mutlak huzuru yakalayabilir? Evet, kalbimiz, ruhumuz ve vicdanımız vardır. Bizi her daim O'na sevk eden. Ama nefis ve şeytan da vardır. Üstelik "nefis ise, şeytanı her vakit dinler."

Nasıl ipin iki ucunu bir araya getirebiliriz ki? Her daim önümüze yollar açılır. Hayırla şer, iyilikle kötülük, benlikle Huda arasında seçimler yapmak zorunda olduğumuz bir hayatta nasıl "Hah tamam, oldu, her şey tamamlandı, eksik gedik kalmadı," diyebiliriz! Bir ömür boyu, "emanet-i Kübra"yı taşırız. O'na teslim etmemiz gereken büyük bir emanet varken, nasıl rahat edebiliriz!

Önümüz hep yoldur, katbekat açılan. Her yolun başka bir yola kavuştuğu bir yolculuksa dünya hayatı, hep bir şeyler eksiktir. Yolculuk demek eksik olanın peşinde olmak demektir. Dünyada hakikatle aramızda perdeler vardır. Aşmamız gereken yollar vardır. Açmamız gereken örtüler vardır.

Dünyada kesret vardır. Dikkatimizi dağıtan. Nazarımızı O'ndan kendine celbetmeye çalışan. Dalgınlıklarımız vardır. Unutkanlıklarımız. Gafletimiz vardır. Kendimizi, bir nefse sahip olduğumuzu unuttuğumuz bir hayatın içinde nasıl tamamlanmışlık hissiyle doların ki. Bu hissi yakaladığımız kısa kısa anlar, kısa kısa yaşantılar vardır ancak. Bir an yakalarız. O'nu andığımız zaman kalbimiz nurla dolar. O'nun isimlerinin tecellisinin nuruyla. Nasıl bunu kesintisiz kılabiliriz ki? Gece ve gündüz gibi akar hayatlarımız. Kalbimiz, vicdanımızla nefsimiz ve benliğimiz arasında salınır dururuz. Biz buyuz. Biz hayatı en zor yaşayan varlıklarız. Biz kendine verilenlerle şaşkınlaşan varlıklarız. Ne yapacağını bilemeyen.

Nasıl olur da "tamamlandık" diyebiliriz. Deriz demesine de anlık parıldamalar gibi gelir geçer bu anlar. Biz arayışı, imtihanı ölene dek süren varlıklarız. "Hah tamam, olduk," dediğimiz yerde biz biz olur muyuz ki? Bizi O'na çeken, O'nu cazip hale getiren, O'na ihtiyaç duyuran, O'nsuzluğu cehenneme dönüştüren bu eksiklik hissimizdir. O'nsuzluğun bu dünyadaki cehennemi bizim cennetimizdir. Bizi sonsuz yaşama götürecek olan bu eksiklik hissidir. Bir türlü tamamlanamayan yanımızdır. En değerli yanımız budur aslında.

Dünya geçiciyse, devamsızsa, bîkararsa, kendi başına bir anlamı yoksa bekasız ve nakıssa, nasıl olur da her şeyin tam olduğu hissini yaşayabiliriz? Biz ancak daimî, zevalin ve ayrılığın olmadığı, bir diyar-ı âherde tamamlanırız. Orada her şeyin asılları vardır artık. Suretler ve numunelerle değil, kalbimiz ancak asıllarla kesintisiz itminanı yakalar. Kalbimizle aramıza girecek bir şeytan yoktur artık. Ne vehim vardır ne vesvese. Sonsuz hakikatin perdesiz tecellisi vardır. Mutlak şekilde O'na teslim olmuş, terbiye olmuş bir nefsimiz vardır. Artık eksiğimiz gediğimiz yoktur. Artık O'na dönmüşüzdür.

Ve orada, bu dünyada nefsimizde taşıdığımız hiçbir süfli bir duygu yoktur. Ne kin vardır ne öfke ne kızgınlık ne kıskançlık ne haset. Zaman zaman bu duygulara kıyısından köşesinden bulaştığımız bu hayatta nasıl olur da bir yanımız hep eksik kalmaz. Ama bu kötü değildir, şer değildir; bu hayat böyledir, biz böyleyiz.

İpin bir ucu bu dünya ise diğer ucu öte dünyadır, cennettir, ebedî olan diyardır. "Biz onları içlerinde kalmış olabilecek nahoş duygu ve düşüncelerden arındıracağız ve böylece birbirleriyle kardeş olarak mutluluk tahtları üzerinde karşılıklı oturacaklardır." (Hicr Suresi 47. âyet meali)

İşte, iki yakamız, ancak cennetin kapısında bir araya gelir, ipin iki ucu orada bağlanır. Sonsuza dek, hiç kopmamak üzere.

SEVMEK

Adam/kadın bahçesine körkütük âşık değildir. Adam/kadın bahçesini sadece sevmektedir. Basit ve yalın bir halle hallenip sevmektedir. Dağın zirvesinde sarhoş bir âşık değil, yayladaki hüşyar bir kalbin sahibidir.

Adam/kadın bahçesini sevmektedir. Ona bağlanmıştır. Kalbinden bahçesine bir yol açılmıştır. Bu hissi bir yol değildir yalnızca. Adam/kadın kalbindeki cezbedici duygularla meşgul değildir. Bahçesiyle, bahçesindeki her bir varlıkla meşguldür.

Adam/kadın bahçesine değer verir. Onu önemser. Onun büyümesini, gelişmesini düşünür. Onun geleceğini düşünür. Kendinden ona doğru uzanır. Kendini parantez içine almayı bilir. En önemlisi, önce zarar vermek istemez ona. Bundan korkar, ödü patlar, attığı adımları dikkatlice atar.

Adam/kadın bahçesini çekici bulmaktadır. Aralarında bir cezbe alanı oluşmuştur. Gözlerini ondan alamadığı zamanlar olur. Bir çift gözünü bahçesinin üzerine salar. Duygularıyla meşgul, şaşkın âşıklar gibi saatlerce öylece bakakalmaz ama. Bahçesine emek verir. Elini taşın altına koyar. Sorumluluklarını yerine getirir. Bahçesi için alın teri döker. Güneşin altında yanmaya da soğuk ayazda üşümeye de razıdır.

Adam/kadın bahçesini sevmektedir. Bahçesinin büyümesi ve gelişmesi için erkenden kalkar. Uykusundan fedakârlık eder. Bahçesi için gerektiğinde isteklerinden, arzularından vazgeçebilir.

Bahçesini geliştirmek için kendisinin de gelişmesi ve büyümesi gerektiğini bilir. Çiçeklerle, bitkilerle, ağaçlarla daha çok ilgilenmek, onlara daha iyi bakabilmek için kendini öğrenmeye adar. Bahçecilik, toprak cinsi, gübre ekme ve budama ile ilgili yeni şeyler öğrenir. Bilgilerini yeniler. Kendini yeniler.

Adam/kadın bilir ki bahçesini ne kadar tanırsa onu daha çok sevecektir. Bunun için pür dikkat gözlem yapar. Gelişmeleri, değişimleri izler. İnce ayrıntıları yakalar. Ne zaman budama yapacağını bilir. Ne zaman gübreleme yapacağını da. Bahçenin güneş tepede olduğunda sulanmayacağını, sabahın erken bir vaktinin ya da ikindi vaktinin sulama için en münasip zaman olduğunu öğrenmiştir.

Bahçesini tanımaya çalışır, yani onu dinler. Kalbinin duyargalarını açar. Bahçesinin dilini öğrenir. Kelimelerinin anlamını çözer. Bahçesinin sembollerini, imgelerini tanır. Leb demeden leblebiyi anlar hale gelir. Bahçesinin konuştuğunun bilincindedir. Kendine bir şeyler anlattığının. Bahçesini dinlerken sadece onu dinler. Eli işte gözü oynaşta değildir.

Adam/kadın bahçesinin tarihçesini de bilir. Bilir ki bir şeyi seviyorsan onun kaderini de seviyorsundur. Bahçesinin yaşamış oldukları adeta onun yaşadıklarıdır. Adam/kadın bahçesinin şimdiki halinden gelecekteki haline de uzanır. Bahçenin gelecekte yaşayacağı olası sorunları düşünür. Onun için endişe eder. Çiçeklerin, ağaçların, bitkilerin geleceğini düşünür.

Adam/kadın bahçesini sevmektedir. Elinden geldiğince, onu kötülüklerden, belalardan, musibetlerden korumaya çalışır. Bahçesini çitle çevirir. Ama onu koruyacağım diye sıkboğaz etmez. Duvarlar örmez ona.

Bahçe onun dışında bir varlık gibidir. Aynı zamanda bahçesi onun içine dolar, onun içine yerleşir. Tüm varlığıyla gelip içine yerleşir. Bahçesi hakkında bildiği şeyler, bahçesiyle geçirdiği zamanlar onun kimliğinin, geçmişinin ve bilgeliğinin bir parçası olur.

Adam/kadın bahçesini sevmektedir. Ona özen gösterir. Onun varlığını onaylar, değerini bilir, önemser. Onunla bencilce olmayan bir ilişki kurmaktadır. Onunla bütün varlığıyla ilişki kurmaktadır. "Bu ilişkide bana ne var?" sorusunu sormaz. "Bu ilişkide onun için ne yapabilirim?" diye sorar. İlgilenmek onun dünyadaki varolma şeklidir. Belirli, tek bir varlıkla özel, sihirli, ele geçmez bir bağlantı değildir bu. Adam/kadın bahçesinin sadece kalbine değil bütün varlığına hitap eder.

Adam/kadın sevdiğine/bahçesine elini uzatır. Sevmek kendi dışındaki varlığa uzanmak demektir. Adam/kadın bahçeye tutulup kalmamıştır, bahçeye doğru uzanmıştır. Aralarında bir cezbe husule gelmiştir. Bahçesi büyür, büyüyen bahçe onun içinde de büyür ve adam/kadın da büyür. Bu sevmenin, merhamet ve şefkatin dünyadaki ödüllerinden biridir.

Adam/kadın bilir ki bahçe O'nundur, O'nun emanetidir. Emanete özen gösterilmeli, üzerine titrenmelidir. Adam/kadın bahçeyi O'nun adına O'nun için sever. Adam/kadın bahçeyi O'nun adına ve O'nun için severken aslında O'nu sevmektedir.

SARILMAK

"Annem/babam bana sarılmazdı," şikâyetini ne zaman işitsem boğazıma bir yumru oturur. Beni sevmedi/ler anlamına gelir bu şikâyet. Bana kendimi değerli hissettirmediler. Beni önemsemediler. Oysa ne çok sevilmek isteriz. Sonsuzca sevilmek isteriz. Sonsuz merhamet ve şefkatle sarıp sarmalanmak, kuşatılmak isteriz. Sonsuzluğun şefkati bizi tutsun, hiç bırakmasın isteriz. Büyüyüp koca adamlar da olsak, üniversitede hoca da olsak, elleri titrek güngörmüş yaşlılara da dönsek yine de şefkat ve merhamete sonsuz ihtiyaç duyarız. Hatta belki daha da çok.

Bir de ne zaman "Annem/babam bana sarılmazdı," şikâyeti işitsem, oturduğum evin bahçesinde şahit olduğum minik bir sahne belirir gözümün önüne. Sarılmanın gücünü ve özellikle çocuklar için önemini gösteren bir sahnedir bu. Beş altı yaşlarında bir erkek çocuğu bahçede oynarken düşmüştü. Kıyıda onu seyreden annesi hemen yanına koştu. Onu ne azarladı ne ah vah edip telaşlandı. Hiçbir şeycik söylemedi. Oğlunu yerden kaldırdı ve ona sarıldı. Sadece sarıldı. O kadar. O sarılış, söylenmesi gereken tüm sözcükleri söyledi. O an muhtaç olduğu tüm duyguları çocuğun kalbine taşıdı. Çocuk başka bir söze ihtiyaç duymadı. Ağlamasını kesip oyuna kaldığı yerden devam etti.

Şefkat ve merhamet, başkasının ıstırabına ve sevincine katılmaktır, dahası her ıstırap ve sevinç, merhamet ve şefkati hak eder.

Sarılmak da şefkat ve merhametin gülümsemesidir. Bundandır ki sarılmayı çok ciddiye alırım bir terapist olarak.

Gücüm yetse tüm anne babalara sesimi duyurmak isterim: "Çocuklarınıza sarılın, çocuklarınıza sarılın!" Gücüm yetmez tabii. Kalakalırım.

Hepimiz bu çocuk kadar şanslı değilizdir. Bizi kuşatmasını umduğumuz kollar yerinden kımıldamaz. Bir el bize dokunmaz. En yakınımızdaki insanın kolları bize merhamet ve şefkat taşımaz. Hasretle bekleriz. Yıllarca bekleriz. "Belki bir gün," deriz, "bir gün annem babam gelip bana sarılacak." O gün bir türlü gelmek bilmez. Bir gün gelir, bu imkânsızlaşır. Artık anneler babalar öbür tarafa geçmişlerdir.

Eskiden olsa onlara kızardım. Çocuklarına sarılmayan anne babalara. Artık kızmıyorum. Kızamıyorum. Onların da aynı dertten mustarip olduklarını anladığımdan beri. Şefkat görmeden şefkat göstermek zordur. Sevilmeden sevmenin zor olması gibi. Değerli olduğumuzu hissedemeden başkasına değer vermenin zor olması gibi. "Bu o kadar zor ki benim için. Annem babam da bana sarılmadı. Bilmiyorum ki şefkatli bir sarılmanın ne olduğunu." Kısmen doğru bir tespittir bu. Bilmediğimizi nasıl uygularız? Sözlerini bilmediğimiz bir şarkıyı nasıl söyleyebiliriz?

Zordur sarılmanın ne olduğunu bilmeden sarılmaya çalışmak. Çok zordur. Ama kısır döngü bir yerden kırılmalıdır. O an bir el, elimizi tutup bağlar sanki. Geri geri gideriz. Tam elimizi oğlumuzun omzuna atacakken birden çekeriz. Bir kere daha denemek gerekir. Hatta bin kere. Önceleri tedirgin, ürkek ve acemice yaparız bunu. Varsın olsun. Hangi zor işin acemiliğini ve yabancılığını çekmedik ki. Oğlumuza ve kızımıza sarılmayı öğrenmeden ölüp gitmek hayatı eksik bırakır bir yerinden. Anne babamıza sarılmadan ölüp gitmek hayatı eksik bırakır bir yerinden.

Tam elimiz giderken içimizde şeytani bir ses konuşur: "Ama içimden gelmiyor ki!" Varsın gelmesin. Neyi çok isteyerek yapıyoruz ki. Bazen doğru olanı yapmanın kendisidir erdem. Her şeyi isteyerek yaptıktan sonra insan iradesinin önemi kalır mı ki!

Bazen de şeytani ses başka bir açıdan ellerimizi kollarımızı bağlar. Tam, kırgın olduğumuz anne babamıza, oğlumuza, kızımıza, eşimize sarılmak isterken şeytani ses bizi duraklatır. "Niye sarılacaksın ki ona! Kırgınsın. Kırgınlığın geçtikten sonra sarılırsın." Gerçekteyse sarılmanın işlevi tam da budur: Kırgınlığı tamir etmek. Kırgınlıkları şefkat ve merhamet yüklü bir sarılmadan daha öte ne iyileştirebilir ki.

Bazen de şöyle olur: Sevdiklerimizden bize sarılmalarını istemek acizlik ve dilencilik gibi gelir. "Bana sarılmana ihtiyacım var babacığım demek bana iman zayıflığı gibi geliyor, ihtiyacımı O'ndan istemeliyim," diye bir ses uyanır içimizde. Dünyada vesileler ile gelir şefkat ve merhamet. Sarılarak şefkat ve merhamet talebimiz O'ndan talep ediştir. Çünkü sarılmada aldığımız ve verdiğimiz şefkat ve merhamet O'na aittir. O'nun olanı alır ve veririz.

Zor gelse de çok zor gelse de sarılarak bizden şefkat ve merhamet bekleyen insanlar var. Çok yakınımızda hem de. Unutulmamalıdır ki merhamet ve şefkat en çok merhamet ve şefkat edenlerin üzerinde tecelli eder. Sevdiklerimize sarılarak onlara O'nun merhamet ve şefkatinin bir cilvesini sunduğumuzda, bu O'nun da bize merhamet ve şefkatini celbedecektir. Bundan daha büyük bir kazançsa düşünemiyorum.

CÜMLELERE TUTUNMAK

2009 yılının Mayıs ayıydı. Nursi'nin psikobiyografisi için, eğitim gördüğü yerleri dolaşırken yolum Tillo'ya düşmüştü. Eski usul eğitim verilen bir medreseye uğramıştık. Sabahın dokuzu gibiydi. Baş Müderrisle görüşmek istemiştim. Onunla görüşebilmek için iki saat beklemem lazımdı. İlgili kişi şöyle demişti: "Kendileri sabah namazından on bire kadar okumaya çekiliyorlar."

O gün bugün aklımdan çıkmadı bu söz. Okumaya çekilmek. Ya da ibadet için çekilmek. Ya da sadece dua için çekilmek, bilgece yaşayan insanlara özgü olmalıydı.

Elimize bir kitap alırız ve çekiliriz. Sanki birden kesilir akıp giden hayat. Okumaya başlamak durmaktır. "Zamanın nasıl geçtiğini anlayamadım," sözünü okurken, âşık olduğumuz biriyle vakit geçirirken, kendimizi taa içinde bulduğumuz etkinlikler içindeyken söyleriz. İyi bir kitabın içinde başka bir âleme geçeriz. Orada yaşarız. Orada nefes alırız. Monoton gelmeye başlayan dış dünyadan belli bir süreliğine kopuştur bu. Başka bir âlemin içine dalıp geri döndüğümüzde, mevcut hayatlarımız bize daha farklı görünür.

Yazarların yalnız insanlar oldukları söylenir. Bana kalırsa iyi bir okur, bir yazardan daha yalnızdır. Kitabını alır ve bir kuytuya çekilir. Ne için? İçine, hayalhanesine, kalbine, ruhuna bakabilmek için. Ne için? Üzerinde düşünülmemiş bir hayat boşuna geçirilmiş bir hayattır. Hayatını gözden geçirmek için. İçindeki titreşimleri anlamak, yorumlamak, anlamlandırmak için.

İyi bir okur yalnızdır çünkü artık hayalhanesinde yaşar. Orada düşünür, orada hisseder. Varoluşuna odaklanır. Kalbinin hüzünlerine, kederlerine, dertlerine, tasalarına, kaygılarına... Binbir düşünceyle doludur. Kimselerin bilmediği. Meleklerin bildiği. Mutlak bir Varlığın bildiği ve sadece onunla paylaştığı yaşantılar.

Ya da sevinçlerle doludur. Kitaplar hayallerimizi tetikler. Sevinçli anılarımızı da hayalhanemize getirir. Böylelikle insan bir anda çoğalır. Yaşananların kaybolmadığını, fiziksel ve duygusal hafızamızda muhafaza altında tutulduğunu anlarız okurken.

İyi bir okur yalnızdır. Çünkü malayani konuşmalar onu bunaltır. O hayat ve kâinat üzerine düşünmeye alışmıştır artık. İnsanlarla ilişkilerinde seçicidir. Arkadaş bulması, arkadaş olması zorlaşmıştır.

Okudukça iyileşir yaralarımız. Eski Yunan'da bir kütüphanenin girişinde, kapının üzerinde: "İnsanın ruhunun iyileştirildiği yer," diye yazıldığı söylenir. Kitaplar, sessiz ve adsız, alçakgönüllü birer danışman gibi okuyucularına psikolojik yardım sunma işlevi görürler.

Zannımca okurken okuduklarımızı duyup kelimelerin içimizde yankılanmasıyla, bize seslenmesiyle iyileşiriz. Okumak bir ses duymaktır. Okur kuytu köşesinde okuyup duyduğu bir cümleye, bir kelimeye yakalanır. Ona tutunur. Ona bağlanır. Bir hakikat gönlünü fetheder. O hakikat onun olur.

Yazarlar da yalnız insanlardır. Onlar da kuytu köşelerine çekilirler. Hayalhanelerine dalarlar. Dalgıç gibi. Onlar da şifa bulmanın peşindedirler. Bazı yazarlar yazmanın bir nevi şifa bulma yöntemi olduğunu, bu yüzden yazdıklarını söylerler. Bence yazar yazdıkça iyileşmez. Yazdıklarını okudukça, yazdıklarını duydukça iyileşir. Çünkü o bir bakıma ilk okurudur yazdıklarının. Hepimiz gibi. İnsan, kendi hayatıyla yazılan hikâyenin de ilk okuyucusu değil midir?

Okumaya çekilen insanlara imreniyorum. Tam bir okumaya çekilmiş değilim ama şu sıralar Onuncu Söz'ü okuyorum tekrar tekrar. Her okuduğumda şu cümleye tutuluyorum ve tutunuyorum: "Demek, bir seyrangâh-ı daimîye gidiliyor." Gitmeyi kolaylaştırıyor, anlamlı kılıyor bu cümle. İnsanın içini sevinçle, gitme hissiyle dolduruyor.

Haksızlık etmeyeyim, bir de şu cümleye yakalanıyorum: "Hazırlanınız; başka, daimî bir memlekete gideceksiniz. Öyle bir memleket ki, bu memleket ona nispeten bir zindan hükmündedir."

BAHARIN SELAMI VAR

Bu yazıyı Cizre'de yazıyorum. Şehri ikiye ayıran Dicle'nin kenarında, bir çay bahçesinde. Nursi'nin psikobiyografisini yazmak için, doğduğu köyden başlayarak yaşadığı, eğitim gördüğü, uğradığı beldeleri dolaşıyorum günlerdir. Sıra Cizre'de. Kırmızı Medrese'de medfun Ahmed-i Cizri'yi ziyaret ediyorum.

Cizre'de elektrik bir gündür kesikmiş. Dicle'ye inmiş, gökyüzünü seyrederken elektrik geliyor. Ben üzülüyorum, başkalarıysa seviniyor. Hayat böylesine garip işte. Aynı şey bazılarında sevinç bazılarındaysa üzüntü uyandırabiliyor.

Üzüntüm kısa sürüyor. Yeniden kesiliyor elektrik. Yapay lambalar sönüyor, sesler kısılıyor. Sanki nefesler tutuluyor. Gökyüzünün kandilleri parıl parıl parlıyor. Salkım saçak yıldızlar nehrin yüzeyine değiyor sanki. Nehirdeki kurbağa sesleri kâinatın şarkısına kendi melodileriyle katılıyor.

Baharı en yoğun Cizre'de hissediyorum. Yüzyıllar öncesinden bir beyitle baharın selamına karşılık veriyor Ahmed-i Cizri: "Senin temaşana, hüsnüne, herkes her yerden koşup gelmiş. Senin cemalinle nazdarlık ediyorlar." Yerden ve gökten varlıklar Mutlak Varlığın güzelliğinin tecellisini temaşaya durmuşlar. Yıldızlar salkım saçak olmuş da gözlerini dünyaya dikmişler. Onlar da dünyanın neşesine katılmışlar. Yerden otlar bunun için bitmiş. Ağaçların dallarında tomurcuklar bu yüzden uzatmışlar başlarını hayata. Rüzgâr bunun için esiyor püfür püfür. Dicle bunun için uzanıyor toprağın bağrına.

Elektrik yeniden geliyor. Dicle'nin üzerine ışık huzmeleri düşüyor bu sefer. Yapay da olsa nehrin yüzü başka bir güzellikle donanıyor. Sonra gecenin en önemli olayı zuhur ediyor: Ay doğuyor! Gecenin en güzel selamı ışıklarını Dicle'ye döküyor.

İçimde uyanan tatsız bir duygu, baharı yazmayı zorlaştırıyor. Gözümün önüne kırık kalpler, hüzünlü yüzler, acılı hayatlar geliyor. Yaşamanın tadını kaybetmiş, hiçbir şeyden zevk alamaz insanlar için bahar kışa dönmüşken; bahardaki neşeyi anlatmak garip bir suçluluk uyandırıyor içimde. Bahar, hepimiz için bahar olacaksa bahardır.

Bir cümle yardımıma koşup zihnimi aydınlatıyor. "Bir vakit esaretimde dağ başında..." diyor Nursi. Bu cümlede duruyorum. Duruyor ve düşünüyorum. Esaret altında ve dağ başında, yalnız ve gurbette bir insan ne yapar? Baharın selamını nasıl alır? Ahlarla vahlarla durumuna dövünür mü?

"Azametli çam ve katran ve ardıç ağaçlarının heybet-nüma suretlerini, hayret-feza vaziyetlerini temaşa ederken pek latif bir rüzgâr esti," her şeye rağmen yapılacak olanı söylüyor cümle: "Esaret" altında iken dahi O'nun sanatını temaşa etmek. O'nun sanatını temaşa edenleri de temaşa etmek.

Zihnimiz sorunların, dertlerin, tasaların esaretinde olsa da, kalbimiz hayatın tadını çoktandır unutsa da, içimizi endişeler, kaygılar, acılar doldursa da; baharın selamına kulak verebiliriz yine de. Çünkü hayat gibi bahar da zevk almamız için var değil ki. Bahar, tefekkür ve temaşa zamanı. Sevinçli kalpler de, hüzünlü kalpler de tefekkür edebilir. Belki İkincisi daha da fazla.

"İçimde hiçbir istek yok ki baharı temaşa edeyim dememeli," insan. "Bedenim yorgun ve bitkin, dışarı çıkacak takatim yok" da. İnanın, hüzünlü kalplerin hissedeceği derinliği başkaca kalpler hissedemez. Yaşadığımız acıların kalbimize açtığı derinlik anlayabilir ancak baharın selamını.

"Hiçbir şeyden tat alamıyorum," demeyi bir kenara bırakıp çok zor da olsa kırlara uzanmalı. Yürümeli, yürümeli, yürümeli. Çiçekleri koklamalı. Çimenlere uzanmalı. Hayır, bunları yapmanın bize zevk verip vermediğini bir kenara bırakıp önemsememek.

Varsın, zihnimiz dertlerle değirmen taşma dönüşmüş olsun. Bizim yerimize ağaçlar nasıl da neşeliler. Elleriyle semaya uzanmışlar. Çiçekler nasıl da tebessüme gark olmuşlar. O'nun isimlerinin tecellisiyle neşeyle zıplayan bir çocuk gibiler. Sinekler gibi uçan hayvanlar nasıl da sırtlanmışlar O'nun sanatını; kanat çırpıyorlar oradan oraya.

Biraz zor olsa da çok çok zor olsa da derdin ve tasanın içinde boğulsak da baharın selamına kulak vermeli. Kalplerimize bakmalı. Nasıl da kimi zaman neşeyle kimi zaman acıyla dolup taşıyor. İkisi de O'nun isimlerinin tecellisine mazhar olma hali. Başka varlıklardan farkımız da bu olmalı.

Tamam, hayat ağır geliyor. Zaten bunun için bahar kucak dolusu selam getirmiyor mu bize. Zevk alıp almadığımıza, içimizin acıyla ve hüzünle dolup dolmadığına aldırmadan baharın getirdiği selamı alıp karşılık vermeli. Hüzünlü bir kalp buna hiç engel olmamalı.

İNSANIN İNSANLA SINAVI

Hayretten hayrete düşer, asfalta yapışan sakız gibi yapışırız hayatın zeminine. Küçük dilimizi yutacak gibi oluruz. Adaletsizliğin, haksızlığın, zulmün, ihanetin iç çekişleri inletir kalbimizin ücra köşelerini. İnsan insanın en büyük sorusu, derdi, tasası olur. Hayat en çok insanlarla ağırlaşır, darlaşır. "Nasıl olur?" deriz, "Bunu nasıl yapabilir bir insan?" Hele kötülük ummadığımız bir insansa bu.

Bu sorudaki anahtar kelime "insandır." Bir köpek, kurt, aslan, kaplan bu kötülüğü nasıl olur da yapar diye sormayız. Çünkü insandan hayır, iyilik, güzellik bekleriz. Biliriz ki kötülük insana yakışmaz. Biliriz ki "insan fıtraten mükerremdir."

Öte yandan hayvanların kötülük yeteneğinin sınırlılığını da biliriz. Hiçbir varlık insanın zulmüne erişemez. Mahiyetindeki zulüm kabiliyetinden dolayı en çok insanlardan korkar, insanlardan çekiniriz. İnsanlardan uzaklaşır ya da kaçarız. İnsan kadar tehlikeli olabilecek başka bir varlığın olmadığını iyi biliriz. Örneğin bir köpek en fazla insanı ısırır. Bizi ısıran köpeğe de en fazla kızarız. Bir köpek ne kalbimizi incitir ne de yorup ağırlaştırır.

İnsan sadece kötülükle şaşkınlık uyandırmaz. Küçüklü büyüklü sınırsız iyiliğin, fedakârlığın, feragatin de vesilesi olur insan. "İşte," deriz. "İşte insan demek bu!" Başkaları için gecesini gündüzüne katanlarla soluklanırız. Komşusu açken tok olmayanlarla rahat ederiz. An gelir tek bir tebessümde sonsuz iyilik ve merhametin tecelli ettiğini hissederiz. Ansızın gelen bir telefonla "Nasılsın, seni merak ettim," diye hatırımızı soran arkadaşımızla gözümüz gönlümüz aydınlanır.

Sınırsız iyiliğin de kötülüğün de insana özgü olması insanın kabiliyetlerinin sınırsızlığıyla ilgilidir. Aşağıların aşağılarına da düşebilir, iyiliğin zirvelerine de yükselebilir insan. Bu yönüyle kudretin mucizesidir. Bu insana verilen önemin de bir göstergesidir.

Sadece başkaları değil, biz de kendimizi zarara ziyana uğratırız. Bize ikram edilen nezih ve yüksek bir makamı heva ve heveslerimiz uğruna çarçur ederiz. Biliriz ki heva ve heveslerimize teslim olan büyüklenmeci benliğimizden bize daha fazla zarar veren başka bir varlık yoktur. O zaman da kendimizden uzaklaşmak isteriz. "Bunu nasıl yapabildim," diye dövünürüz. Öfkeyle dolar içimiz. Varlığımız yük olur, belimiz bükülür. Taşıyamayız kendimizi. Heva ve heveslerimizden mustarip kırgın latifelerimizin, O'nun için yaşayacağımız istidatlarımızın uğultusu doldurur içimizi.

İnsanlarla sınanınca onları, kendimizle sınanınca kendimizi kırık dökük, ayarı bozuk adalet terazimize oturturuz. Terazinin çoğunlukla kötülük kefesi ağır basar. Şeytan kötülük kefesinin ağır gelmesi için nefsimize asılır.

Kötülüğün sudur ettiği iyi bir insan hâlâ iyi bir insan mıdır peki? Kötülüğü işleyen kendimiz hâlâ iyi biri miyizdir? Kendimizden beklemediğimiz bir davranışla kötülerin kötüsü mü oluruz? Bu soruların cevapları önemlidir. Çünkü insandan ve kendimizden umudumuzu yitirmek hayattan umudumuzu yitirmektir. Çünkü biliriz ki insan kadar bize "yakın" olabilecek dünyevi bir başka dost yoktur. Bu nedenle en çok insanlara bağlanırız. Bir insanla ağırlaşan kalbimiz başka bir insan vesilesiyle ferahlayabilir. Uzaklaşır yakınlaşırız. Yakınlaşınca korkuya kapılıp yeniden uzaklaşırız. İnsandan kaçarken yine insana tutuluruz. Kendimizi terk ederken kendimize yakalanırız. Annesinden korkup onun şefkatli sinesine sığınan çocuklar gibiyizdir.

Kırık dökük adalet terazimizin ayara ihtiyacı vardır. Bir zaman Nursi'nin de aklına takılır yukarıdaki sorular. Kendisi de insanlarla sınanır. Özellikle iman ehlinin doğru yolda doğruca ilerlemesi için nice sebep varken şeytanın zayıf desiselerine mağlup olması onu çok düşündürür. "Arkadaşlarımdan bazıları, yüz hakikat dersini kalben tasdik ile beraber benden işittiği ve bana karşı da fazla hüsn-i zannı ve irtibatı varken, kalbsiz ve bozuk bir adamın ehemmiyetsiz ve iyakârane iltifatına kapıldı, onun lehinde benim aleyhimde bir vaziyete geldi," diye anlatır derdini. Hayrete düşer; "İnsanda bu derece sükût olabilir mi? Ne kadar hakikatsiz bir insan idi," Sonra hatasını anlar. Çünkü "Şeytan cüz'î bir emr-i ademî ile insanı mühim tehlikelere atar." Nefsin şeytanı her vakit dinlediğini söyleyerek iman ehlinin şeytanın desiselerine kapılmalarının inançsızlıktan olmadığını, hem büyük günahları işleyenin küfre girmediğini vurgular. Çünkü şeytanın yaptığı tahriptir ve tahrip kolaydır.

Kendimizle ve insanlarla sağlıklı ilişki kurmanın yolu adalet terazimizi sıkça ayar ettirmektir. İnsandan ve kendimizden umudumuzu kesmemek için elzemdir bu.

ÖLDÜRMEMEK İÇİN BİR SEBEBİ OLMAMAK

Tam bir kayıtsızlık. Olmakla olmamak, yapmakla yapmamak arasında bir fark yok. Bir hissizlik durumu. İnsanı umutsuzluğa sürükleyen şeyler önemini yitirmiş. Kasvetli bir boşluk hissi. Sonsuz bir boşluk. Dünyevi tüm şeyler denenmiş boşluğu doldurmak için. Hiçbir şey kâr etmemiş. Para, seks, envai çeşit uyuşturucu, aşk, ün cılız bir gölge gibi duruyor boşluğun kıyısında. Çünkü, her şey anlamını yitirerek hiçbir şey olmuş. Her şey boş. Boşluğu başka bir boşluk dolduramaz.

Boşluk boşunalığa sürüklüyor. Kayıtsızlığa. Ne yaparsa yapsın boşuna. Ne işe yarar ki yaşamak. Hiçbir şeye. Her şey bir lanet. Her şeyden nefret ediyor. Her şey ruhuna batıyor bir kıymık gibi. Başta kendi varlığı. Acıdan boğulurcasına aldığı yarım nefesleri duyuyor. Ne hayatın anlamı var ne ölümün.

Boğuluyor. İç yaşamı kurumuş. Hissetme azalmış. Duyguları donmuş. Kayıtsızlık evrenine hapsolmuş. Canlı cansız hiçbir şeye dokunamıyor. Her şey boş ve boşlukta çünkü ve kimse boşluğa dokunamaz. "Şiddet, ilişkisizliğin yarattığı boşluğu doldurmak için hızla koşan en yıkıcı çaredir," diyor varoluşçu psikoterapinin üstadlarından Rollo May.

Paul Haggis'in *Çarpışma* (Crash) filminin başlangıç sahnesindeki sözleri hatırlayalım: "Gerçek bir şehirde yürürken insanlar sana çarpar durur. Los Angeles'ta kimse sana dokunmaz. Hep bir metal ya da cam ardındayız. O dokunuşları öyle özlüyoruz ki, bir şeyler hissetmek için birbirimize çarpıyoruz."

Sonra yeniden Rollo May'e kulak verelim. "Şiddet, temas için şeytani bir gereksinim, en dolaysız yoldan dokunmayı zorunlu kılan çılgın bir dürtü olarak alevlenir."

Şiddet çılgın bir dürtü olarak alevleniyor. Acı çektirerek, işkence ederek birini etkilemenin narsistik kibrinin alevleri sarıyor benliğini. Kurban acı çekiyor. Bağırıyor. Yalvarıyor. Yalvarıyor. Eskiden hiçbir şeydi. Adı ve sanı yoktu. Kendinden yardım istenilen biri şimdi.

Dünya karşısında hep çaresiz hissetmişti kendini. Dünya da ona yetersiz gelmişti. Şimdi bir insanın hayatını elinde tuttuğunu hissediyor. İstediği an öldürebilir. Vazgeçebilir de. Güçlü olma arzusuyla yanıp tutuşuyor. Bir kediyi öldürürken de aynı arzuyu duyumsamıştı benliğinde. Lime lime etmişti onu. "Kedinin hayatını aldım," diye düşündüğünde hissettiği hazzı bir tek esrar vermişti ona. Son darbeyi indirmeye yeltendiğinde aniden vazgeçiyor. İşlemi geciktiriyor. Yavaş yavaş almalı kurbanının hayatını ki elindeki gücü sonuna dek hissetsin. Kurbanını öldürdüğünde gücü çekip gidecek çünkü. Eskiye dönecek.

Kurban yalvarıyor. "Lütfen öldürme beni, ne yaptım ben sana?" İniltiler odayı dolduruyor. Kurbanın gözlerindeki çaresizliğe dikiyor bakışlarını. Menhus bir zevk alıyor bu çaresiz bakışlardan.

"Neden öldürmeyeyim ki seni? Yaşaman için tek bir neden söyle bana?"

Vicdanı çoktan ölmüş, ruhu çoktan tefessüh etmiş biri o. Başkasının acısı umurunda değil. Her şey onun için sadece bir kurban.

Öldürmemek için tek bir gerekçe dahi yok. Çünkü varolmanın ve yaşamanın iyi ve güzel olduğuna dair tek bir neden bulamıyor.

Onu kim durdurabilir?

Kendisi mi? Kendini durduracak kendisi yok ki. O adsız biri. Varoluşsal kimliğini yitirmiş. Ya korku? Kimden ve neden korksun? Hapishaneden mi? Yasalardan mı? Umurunda değil. Yaratıcıdan mı? İnanmıyor ki. Öte dünyada hesap korkusu? Hep denmedi mi ona gözünle görmediğin şeye asla inanma diye. O da inanmıyor işte. Öte dünyada kim hesap sorabilir ondan. Ona göre hiç kimse. Her şey burada başladı ve burada bitecek. Ölünce şimdiki hayatı nasıl bir hiçse yine bir hiç olacak. Yok olacak.

Heva ve hevesinden gayrı kendini teslim edeceği bir ilahı yok.

Bıçağı son kez saplıyor. Kurban yere yığılıyor. İşte birini etkiledi. Değiştirdi. Ona dokundu. Bir hayatı söndürerek. Artık onun bir adı var: Katil! Dünyanın en kirli ismini aldı.

Yarım yüzyıldan daha fazla önce "Beşerin idare ve ahlâk ve içtimâiyâtı ile çok alâkadar olan içtimâiyyun ve siyâsiyyun ve ahlâkiyyunun kulakları çınlasın. Gelsinler; bu "boşluğu" ne ile doldurabilirler? Ve bu "derin yaraları" ne ile tedavi edebilirler?" diyen Nursi, bir kehanette bulunuyor değildi. Yalın bir gerçeğe işaret ediyordu; Hayat ve kâinat ancak O'nunla "hiçbir şey" olmaktan kurtulup "anlamlı şey" halini alabilir. Ve "kalpler ancak O'nu anmakla tatmin olur."

Haberleri izlediğimizde ya da gazetelerin üçüncü sayfalarını okuduğumuzda, "Bize ne oluyor böyle!" diye niye şaşırıyoruz ki?

DÜNYANIN EN ÖNEMLİ İŞİ

"Nasıl yaptın bunu?" diyecekler. "Çok güzel olmuş, ellerine sağlık. Ne kadar becerikliσin!" Beğenilme arzusu süslüyor hayallerini. Hep süsledi. "Git başımdan şeytan," diyor. Gitmiyor. Gitmezsin biliyorum ama gör bak kimin için yapacağım yemeği, sana inat diye geçiriyor içinden.

İftara iki saat kala, açlık içini burkarken islim kebabında karar kılıyor. Hafif başı da ağrıyor. Üzerinde durmuyor. Ramazan başlayalı açlık hissine tutunuyor. Tıka basa tokluk hissinden, her türlüsünden, hazzetmiyor.

Mutfağın penceresine bir sinek çarpıyor. Cama tırmanıyor sinek, kayıyor, tırmanıyor, kayıyor. İnsanın arzuları da dünyanın yüzeyinde böyle kayıp kayıp düşüyor, diye sesleniyor benliğine. Pencereyi açıyor. Uçup gidiyor sinek. Bir gün kendisi de böyle uçup gidecek. Nereye?

Yemek yaparken hep düşünür. Bulaşık yıkarken de. Hayatını, olanı olmayanı, geleni gideni. Göz ucuyla saate bakıyor. Geçip giden zamana. Gün ağır ağır perdelerini indiriyor, almış başını gidiyor.

Malzemeler tezgâhın üzerine yığılı. 400 gram kuşbaşı et, üç adet uzun kemer patlıcan, bir adet soğan, bir adet sos için, iki adet de kapak yapmak için domates, üç adet çarliston biber, bir adet defneyaprağı, on adet tane karabiber ve kürdanlar. Malzemeleri seyrediyor. Ciddi bir ifade yerleşiyor yüzüne. Önemli araştırmaların yapıldığı bir laboratuvardaymış da yeni bir şey keşfedecek gibi. Evet, önemli bir şey keşfedecek. Daha bunu bilmiyor.

İtinayla alacalı soyduğu patlıcanları uzunlamasına yarım santim kalınlığında dilimliyor. Tuzlu suyun içine yatırıyor. Dinlenecek patlıcan dilimleri. Bir an komik geliyor dinlenme kelimesi. Niye olmasın, onların da kendilerine özgü hissedişleri vardır kim bilir diye geçiriyor içinden. Patlıcanları süzüyor, kızgın yağda pembeleşinceye kadar kızartıyor. Tavaya koymadan kurutmayı unutmuyor. Yağın çıtırtısını dinliyor. Bir konçerto dinler gibi. Elinin üzerine bir damla yağ sıçrıyor. Kalbine sıçramış acılar veryansın ediyor içinde. Mutfağı ele geçirmeye çalışan kızartma kokusunu içine çekiyor. Hatıralarından yeniden sıyrılıyor.

Soğanı soyup ince ince doğruyor. Doğrama tahtasında tak tak seslerini dinleyerek. Bir tane domates rendeliyor. Sarımsak, defneyaprağı ve tane karabiberleri bir tülbende sarıp baharat torbasını hazırlıyor. Bir yandan da ısıtıcıda kaynar suyu hazır ediyor. Fokurtu sesini hep sevmişti. Ocağın üzerindeki tencereye iki yemek kaşığı zeytinyağı koyup ısıtıyor. İri doğranmış kuşbaşı etleri ilave edip karıştırıyor yavaşça. İtinayla. Terli perçemlerini elinin tersiyle itiyor.

Etin bıraktığı su buhar olup uçtuktan sonra, tencerenin ortasında yer açıp soğan dilimlerini ilave ediyor ve az ateşte soğanların diriliği gidinceye kadar kavuruyor. Oradan kendi kavruluşlarına savruluyor zihni. Tencerenin ortasına unu koyup onu da kavuruyor. Üzerine dört su bardağı kaynar su, baharat torbası ve tuz ilave ederek karıştırıyor. Su kaynamaya başlayınca tencerenin kapağını kapatıyor. Ocak ısısını en düşük konuma getirip, bir saat yirmi dakika süreyle eti pişiriyor. Tencere içinde kalan et suyunu sos olarak kullanacak. "Kızım etin suyunu atma, değerlendir," diyen annesine bir Fatiha yolluyor meleklerle.

Domates rendesini et suyuyla karıştırıyor ve sos olarak tepsinin tabanına yayıyor. İki patlıcan dilimini artı işareti biçiminde yerleştiriyor. İçerisine iki adet pişmiş kuşbaşı et koyuyor ve patlıcan şeritlerini birbiri üzerine bohça gibi kapıyor. Ters çevirerek fırın tepsisine yerleştiriyor. Diğer patlıcan şeritlerine de aynı işlemi uyguluyor. Patlıcanların üzerine domates dilimleriyle biber parçalarını kürdanla tutturup sabitliyor. Tepsiyi önceden iki yüz dereceye ısıtılmış fırının orta rafına sürüyor. Biberler kızarıncaya dek pişiriyor.

Kar gibi masa örtüsünü yayıyor masaya. Tabakları, çatal bıçakları yerleştiriyor. Top patlıyor. Dört kişiler. Kimse konuşmuyor. Sus puslar. İştahla yemeklerini yiyorlar. Yemek bitince kalkıp ellerini yıkıyorlar. Kimse dişini fırçalamıyor. Kimse eline sağlık, güzel olmuş demiyor. Yüzü donuklaşıyor, bulutlanıyor. Sessizce masayı topluyor. Uzun süre buzdolabının önünde duruyor. Kocası, niye buzdolabının önünde öyle uzunca kaldı diye şöyle bir göz atıyor. Bir şey sormuyor. Tabakları, kap kaçağı sudan geçirip bulaşık makinesine yerleştiriyor.

Buzdolabının önüne dikiliyor yeniden. Orası onun okulu. Okuyor. Bir kere daha okuyor. Bu sabah radyoda duyar duymaz yazıp asmıştı dolabın kapısına. "Senden yüz çevirirlerse de ki Allah bana yeter!" Bana ancak Sen yetersin diye geçiriyor içinden. Dünyanın en önemli işini yaptım. Senin Rezzak isminin tecellisine mazhar olmak için mutfakta üç saatimi geçirdim. Sen bunu biliyorsun, bu bana yeter! âyette hissettiği hakikati kuyulardan serin sular çeker gibi ruhuna taşımak istiyor.

TATİL SIKINTISI

Narsistik kültürün icatlarından olan tatil, insana daim bir huzur bahşetmez. Avrupa'da depresyon ve intihar olaylarının, o kültürün tatil dönemi olan yılbaşında yoğunlaşması ilginç bir bulgudur. Bu topraklardaysa tatil daha çok yazla özdeştir. Yaz, bir tek sıcağıyla değil, tatilleriyle de sıkıntılı, bunalımlı bir döneme dönüşebilir.

Diyelim ki koca, bir işkolik. Tatilde sıkıntıdan patlar. Karısı ve çocuklarıysa yazın eve tıkılıp kalmaktan. Bir arkadaşımın annesi "Bu amcan var ya, pazar günleri, gel seni gezdireyim, diye beni dışarı çıkarıyor, bir bakıyorum fabrikasının bahçesine getirmiş!" diyerek beni hem çok güldürmüş hem de işkoliklerin halini enfes bir biçimde anlatmıştı.

İşkolik koca güç bela tatile razı edilir. Yeni baş gösteren sorunsa, önce kimin memleketine gidileceğidir. Ya da hangi tatil mekânına. İki taraf da bilir ki, mesele bir iktidar mücadelesidir; kimin dediği olacak!

Kavga gürültü bir karara varılır. On, yedi ve iki yaşlarında üç çocuğu olan aile, arabaya biner. İki yaşındaki çocuğun küçük tuvaleti gelir. Koca dörtlüleri yakar, arabayı sağa çeker, çocuğuna çiş yaptırır. Yeniden yola koyulur. Hava bunaltıcıdır. Erkek, klimayı sonuna kadar açar. Kadının kas romatizması vardır, klima onu çarpar. Klimayı biri açar, diğeri kapar. Arabadaki hava kızışır. Arkada iki kardeş kavgaya tutuşur. Yarım saat sonra, iki yaşındakinin büyük tuvaleti gelir. Baba, söylenerek yeniden dörtlüleri yakar, arabayı sağa çeker, çocuğun tuvaletini yaptırır.

Erkeğin memleketine varılır. Adamın gözü, karısının üzerindedir. Acaba annesine geçen seferki gibi soğuk mu davranacak yoksa bu sefer "anneciğim" mi diyecektir? Ya da tatil mekânına varılmıştır. Bavullar açılır. Kadın, kocasının deniz şortunu bavula koymayı unutmuştur.

Tatil; aksilik, aksilik, aksilik demektir. Aile fertlerinin tatilin başından sonuna kadar birbirlerine ve aksiliklere en üst düzeyde tahammül göstermeleri eve depresyonla dönmemek için elzemdir. Huzurlu bir tatil geçirmek isteyen, aksiliklere "Niye böyle! (Yarım saat önce çişini yaptırırken kakanın da olduğunu niye söylemedin!)" diye aksi davranmamalı, tebessümle yaklaşmayı bilmeli ve "niye"yi lügatinden çıkarmalıdır. Yine aksiliklere mizahi yaklaşım can simididir.

Yaz tatillerinin mutsuz gruplarından biri de öğretmen ve öğrencilerdir. Özellikle öğrenciler tatilde uyuyarak dinlenileceğini zannedip sabahları geç kalkıyorlarsa, hiç tatil yapıyorum demesinler! Onlara şiddetle farklı faaliyetlerde bulunmalarını öneririm.

Bir diğer tatilzede grup yazı, yazlık evlerde geçirenlerdir. Gece yanlarına kadar çekirdek çitleyip sohbetler edilir. Kötü olan, sabahları geç kalkıp hayatın enerjisini yitirmektir. Bir başka sorun da yazlığı olanların evine akrabaların hücum etmesidir. Bu kötü değildir elbette, ama evin hanımına yemek yapımında, sofra kurulmasında, bulaşıklarda biraz yardım edilmelidir. Özellikle bu topraklarda, hele hele bir yazlık evde gelin olmak ağır iştir. Onların durumu da unutulmamalıdır.

Tatili zehir eden durumlardan biri de eski defterlerin açılmasıdır. Şeytan en çok bereketli geçirilecek zamanlarda tam gün mesai yapar gibi gelir bana. İnsanın zihnine en dipte kalmış konuları akıtıverir; "Sen bana geçen sene şunu söylemiştin/yapmıştın." Psikiyatrist olarak görev yaptığım bir hac mevsiminde, hem de Kâbe'de yapılan ilginç karı koca kavga hikâyeleri dinlemiştim. Hac yolculuğuna gideceklere azami sabır tavsiye edilir ya; ben de tatile gideceklere azami tahammül, azami iyi niyet, azami teslimiyet ve azami mizah duygusu tavsiye ediyorum.

Tatil yan gelip yatmak değildir. Faaliyet, faaliyet, faaliyettir. Yabancıların tatil mekânlarında sabah erkenden kalkıp güne sporla başladıklarını, bizlerinse onların spor yapıp kahvaltılarını etmelerinden çok sonra uyandığımızı siz de gözlemlemişsinizdir.

Tatile gideceklere son birkaç önerim de şunlar olacak: Tatil kitap okumak için iyi bir fırsattır. Yazın diğer zamanlardakinin bir misli daha kitap okuyabilsek keşke desem abartmış olmam. Yine, sıla-i rahim fırsatıdır tatil. Büyük şehirlerden kâinatın içine kaçıştır. Yürümek, yürümek, yürümektir. Farklı yerleri görmektir. Bakışlarımızı kâinata çevirerek Yaratıcı'nın yaz denilen muhteşem sayfasını tefekkür ve temaşa etmektir. Başımıza gelecek aksilikler de, bu değerli işin küçük bir bedelidir. Küçük tuvaletini yaptırdıktan yarım saat sonra büyük tuvaleti gelen çocuğumuz için dörtlüleri yakıp, arabayı sağa çekip tuvaletini yaptırmak, olsa olsa en fazla yüzümüzde tebessüm uyandırmalı ve ilerde hatırlanacak tatlı bir anı olarak değerlendirilmeli değil midir?

GÖKTE AY VAR

Gidiyorum.

Nereye?

Uçağın kalkışma kırk dakika var. Havaalanında bir kafede bir kâse çorba ile iftar yapıyorum. Annem bir duysa. Neden anneler evlatlarının yeme içmesine bu kadar takıntılı? Ezilmekten yan kurtulmuş mercimek tanelerini seyrediyorum. Kaşığı kâseye daldırma anında yüzeyde oluşan dalgalanma dikkatimi çekiyor. Çorbayı pişiren aşçı kimdi? İşini severek mi yapıyordu yoksa zoraki mi? Dışarıda yemek yediğimde genelde aklıma takılır bu. Belki de anneler bunu dert ederler. Evlatlarının önüne konan yemeğin kendileri gibi içten, severek pişirilip pişirilmediğini.

Bozuk plak gibi takılmıştım. Bir sonraki uçağa binseniz, iftarınızı havaalanında yapmak zorunda kalmaz, rahat rahat yemeğinizi yersiniz, ricasına aldırmamıştım. Niye bilmiyorum. İnsan her davranışını çözümleyemiyor. Bazen bir yol tutturup gidiyoruz. Bir yol tutturdum, 20.40 uçağına binmek istiyorum.

Yer görevlisine biniş kartını uzatıyorum. Tam o an onu görüyorum. Heyecanlanıyorum. Bir an sanki ben onu değil, o beni seyrediyor hissine kapılıyorum.

Gün boyu açlık varoluşumuzun sınırlarını yeniden çiziyor. Sık sık ihlal ettiğimiz sınırlar. Biz neyiz, kimiz? Bir kere daha öğretiyor bize bizi açlık. "Ben benim" algısını "mutlak acizim" şeklinde nizama sokuyor. Bu düşünceler zihnimden geçerken görmüştüm onu.

Bir umut besler insan. Büyütür de büyütür içinde. Bir iç kanamaya döner sonra umutlar. İnce ince kanar. Anlar ki hayat aldatıcıdır. Bir oyun ve eğlence. Kalbi hayata soğur. Yavaş yavaş sönen ateş gibidir artık. Söndüğünü son deme dek anlayamayan. Ürküntüler gelir üzerine ölü yapraklardan. Sonsuza dek bozuldu düşlerim sanır.

Sonra...

Onu gördüm işte. Kemirilmiş umutların gölgesinden fışkıran şafağın bitim çizgisinin az yukarısında asılı. Ufuk kızıla boyalı. O da buğulu bir halenin içinden çıkıp boy vermiş filizi andırıyor. Yeni yaratılmış mevsim bitkisi gibi süslüyor gökyüzünü.

Gökte ay var! Kavisli bir hilal. Narin, zarif, alımlı. Gökyüzünün tebessümü. Aya yakalanıyorum. Ben onu değil sanki o beni seyrediyor.

Gökte ay var. Yeryüzünde? Yeryüzünde artık Ramazan var. O istedi diye aç ve susuz kalmaya razı insanlar. O'nun emri karşısında boyunları kıldan ince. Ramazan hilali görünmüştür artık. Yüzler ay ışığına bulanmış.

Yolcuları uçağa taşıyan otobüsün içindeyim. Bozulan düşler sonsuzluğun penceresine dönüşüyor ayla. Ay hayatımızın ıssız tarlalarına ışıklar saçıyor. Suyu çekilmiş ırmaklarımız doluyor. Susuzluktan kurumuş, güneşte çatlamış dudaklara dönmüş yüreklerimize açlığın hissettirdiği acizliğin parıltıları dökülüyor.

Acizlik! İnsanın en kısa tanımlarından biri. Mutlak acizlikle başlıyor ve bitiyor sınırımız.

Gökte ay var. Yeryüzünde mutlak acizlik. Eğilip bükülmelerle takatsiz kalplerimiz acizlikle dinleniyor. Ortasından, kenarından, ucundan kırılmış umutlar acizlikle halka halka yeniden birbirine ekleniyor.

Gökte ay var. Yeryüzünde ise oruçlu insanlar. Kabuk bağlamış öfkeler acizlik hissiyle merhamete dönüşüyor. Açlığın hissettirdiği acizlik kabuğun üzerine sürülen merhem gibi. İnsanın yaraları ancak mutlak acizliğini anlayıp buna razı olduğunda iyileşebiliyor.

Gökte ay var. Kavisli bir hilal. Tebessüm ediyor. Yürüyüp giderken görünmez bir duvara çarpmış gibi çarpılıyor benliklerimiz. Açlığın hissettirdiği acizlik, vehimlerimizden sıyırıp gerçekliğin sahiline bırakıyor usulcacık bizi.

Hilal göründü. Ramazan başladı. Hayat kötü, yaşanmaya değmez diyen sesler çıkıp geliyor belleğimden. Hayat kötü olsa ay bu kadar güzel olabilir mi? Ay bu kadar zarif ve güzelse hayat yaşanmaya değmez olabilir mi?

Uçak havalanıyor.

Nereye?

Ne önemi var. Gökte ay var. Ramazan ayı hilali görmekle başlıyorsa ayı seyretmekle devam etmelidir.

ORUCU BULİMİYA NÖBETİNE DÖNÜŞTÜRMEDEN TUTMAK

Amacım bulimiya hastalığından bahis açmak değil. Meramımı anlatmak için değineceğim sadece. Tipik bulimiya nöbetleri yaşayan bir kişi arkadaşlarıyla yemekte olsun. Bu kişi kendini tutamayıp iki porsiyon iskender, azar azar da olsa dört çeşit tatlı yer. İskenderden önce tabii ki çorba içmeyi ihmal etmez. Eve gidince de bir kâse yoğurdu midesine indirir. Çay, kahve ile devam eden yiyip içmesi iki üç paket çikolatayı tıkanırcasına bitirmekle sonbulur.

Midesi kaynamaya başlar. Üzerine ağırlık çöker. O kadar çok pişman olur ki gidip kusar. Kussa bir türlü, kusmasa bir türlü. Kusmazsa çok şişmanlamış gibi hisseder. Kusunca da nimete saygısızlık ettiğini. İki arada bir derede kalır. Her hâlükârda içini huzursuzluk kaplar.

Bulimiya böyle bir rahatsızlık işte. İçimizdeki sonsuz boşluğu yiyeceklerle doldurma çabası. Yiyeceklerin bir anlık hazzına sığınmak, o hazla teselli bulmak. Anlık haz veriyor vermesine ama ah bir de kilo yapmasa şu yiyecekler. Vücudun orası burası şişmanlamasa. Tıka basa yense ama bir gram kilo alınmasa.

Bulimiya nöbetinden sonra kişiler ya kusarak ya da ishal ilaçları içerek yediklerinden kurtulmaya çalışırlar. Bizi ilgilendiren önemli özelliklerinden biriyse yeme nöbetinden sonraki gün uzun süre aç durmalarıdır. Sonra yine bir nöbet. Kısır döngü böyle devam eder.

Beni düşündüren tuttuğumuz oruçların giderek bulimiya hastalığındaki seyri takip eder bir hâl alması. İlk sorun sahurda başlıyor. Ertesi günü aç susuz geçireceğim endişesi ile tıka basa yemek yiyerek oruca başlangıç yapıyorsak, bu oldukça kötü bir başlangıç demektir.

Oruç başlıyor. Aç ve susuzuz artık. Zihnimizde yemek imgeleri. Ah bir su olsa da içsek. Ağzımız kuruyor, dilimiz damağımıza yapışmış. Hele öğlen olduysa bir de. Midemiz kazınmaya başlıyor. Alışkanlık işte. Mide, hadi diyerek bastırıyor. Herkes kendini düşünür ya. Mide de kendini düşünüyor. Boş kalmaya tahammülü kalmamış. Hele ağzımızdaki tat goncaları. İyice şımarmış. Ha bire yiyecek istiyorlar, tatlısından tuzlusuna. Kan şekeri yavaş yavaş düşüyor. İçimizi bir huzursuzluk kaplıyor. Açlık ve susuzluk başımıza vuruyor. Tahammül gücümüz düşüyor. Çalışmak istemiyoruz. Aklımız fikrimiz midemizde. Midedeki kazıntı artıyor. Hafiften baş ağrısı kendini göstermiş bile. Dikkatimizi veremiyoruz. Ee kolay mı? Bedenimiz açlığa alışık değil.

Neyse ki, akşama az bir vakit kaldı. Şöyle böyle zaman akıp gitti. İftara iki saat var. Bir saat var. Yarım saat. Yirmi dakika. Midedeki kazıntı iftara yakın iyice artar nedense. On dakika. Nasıl geçecek şu on dakika Ya Rabbim!

Ezanlar okunuyor.

İşte burada durmalı.

Masa envai çeşit yiyecekle donanmış. Çok tehlikeli bir andayız. Akşama dek aç susuz kalmışız ya. Bu ister istemez insanda yiyeceklere saldırırcasına yeme hakkımız varmış hissini uyandırıyor. Dur durak bilmeden sofradaki yiyeceklere hücum etmek iftar sofrasını tam bir bulimiya nöbetine çeviriyor.

İftar sofralarımızın çeşitliliği ayrı bir dert. Hepsinden yemeye kalktığımızda bulimiyalı kişinin karışık olarak yediklerini biz sadece sırayla yemiş oluyoruz.

Tam burada Kâinatın En Değerli Varlığının iftarını açma biçimini hatırlamalıyız. Onun orucunu açıp namazı kıldıktan sonra yemeğe oturmasına hayran oluyorum. Yiyeceklere saldırırcasına yemeyi engellemek için bundan daha güzel bir yöntem düşünemiyorum. Namaz, akşama kadar aç kaldım şimdi istediğim kadar yeme hakkım var anlayışımızın önünü kesiyor sanki.

Demem o ki; akşama dek aç ve susuz kalmak iftarda yiyeceklere saldırma hakkını vermiyor bize. İftar ile sair zamanlardaki yeme ölçüsü arasında bir fark yok. Kâinatın En Değerli Varlığı, "Sofradan tam doymadan kalkın," der ya. Bu sahur ve iftar için de geçerli değil mi? Yoksa bulimiya nöbetlerini andırır bir Ramazan geçirme ihtimalimiz var.

Ne dersiniz, deneyelim mi?

BUGÜN YAPRAK TOPLAMA GÜNÜN OLSUN

Karmakarışıksın. Dağılmış, saçıp savrulmuş. Hayat istediğin gibi gitmemiş. Gitmiyor. Gitmeyecek. Sanki her şey düşmüş olması gereken yerden. Bir mucize bekliyorsun. Beklediğin mucize bir türlü gerçekleşmiyor. Beklemediğin mucizelere ne dersin?

Bir gün daha açılıyor önünde. Yaprak yaprak dökülüyor hayat ayakuçlarına. Haydi, topla hayatı. Tut. Bir yaprağı tutar gibi. Hayat aslında öylesine hafif ki. Ruh gibi. Rüzgâr gibi. Sen gibi.

Ağır olan senin kalbin, biliyorsun. Varsın kalbin ağırlaşmış olsun. Kalbindeki tüm olanlarla, olmayanlarla sensin. Hadi ama. Hadi.

Kalkıyorsun. Yollara koyuluyorsun. Her gün gidip geldiğin aşina yollara. Bir yerlere varmak için. Varıyorsun. İşyerine. Merdivenleri çıkıyorsun. Ağır ağır. Dura kalka. Kalbinin ağırlığı ayaklarına inmiş. Masana varıyorsun.

Oturuyorsun. Bir çay söylüyorsun. Dalıyorsun. Kaşığı tutuyorsun bir müddet parmaklarında. Hadi çık o karanlık dehlizden. Vehim ve vesveseler, acabalar, keşkelerle boğulduğun kuyudan çekip çıkaracak bir mucize gerçekleşecek birazdan. Kaşığı bardağın içine daldırıyorsun. Ağır ağır karıştırıyorsun. Şeker eriyip görünmezleşiyor. Daha başka hangi mucizeyi arıyorsun? İşte tam gözlerinin önünde mucize. İşte parmakların kavrıyor bardağı, elin hafifçe yanıyor. Başka ne istiyorsun hayattan? Başka ne sahiden! Hadi, gözlerin yorulmadı mı hayallerindeki vehimlere bakmaktan?

Yürürken bir ağacın önünden geçmiştin. Yaprak yaprak dökülmüştü hayat ayakuçlarına. Kalbinin ağırlığına odaklanmıyorsun. En azından bugün. Kalbinin içinde ne varsa her şeyiyle senin oluyor bugün. Her şeyiyle. Acısıyla tatlısıyla. Hüzünleri de senin, lezzetleri de. Senin kalbin o. Senin. Neden kalbine sahip çıkmıyorsun? Kalbinin hüznünü reddedenler hayatı reddeder. Sen hüzünden, toprağın hüznünden yaratıldın. Toprak en hüzünlü varlıktır. Aynı zamanda tüm neşelerin de kaynağı.

Hayır, ne hissedersen hisset, bugün oflama, puflama yok. Nedenler, niçinler, niyeler yok. Neden, biliyor musun? Bugün senin günün. Nesi mi var bugünün? Hadi ama baksana yapraklar dökülüyor. Yaprak yaprak dökülüyor hayat ayakuçlarına. Bugün yaprak topladın. Ayaklarının ucuna dökülmüş hayatı topladın ve masanın üzerine koydun. Masanda duran hayattır. Seyrediyorsun onu. Çalışırken bakışların ona kayacak sık sık bugün. Sana tebessüm etmeyenlerin yerine o tebessüm edecek. Yaprakların hışırtılarıyla dolacak yüreğin. O hışırtılar hayatın hışırtısı olacak.

Varsın desinler, varsın küçümsesinler seni. "Bu yaprağın burada ne işi var!" desinler. Bunu diyecek olanlar, yerden aldığın şeyin hayat olduğunu bilemeyecekler. Bugün senin yaprak toplama günün. Bugün senin günün.

Bugün önemli bir gün olsun. Bugün özel bir gün olsun. Ne özelliği var ki demeden. Hayat nazarımıza göre şekil alır. Bugün özel bir gün dersen özel bir gün olur. Bugün sıradan bir gün dersen de sıradan.

Arkadaşın masana bir poğaça bırakıyor. Mis gibi kokuyor. Baksana ne güzel kızarmış. Hâlâ bir mucize bekliyorsun. Mucize poğaçanın yüzeyinde yansıyor işte. Ateşte pişmiş. Senin için. Baksana, sonsuz rahmet tecelli ediyor. Sonsuz bir mucize. Daha ne istiyorsun?

Her şey, her varlık bir yol kavşağıdır. Bugün yapraktır önüne çıkan kavşak, yarın başka bir varlık. Sen yeter ki elinden tut yaprağın, seni hayata götürecek. Hadi, dalıp gitme vehimlerine. Vehimlerle dolu hayallerine. Bak, yaprak var masanda. Gerçek ve somut. Ona odaklanıyorsun. Her ne vakit vehimlere dalıp gidersen yaprağı eline alacak, onu koklayacak, seyredeceksin. Bunu neden istediğimi anladın değil mi?

Biliyor musun, niçin bunca yıldız vardır gökyüzünde? Yıldızlar da başka bir yol kavşağı. Her varlık bizi O'nun sonsuz rahmet âlemlerine götürür. Bir gün de belki gökyüzünü konuşuruz. Olur mu? Bu arada Rilke'nin şu dizeleri bugüne ışıltılar saçsın: "Düşer yapraklar, düşer sanki uzaklıklardan/ Ama var Biri, bu düşmeyi ellerinde tutar, sonsuz yumuşak."

Biliyor musun, istersen yarın da senin günün olabilir. Yeter ki iste. O'ndan.

Hey, dalıp gitme vehim ve vesveseli hayallerine. Önündeki yaprağı küstürme.

ÜNİVERSİTE ÖĞRENCİLERİYLE HASBİHAL

Üniversite hayatı birçok gencin ailesinden ilk zorunlu ayrılığıdır. Gözü yaşlı anne babalar evlatlarını "Güle güle" diye uğurlarken hayat da onlara "Hoş geldin!" demek üzeredir.

Ailemizden ayrı bir şehirde okuyacaksak ya tek başımıza bir evde kalırız ya arkadaşlarımızla bir evde ya da yurtlarda. Alın size bir dizi yeni sorun!

Artık "Aç mısın oğlum/kızım? Yemek hazırlayayım sana," diyen, arkamızdan döküntülerimizi toplayan annelerimiz yoktur. Okuldan döndüğümüzde yatağımızın bıraktığımız gibi öylece durmasına hayret ederiz! Yemek, çamaşır, bulaşık, ütü, evin temizliği belki ilk kez başımıza kalmıştır. Odamızın, evimizin sorumluluğunu üzerimize alıp etrafı temiz pak tutmayı beceremiyorsak, faturaların, kiranın ödenmesini takip etmiyorsak evlenince eşimizin ve çocuklarımızın sorumluluğunu nasıl üstleneceğiz? Bu yeni sorumluluklara oflayıp puflamadan, "Nereden de çıktı bunlar?!" demeden, bir fert olduğumuzu idrak ederek, sorumluluk hissimizin gelişimi için bu yeni hayatı değerlendirebilmeliyiz.

Birlikte yaşamak kolay mıdır? Çok zordur. Böylesi ortamlarda en az birkaçımızın kişiliği "zor" olacaktır. Bazılarımız fazla, bazılarımız az ders çalışır. Bazılarının gece ders çalışacağı tutar.

Bir bakarsınız siz mışıl mışıl uyurken odanın ışığı yanmış, pat küt sesler geliyor. Eve hırsız mı girdi diye korkuyla uyanırsınız. Bazıları huysuzdur, aksidir. Her yemeği yemez, beğenmez. Alıngandır, buluttan nem kapar. Bazıları mükemmeliyetçidir. Titizdir. Bazıları çok konuşur bazıları az. "Biraz sussa da ders çalışsam," diyeceğiniz kişiler de olur, "Amma soğuk adam/kız yahu! Hiç içini açmıyor, buzdolabı sanki," diyecekleriniz de.

İnsanları ve kendimizi tanımanın en mümbit ortamlarından birinin birlikte yaşamak olduğuna inanırım (bu işi iyice ileri götüren bir terapist, hastalarının yaşadıkları ortamı görmeden onları layıkıyla tanıdığına inanamadığım söyler). Biz kendimizi insanda tanırız. İnsan ilişkileri içimizdekileri dışarı çıkarır. İyi yönlerimiz de hatalarımız, kusurlarımız, eksik gediklerimiz de ancak bir ilişki içinde belirir.

Onun kişiliği şöyle berikininki böyle olabilir. Farklı kişiliklere sahip olsak da birbirimizin insani hamurunu keşfederiz bu tür ortamlarda. Hangi kişilikten olursak olalım âşık olabildiğimizi, ailemizden ayrı yaşamaktan dolayı hüzünlü olduğumuzu, az çok hepimizin kaygıları olduğunu, ailemizi memleketimizi özlediğimizi fark etmek ve "insan"ı dolayısıyla kendimizi tanımak ve bilmek büyük bir nimettir.

Birlikte yaşama becerisi birlikte yaşayarak geliştirilebilir ancak. Arkadaşlarımın hayatlarını nasıl kolaylaştırabilirim, onlar üzerinde olumsuz etkilerim nelerdir acaba, bir ev/yurt arkadaşı olarak benden memnunlar mı? Benim hatalarım kusurlarım neler? Bu sorular önemlidir. Her şeyi ve herkesi suçluyor, huysuzluk çıkarıyor, hiçbir şeyden memnun olmuyorsak; orada durmalıyız derim. İşte kendinizi tanımaya başladık.

Diyelim sınavlarımız var, gece kalkıp ders çalışacağız. Ama önce elimizi yüzümüzü yıkayıp uykumuzu açmamız lazım. Paldır küldür, sanki evde tek başımıza yaşıyor gibi davranıp başkalarına vereceğimiz rahatsızlığı göz önünde bulundurmuyorsak bilin ki kişiliğimizde bir sorun vardır.

Ya da ev/yurt arkadaşımızın soğuk bir kişiliği vardır. Soğuk görünen bir insanın dünyasına girmenin yolunu yordamını daha iyi nerede öğrenebiliriz? Ya da hemen arkadaş olmaya meyilli, coşkulu, pat diye dünyanıza dalıveren kişilerle belli bir mesafeyi korumanın yolunu yordamını.

Suratı asık gezinen, içine kapanmış bir ev ya da yurt arkadaşımıza; "Nasılsın, bir derdin mi var?" dediğimizde aksi aksi cevap vermesine aldırmadan uygun bir zaman kollayıp yeniden sormayı denemenin daha güzel fırsatını nerede bulabiliriz? Suratı asık, morali bozuk olan bizsek birkaç saat sonra, "Adam/kız bana nasıl olduğumu soruyor, ben onu tersliyorum. Bu işte bir terslik var," deyip kendimizi görmeye çalışmak ne büyük bir erdemdir. Her ikisine de ancak birlikte yaşama ortamlarında ulaşabiliriz.

Birlikte yaşamanın sunduğu bir başka kazanç da farklı kültürlerle tanışma olanağıdır. Kimimiz doğudan kimimiz batıdan kimimiz güneyden ve kuzeyden gelmişizdir. Kimimiz isotsuz yemeğe yemek demez, kimimiz hamsinin en yenilesi yiyecek olduğuna inanır. Konuşma, düşünme, olayları çözme tarzlarımızda farklılıklar vardır. Batılılar başka kültürleri öğrenmek için binlerce dolar para harcayarak Doğu'ya yolculuk yapıyorlar. Tibet dağlarına, Hindistan'a. Farklı kültür katmanlarından arkadaşlarla bir evi ya da yurt odasını paylaşmak bu açıdan da çok iyi bir fırsattır.

ÜNİVERSİTEDEKİ DERSLER NE İŞİME YARAYACAK?

"Bu öğrendiklerim hayatta ne işime yarayacak ki?" diye sormayan öğrenci yok gibidir. Sin2 + cos2'nin bire eşit olduğunu öğrenince ne olacak? Bir üçgenin iç açıları toplamının yüz seksen, dış açıları toplamının üç yüz altmış derece olduğunu bilmek bize ne katacak? Az sayıdaki meslek grubu dışında bunları kimse hayatta birebir kullanmaz, doğru. Peki, boşuna mı dirsek çürütüyoruz? Hayır!

Bir matematik problemini çözmek aslında bir sorunu çözmenin yol ve yordamını öğrenme talimidir. Matematik problemlerini çözerken muhakememiz işler, gelişir. Hayatta birebir işe yarar görünmeyen matematik, fizik gibi bilimler düşünme, sorun çözme alışkanlığı edinmemize vesile olur. Terapistliğimde matematik ve fizikten edindiğim "problem çözme" teknik ve yaklaşımlarından ve onlar yoluyla geliştiğine inandığım "sezgiler"imden çokça faydalandığımı düşünür, iyi ki lisede bu iki derse ağırlık vermişim derim. Yine örneklendirmem gerekirse; matematik ve fizik dışında hepimizin en önemli meselesi olan sonsuzluktan bahseden başka hangi disiplin vardır. Müfredatın içeriği tartışılabilir ama tarih ve coğrafya derslerini önemsemediğime hâlâ hayıflanır ve eksikliğini hissederim.

Matematik gibi her bilim disiplininin bize katkıda bulunacağı kavramlar, bakış açıları, bilgi edinme, düşünme, muhakeme usul ve yöntemleri vardır. "Bunlar hayatta ne işime yarar?" düşüncesi faydacı bir bakış açısının eseri olsa da fayda getiren bir bakış değildir. Bazen bir bilginin bizzat kendisinin birebir faydası olmayabilir ama o, faydalı başka bilgilerin temel taşı olması bakımından dolaylı olarak fayda sağlayabilir. Örneğin bir hücrenin ayrıntılı yapısını bilmek, hücrenin içinde mitokondrilerin, ribozomun, endoplazmik retikulumun olduğunu öğrenmek başkaca bilgileri öğrenmek için elzemdir.

Bazı öğrenciler de takıntılı biçimde az şey öğrendiklerini düşünürler. Bilmemiz gerekenlerin ancak bir kısmını üniversitede öğreniriz. Daha ileri düzeyde bilgi edinimi, yüksek lisans ve doktora programlarında mümkündür. Kendi kendine öğrenmenin önemi de hiç inkâr edilemez.

Bilgi edinmenin yanı sıra üniversite hayatının yaşam disiplini elde etmek için değerlendirilmesi gerektiğine çok inanıyorum.

Burada askerî disiplinden değil, katılıktan, olmazsa olmazdan uzak, mutlaklaştırılmayan bir iç disiplinden söz ediyorum. İç disiplinimizin oluşumuna; sorumluluk duygumuzu geliştirmek, kendimizi aşan bir ideal belirlemek, nasıl öğreneceğini öğrenmek önemli katkıda bulunacaktır. Her öğrenme süreci nihayetinde kendi kendine öğrenmeye dönüşecektir veya dönüşmelidir. Bugün az sayıda üniversitede az sayıda üniversite hocası (ne yazık ki) öğrencilerine nasıl öğreneceğini öğretmektedir.

Ülkemizde üniversitelerin bazıları meslekî eğitim veren birer kurs mesabesinde bir içeriğe sahiptir. Ancak "Bir şey tümüyle elde edilemiyorsa tümüyle de terk edilmez," sırrınca; sinek kanadından yağ çıkarmayı hedefleyip, şartlara ah vah etmeden üniversitemizin imkânlarını sonuna dek değerlendirmeyi bilmek bir sanattır. Hangi derste hangi konuların anlatılacağı belliyse derse hazırlanarak gitmek verimliliği ileri derecede artırır. Kendine hedef belirleyen, ideali olan öğrencilerin motivasyonu hemen her zaman daha iyidir.

Üniversite hayatını eğlence ve sefahat fırsatı görüp böyle değerlendiren öğrenci sayısı hiç de az değildir. Özellikle baskıcı ailelerde büyüyen gençler için, bir de artık ailelerinden ayrı yaşıyorlarsa, bu yeni ve bağımsız hayat baştan çıkarıcıdır. Artık kaçta geldin, kaçta gittin diyen, karışan yoktur. Önemli olan hayat üniversitesi deyip kafeleri mesken tutanlara önerim; en azından oraları ders çalışma, kitap okuma mekânı haline getirmeleridir. Bir itirafta bulunayım: *Giderken Bana Bir Şeyler Söyle* isimli romanımın üçte birini bir kafede yazdım!

Derslerinde başarısız olan öğrencilerin yaptığı önemli bir hata bunu ailelerinden saklamalarıdır. Dördüncü senelerinde olup da çok az sayıda ders geçtikleri halde ailelerine başarılı olduklarını söyleyen gençlerin mumu birkaç sene içinde söner. Dersleri geçememenin üzerine yalan söylemenin mahcubiyeti eklenir. Ayrıca aileler, başarısızlıktan çok kandırılmış olmalarına içerlerler. Böyle durumdaki gençlere durumu aileleriyle paylaşıp onların yardımını istemelerini şiddetle öneririm.

Ders çalışma motivasyonu az olan öğrenciler için kütüphane bazen çok işe yarar. Kütüphanelerin esrarlı bir sosyal grup psikolojisi vardır. Bundan yararlanmak gerekir. Ayrıca derslere ne kadar sıkıcı da bulunsa devam etmek, sosyal faaliyetlere, arkadaş sohbetlerine katılmak, imkân varsa yurtdışına gitmek, yurtdışındaki üniversiteleri ziyaret etmek veya dönemlik bile olsa oralarda okumak, ilgi sahamızdaki başarılı insanlarla tanışmak önerilebilecek diğer hususlardır.

ÖLMÜŞ SEVDİKLERİMİZDEN AYRI İLK BAYRAMLAR

Ne zaman bir bayram yaklaşsa, bazılarımızın içi sızım sızım sızlamaya başlar. Düşünün şimdi. Bayramın ilk günü çocuklar, torunlar, damatlar, gelinler annenin evinde toplanacaktır. Yıllardır bu böyle olmuştur, bu sene de böyle olacağı umulmaktadır. Planlar programlar yapılır, hazırlıklara başlanır. Uzaktan gelecekler çok önceden uçak biletlerini alırlar.

Sonra.

Sonra acı acı çalar telefonlar. Gecedir şimdi, söylenmez, denilmez. Eller böğürde, yürekler ağızda "hayırdır inşallah" diyerek ahizeler kaldırılır. Hıçkırıklara karışan gözyaşları sel olur akar.

"Abla, annem kalp krizi geçirmiş. Vefat etmiş. Biraz önce annemlerin komşusu aradı."

"Bir şeyciği de yoktu, ne oldu da öldü Allah'ım," sorgulamaları eklenir sonra. Anne defnedilir. Bayram günü yine toplanılır. Gelinler, damatlar, çocuklar, torunlar. Bir iç burukluğu hâkimdir evde. Bir iç sızısı. Burun direklerine kadar vurmuş bir iç sızısı.

Ya da anne veya baba veya ailenin başka bir ferdi aylar öncesinde ölmüştür de bu onsuz ilk bayramdır. Gözler gönüller onu arar. Tuhaf bir sessizlik hâkimdir evde. Kimse ondan bahsetmek istemez. Herkesin boğazında bir yumru. Dokunulsa ağlayacaktır hane halkı. Ben ağlarsam diğerleri üzülür diye köşe bucak kaçılır. Kuytu yerlerde gizli saklı ağlanılır.

Onlarsız ilk bayram en acısıdır. Bir boşluk vardır. Tuhaf bir boşluk. Her zamanki bayram değildir bu. Tuhaf bir bayramdır. Sevincin yerle yeksan olduğu bir bayram. Lokmalar boğazda düğümlenerek kahvaltı yapılır. Sonra ziyarete gidilir. Ölenin ve aslında ölümlülüğün ziyaretine.

Benim annemin okuma yazması yoktur. Ne Latin harflerini bilir ne de *Kur'an* alfabesini. Bu yüzden arife günleri babasıyla annesinin Salman köyündeki kabirlerini ziyarete hep beni götürürdü. Hâlâ da götürür. Elime tutuşturduğu Yasin'le "Hadi" derdi, "Dedenle anneannenin kabirlerini ziyarete gidelim." Giderdik. Garibime giderdi küçükken bu "ziyaret" kelimesi.

Bir bayram arifesinde ya da sabahında ilk ziyaretimizi ölmüş sevdiklerimize yapar, ilk onlarla bayramlaşırız. Kabristana varırız. Bir ev ziyaretine varır gibi. Bir yurda varır gibi. Babam öğretmişti kabristandakilere nasıl selam verileceğini küçükken. Bu "selam" meselesi de tuhafıma giderdi küçükken. Acaba onları ziyarete geldiğimizi biliyorlar mıydı? Tedirgin tedirgin selam verirdim:

"Es-selâmu aleyküm yâ ehl-i kubûr. Ve innâ inşâallahu biküm le-lâhikûn." "Ey kabir halkı! Allah'ın selamı üzerinize olsun. İnşaAllah biz de size (bir gün) kavuşacağız."

Niye böyle selam verirdik? Sonradan öğrenecektim ki Kâinatın En Sevgili Varlığı böyle yaparmış. Bundan daha tedavi edici bir yaklaşım düşünemiyorum şimdi.

Bir yakınımız, sevdiğimiz ölünce üzülürüz. Ağlarız. Yasını tutarız. Acımızı çekeriz. Bu selamsa, ölenle ölünmeyeceğim çünkü ölenlerle bağımızın devam ettiğini gösterir. Kabir ehline, ölmüşlere selam vermek, hele bir bayram arifesinde hele bir bayram sabahında bizi derin bir kavrayış ve idrake kavuşturur. Tedavi edicidir. Teselli vericidir. Şifa kaynağıdır. "İnşallah biz de bir gün size kavuşacağız." Ne güzel bir bakış açısıdır bu bir bayram sabahı. Ölenin yok olmadığını, selamımızı duyduğunu telkin eder bu cümle. Önümüzü aydınlatır. Ruhumuza genişlik verir. Bir gün kavuşmanın mümkün olduğunu öğretir bize Kâinatın En Değerli Varlığı. Ebedi ayrılık acısını yüreklerimize yasak eder.

Bir bayram arifesinde ya da sabahında bakışlarımızı mezar taşlarına odaklar dalar gideriz. Mezar taşlarında kendi isimlerimizi görür, kendi ölümümüze dalarız. Hayatın geçiciliği bir bayram esintisinde gelip çarpar yanağımıza. Hayatın geçiciliğinde teselli buluruz. Dertlerimizin, sıkıntılarımızın, sorunlarımızın da geçici olduğunu idrak ederiz. Mezar taşları ölümlülüğümüzü anlatır benliğimize. Benliğimizin olmazsa olmaz tutkuları törpülenir az ya da çok.

Kabristandan evlerimize döneriz. Gelenler gidenlerle dolar taşar evlerimiz. İkramların biri biter biri başlar. Bazı evlerdeyse duygular karışıktır. Kalplerde ince bir sızı, bir inilti sezilir. Bazı çocukların, anne ya da babası ölmüş çocukların kalplerinde ise daha derin bir sızı. Gülümsemeleri zoraki, bayramlaşmaları garipçedir. Onlar hayata buruk başlamışlardır. Hele annesiz babasız ilk bayramlarıysa küçücük kalpleri acıyla çok erken tanışmıştır. Kâinatın En Değerli Varlığı'nın başına gelen onların da başına gelmiştir. Bu da onların tesellisidir.

Ölmüş sevdiklerimizden ayrı ilk bayramlar çok zordur. Biricik tesellimiz ise onların O'nun yanında olmasıdır. Selam olsun onlara. Kabirleri de nurla dolsun.

FELÇLİ BİR İNSAN HALA NASIL İŞE YARAR?

Sağ tarafı hemen hiç tutmuyor. Oraklayarak yürüyor. Önce sol ayağını ileri atıyor, sonra sağ ayağını genişçe bir kavis çizerek solun yanına getiriyor. Konuşulanları anlıyor ama konuşamıyor. Kelimeler içinde sıkış tıkış. Bastıra bastıra tüyle doldurulmuş yastık gibi. Ancak kesik kesik iniltilerle meramını anlatabiliyor.

Sabahın altısında kızı onu pencerenin önüne yerleştiriyor, fiskos koltuğuna. Tülleri, perdeleri sıyırıyor. Seyir başlıyor.

Sabah bereketiyle geliyor. Erken kalkan yol alır misali pazarcılar karanlığı yara yara yol almışlar. Kasalar kamyonetlerden indiriliyor. Çadırlar geriliyor. Domatesler, taze fasulyeler, barbunyalar tek tek diziliyor. Pırasaların uçları kesiliyor. Sergiler özene bezene açılıyor. Anadolu'da pazar yerine sergi denirdi. Bu kelimeyi çok sevdiğini hatırlıyor. Bir köşede pazarın çaycısı çay demliyor. Simitleri ortadan kesiyor, arasına krem peyniri bıçakla bir güzel sürüp tekrar kapatıyor. Sonra tepsiyi üç yüz altmış derece döndürerek bildik numarasını yapıyor.

Peynirci de tezgâhını açıyor. Eski ve taze kaşarları, İzmir tulumlarını, Van'ın otlu peynirini itinayla yerleştiriyor. Siyah ve dolma zeytinleri de yanına koyuyor peynirlerin. Uzaktan uzağa görüyor bunları yaşlı kadın. Göremediklerini hayalinde tamamlıyor. Burnuna keçi sütünden yapılmış peynirin kokusu geliyor. Mümkün olsa da şu tulum peynirinden alsa. Kocası ne çok severdi. Her pazara çıkışında o seviyor diye alırdı. Kocası öldükten sonra da sanki onun vasiyeti gibi almaya devam etmişti.

Saat ona doğru pazar biraz daha kalabalıklaşıyor. Eşini işine, çocuklarını okula yollayıp evin ilk işlerini de bitiren ev hanımları pazarın yolunu tutuyor. Pazarcılar birbirlerine laf atıp şakalaşıyor. On bire doğru yağmur çiselemeye başlıyor. On gündür havalar iyice soğudu. Bugün hava puslu, soğuk, kasvetli, diyor. Kendi kendine. Böyle günlerde pazarın rüzgârı daha bir sert eser, iliklerine işler insanın. Sığınılacak yerleri yoktur pazarcıların. Eller cepte, burunlar kızarmış, naylonların altına giriyor tam karşıdaki sebze meyveciler. Allah kolaylık versin, onlar da böyle rızık peşinde, diye düşünüyor.

Altı ay öncesiydi. Sol beyin orta damarında bir hareketlilik vardı. Bu damar tıkanınca beyne giden kan akımı iyice azalmış, sağ tarafına felç inmişti. Aniden. Konuşulanları anlayabilse de kelimeleri söyleyemiyordu. "Afazisi var, zaman alacak ama iyileşebilir," demişti doktor. İki hafta hastanede yatmış, sonra kızının evine gelmişti.

Artık günlük işlerini yapamıyor. Gece gündüz çalışmaya alışmış. Pazara gidemiyor, İzmir tulumundan alamıyor, torununa kahvaltı hazırlayamıyor. Ne yapsa da işe yarasa. Sonra...

Sonra kader ona gülümsüyor. Bir gün üniversite birinci sınıfa giden torununun telefon görüşmesine şahit oluyor. Torunu arkadaşına heyecanlı heyecanlı o gün gittiği sohbette konuşulanları aktarıyor. Defterini açıp aldığı notlara bakarak. Zar zor bazı cümleleri yakalıyor yaşlı kadın. "Fâtır-ı Zülcelal, yeryüzünü bir sergi hükmünde yaratmış. Bütün antika sanatlarını orada teşhir ediyor."

Torunu arkadaşıyla uzun uzun sergi üzerine konuşuyor. Sergi kelimesi onun da dikkatini çekiyor, hayalinde evlerinin önündeki pazar yeri canlanıyor. Konuşmayı belleğine iyice kazımaya çalışıyor. Sonra torunu "O da ona mukabil: 'Mâşâallah' diyerek takdir ile, 'Bârekâllah' diyerek tahsin ile, 'Sübhanallah' diyerek hayret ile, 'Allahü Ekber' diyerek istihsan ile mukabele eder." cümlelerini aktarıyor. Yaşlı kadın, bu dört kelimenin Yaratıcı'ya bir mukabele olduğuna dikkat kesiliyor. Sohbette bu cümleleri okuyan kişi bunların ona kadar ulaşacağını bilmiyor. O ise her şeyi biliyor.

Artık kendine önemli bir iş ediniyor hapis kaldığı bedeninde. Varoluşunu anlamlı kılan bir iş. Semt pazarı ruhuna bir pencere açıyor. Sabahın erken vaktinden akşamın karanlığına dek gözlerine sergiye dikerek "Mâşâallah, Bârekâllah, Sübhanallah ve Allahü Ekber" diye tekrarlıyor. Torununun okuduğu cümleler belleğinde tam olarak yer etmediği için çoğu zaman hangi kelimenin neyin mukabelesi olduğunu karıştırıyor. Olsun diyor kendi kendine. Melekler düzeltir. Bu, annesinin lafıydı. "Allah'ım, meleklerine noksanlarımı düzelttir," diye dua ederdi annesi. Hayata bu dört kelime ile tutunuyor artık. Bir işe yaramıyorum duygusundan kurtuluyor.

AYŞE ŞASA'NIN YOLUNU GÖZLEDİĞİ HELVACI

Soğuk, katı, sert, ilgisiz bir anne. Sanki o yokmuş gibi davranıyor. Deli gibi spora ve cemiyet hayatına düşkün bir baba. Her ikisi de göz ucuyla bakıyorlar ona. Varoluşunu onaylayacak, değerli olduğunu hissettirecek anne babadan mahrum.

Erkek çocuk beklenirken kız doğurduğunu gören annesi, fevkalade üzülüp bir süre süt vermekten bile kaçmıyor. Ecnebi bakıcılara teslim ediliyor. İlk bakıcısı Schwester Katie, "Yaramazlık yaparsan giderim, bir daha gelmem," diye tehditler savuruyor, karanlıkta yalnız bırakıyor, başka mürebbiyelerle İkinci Dünya Savaşı'nı takip edip ölümden, bombalardan, yangınlardan bahsediyor. Kaybetme, terk edilme korkusuyla (ki bir çocuğun yaşayacağı en derin örselenmelerden biridir) minicik yüreği delik deşik oluyor.

Hastalık hastalığına yakalanıyor. Anne babası gezip tozmaya dalar. İnsanın gönlüne inşirah vermesi gereken tabiat bile ona korku vermeye başlıyor. Katie gidiyor, Alman Barbara geliyor. Bir gece gittikleri bir parkın ortasında onu bir çukura bırakıp kaçıyor. Ağlaya sızlaya evin yolunu zor buluyor. Barbara ne mi yapıyor? Anne babasının önünde "Elini tutuyordum, kaçtı," diyerek küçük kızı pataklamaya başlıyor.

"Daha 6-7 yaşlarımdan başlayarak bu âlemdeki varlığımın sebebini, çevremin özelliklerini sorgular dururdum. Biraz aktif bir zihin yapım vardı herhalde, altını çizerdim her şeyin," cümlesinin altını çizmişim. Hayatı boyunca ailede şefkat gösterip onunla ilgilenen tek insan anneannesi.

Katman katman içine gömülen küçük Ayşe okula başlıyor. "Derslerim çok kötü. Talebeler bana geri zekâlı muamelesi yapıyorlar. Alay ediyorlar çocuklar benimle. Hiç arkadaşım yok. Hep bir melankoli var üzerimde, ağır bir depresyon geçiriyorum," cümlesinin de altını çizmişim. Okulda lakabı "Aptal Ayşe" oluyor. Çocuklar koro halinde lakabını yüzüne vuruyorlar.

Ayşe Şasa'nın yeni kitabını okurken (*Bir Ruh Macerası*, Ayşe Şasa, 2009) burada kopuyorum. Altını çizdiğim cümleler kalbimi çiziyor. Nasıl dayandınız bunlara Sevgili Ayşe Şasa? Yoksa bir melek mi koruyordu sizi? Kalbinizin gözyaşlarını silen. Her bir gözyaşı damlasını cennete götürmek için altın bir kâseye koyan başka bir melek daha mı vardı yoksa? Söyleyin, n'olur!

9 yaşlarında Çiftehavuzlar'daki evlerinin sokağı çok sakindir. Tek tük birileri, seyyar satıcılar geçer. Beyaz önlüklü, arabasıyla koz helva satan bir helvacının yolunu gözler hep. Helvacı ona yaşadığı muhitin maddi manevi çok dışında ve farklı gelir. Bu helvacıyı zihnimizin bir kenarına iyice nakşedelim.

Arnavutköy Amerikan Kız Koleji'nde yatılı okumaya başlıyor, başarılı bir öğrenci olup çıkıyor. Başarısızlığı kadar başarısı da kimsenin umurunda değil. "O refahın, zenginliğin her katresi hücrelerimden kan ve ter olarak çıkmaya başlıyor," diyor. Yaşadığı hayatın içinde hapis gibi. Ama hep "Bu dağı aşsam, ötesinde çok başka ve daha güzel bir hayat, güzel insanlar, heyecan verici olaylar vardır," diye düşler kuruyor.

Dağı aşacak ve aştığında o helvacı karşısına çıkacak yine.

Lisede yoğun bir hümanist felsefeyle aşılanıyor. Nihilist bir dünyaya kayıyor. Mezun olacağı yıl Yaşadığımız Odalar isminde bir oyun yazıyor, sahneleniyor. Aynı yıl Kemal Tahir'le tanışıyor. Depresyon atakları geçiriyor. Psikiyatri ile macerası başlıyor. İlk evliliğini yapıyor. Boşanıyor. Atıf Yılmaz'la evleniyor.

Şimdi 16 yaşına dönelim. Şişli'de La Paix Psikiyatri Hastanesi'nin önünden geçerken "Hakikate vasıl olmama vesile olacaksa, yolumun bu hastaneden geçmesine razıyım," diyor içinden, niyet tutar gibi. "Hakikat" kelimesine aşırı bir ilgisi, abartılı bir merakı var. 30 yaşında geçirdiği ağır bir psikotik depresyon nedeniyle bu hastaneye yatırılıyor. Hakikate olan aşkını ispatlıyor.

Hastaneden çıkıyor. Atıf Yılmaz'dan ayrılıyor. Babasının hastalığı nedeniyle anne babasıyla birlikte Paris'e gidiyor. Babası acılar, pişmanlıklar içinde. Kızına ilgisizliği vicdanını dövüyor. Babası üç yıl sonra ölünce Ayşe Şasa iyice donuklaşıyor. Londra'daki psikiyatristine götürülüyor. Yoğun hezeyan ve halüsinasyonlar dönemine giriyor (Bunları *Delilik Ülkesinden Notlar* kitabında ayrıntılı olarak anlatır).

Londra'dan dönüyor. Hayatına Bülent Oran giriyor. Bülent Oran, Ayşe Şasa'yı dinliyor dinliyor dinliyor: "Seni insanlar boyuna posuna bakarak kuvvetli bir şey zannediyorlar, oysa Andersen'in her zaman yağmur altında, yalınayak kibritlerini satmaya çalışan kibritçi kızına benziyorsun!" diyor. Çok etkileniyor bundan Ayşe Şasa. Bülent Oran onu hiç yalnız bırakmıyor. İlgileniyor. Evleniyorlar. Bu arada ağır bir kriz daha geçiriyor. Şuuru mum gibi sönüyor, mekân duygusunu yitiriyor. Annesi onu alıp yeniden Londra'ya götürüyor. Sonra...

Sonra, Londra'da yüzyıllar öncesinden bir yardım eli uzanıyor. İbni Arabi'nin İngilizce basılmış *Füsusu'l Hikem*'ini alıyor. Epey zaman kitap öylece duruyor. 1981 veya 82 yılında okumaya başlıyor. Füsus'la şereflenişini tamamen ilahi bir şerefleniş olarak değerlendiriyor. Şimdi sıkı duralım ve mızmızlıklarımız için mahcup olalım:

"Geçirdiğim hastalığın tam anlamıyla kahırdaki lütuf olduğunu anladım."

Füsus'la elde ettiğini bin terapi seansı ona verebilir miydi? Hiç sanmam. İslami çevre ile tanışıyor. İsmet Özel'in

Waldo Sen Neden Burada Değilsin kitabından çok etkileniyor, tanışıyorlar. Sonra Mustafa Kutlu ile. Namaz kılmaya başlıyor, örtünüyor.

"Mucizeler bir kere başladı mı bitmek bilmez." (Hz. İbni Arabi) Kendine mürşid-i kâmil ediniyor. Yedi yıl onun sohbetlerine devam ediyor. Gençliğinde el arabasıyla koza helva satan kişidir bu mürşid-i kâmil! Yıllarca birbirlerinin yollarını gözlemişlerdir.

Benim açımdansa esas mucize şu: "...hayatımdaki belli çilelerin zahirdeki müsebbibi gibi gözüken ebeveynime ve diğer kişilere karşı içimde en ufak bir şikâyet kalmamış olduğunu memnuniyetle müşahede ediyorum. Kadere rıza duygusu; sabrı, tevekkülü, bir başka boyutta zenginleşmeyi getiriyor. Söz konusu kişilerden göçmüş olanlara daima rahmet, hayatta bulunanlara da selamet dilemekteyim."

Sizinle hiç yüz yüze görüşmedik Ayşe Hanım. Geçmişte, 5-6 kere telefonla konuştuk sadece. Ne zaman istesem ziyaretimi kabul edeceğinizi biliyordum. Bir yanım sizi hep ziyaret etmek istedi, bir yanımsa durdurdu. Fakat artık sizi ziyarete gelebilirim. Çünkü şimdi terapist yanımı dışarıda bırakıp sadece Mustafa olarak kapınızı çalabileceğim. Bir fincan kahvenizi içmek için. Türk kahvesi. Az şekerli...

KİŞİLİKLERİMİZİN YUMUŞAMASI İÇİN BİR YOL

Hayatımda hiç... Bu her zaman böyleydi... Kesinlikle yapmak istemiyorum... Psikiyatri uzmanlık öğrencisi olduğum ilk yıllardı. Psikologlardan ve psikiyatri uzmanlık öğrencilerinden mürekkep eğitim amaçlı bir psikoterapi grubuna (*training group*) katılmıştım. Tecrübeli terapistimiz ustaca hepimize yüzleştirmeler yapıyordu. Öğrendiğimiz şeylerin ilklerinden biri "tehlikeli" kelimelerdi. Garibime gitmişti "tehlikeli" sözü. Kelimeler nasıl tehlikeli olabilirdi ki?

Kelimelerimizin bizi nasıl ele verdiğini öğretmişti bize. Kendimizi nasıl tanımlıyoruz? Hayatı nasıl tanımlıyoruz? Olayları nasıl açıklıyoruz? Derdimizi nasıl anlatıyoruz? İlişkilerimizi, yaşadıklarımızı, hayallerimizi anlatırken hangi kelimeleri seçiyoruz, hangilerinin üzerine basa basa konuşuyoruz?

Başımıza neyin geleceğini iyi biliyor olmalıydı ki uyarmayı da ihmal etmemişti. Bir süreliğine konuşmanızın akışı bozulabilir demişti. Haklı çıkmıştı. Zihnimiz kullandığımız kelimeleri takip ediyor, tehlikeli kelimeleri ayıklayıp daha nispi, kesinlik bildirmeyen kelimeleri seçmeye çalışıyordu. Bu tehlikeli kelimeleri mümkün olduğunca lügatimden çıkarmak için epeyce uğraşmam gerekmişti. "Her zaman yaptığım gibi..." Of! Yine "her" kullandım, onun yerine "çoğunlukla" demeliydim. Cümleyi "mutlaka" değiştirmeliyim ve "kesinlikle" "her"i kullanmamalıyım. Bu da olmadı ki. Birinden kurtulmaya çalışırken diğerine yakalanıyordum. Hele bir de "meli malı"lar yok muydu? "Kullanmamalıyım" yerine, "Kullanmasam daha hayırlı/güzel olacak," demek daha huzur vericiydi hâlbuki.

Bazı kelimeler gerçekten tehlikeli oluyor hayatlarımız için. İlk elde sıralayacak olursak: Her, hiç, daima, tümüyle, bütünüyle, asla, kesinlikle, mutlaka. Bunları kullana kullana içimizi sertleştiriyoruz. Yüzeyde güya bize güvenlik hissi sağlıyorlar. Onlarla kesinlik ihtiyacımızı sağladığımız zannına kapılıyoruz. Örneğin "Bunun kesinlikle böyle olmasını istiyorum," diyerek meramımızı daha iyi anlattığımızı sanıyoruz. "Bu her zaman böyleydi" derken "her zaman" bize yapay bir emniyet duygusu veriyor. Ancak bunlar kişiliğimizin sertleşmesi için de birebirler. Farkına varmadan katı kurallar listesi oluşturuyoruz bu kelimelerle. "Bu her zaman böyle yapılmalıdır. Hiç yanlış yapılmamalıdır. Her hareketimiz tümüyle mutlak doğru olmalıdır." Bu gizli kuralları ihlal edenlere karşı öfke ve kızgınlık birikiyor içimizde. Kuralları ihlal eden kendimizsek kendimize, başkaları ise başkalarına.

Bu tehlikeli kelimeler narsistik çağın bolca ürettiği ve yaslandığı kelimeler. Çünkü mutlak bilgi ve hakikati elinde tutan Mutlak Varlık, hayatın merkezinden kenarına çekildiğinde, insan mutlaka yaslanma ihtiyacını nereden karşılayacak? Mutlak Varlık dışında kala kala insanın kendisi kalıyor. İnsan Mutlak Olan'dan yardım isteme ve O'na dayanma yerine kendine dayanıyor, kendine yaslanıyor. İnsan benliğinin kendini mutlaklaştırmasının başlangıç yollarından biri de bence burası. Yaslandığı kendini sağlamlaştırabilmesi için de kullandığı kelimeler kesinlik ifade edenlere kaymaya başlıyor.

"Bu kesinlikle böyledir," yerine, "Bunun böyle olduğu kanaati taşıyorum," "Kesinlikle yapılması gereken şudur," yerine, "Şahsi mülahazam şu ki şöyle yapılırsa daha hayırlı olur gibi görünüyor..." ifadeleri bizi gevşetecek, katılıklarımızı törpüleyecek. Kendimizi yaslanabileceğimiz bir varlığa dönüştürmek için sağlamlaştırayım derken yine kendimizi bir gerginlik çemberinin içine sokuyoruz. Ne kadar kesin ve kendinden emin kelimeler kullanırsak kullanalım kelimelerimiz varoluşun yükünü kaldıramıyor. Mutlaklık ve kesinlik yüklü kelimeler, ihtiyacımız olan kesinliği sağlayamıyor. Ruhumuz yine titrek bir yaprak gibi sallanıyor hayat rüzgârının önünde.

İhtiyacımız olan mutlak ve kesin kelimelere sığınmak değil, Mutlak Olan'a yaslanmak. Mutlak tanımlamaları hak eden sadece O çünkü.

NURSİ İLE SARTRE'IN SİNEKLERİ

Biri, varoluşçu psikoterapinin hısımlarından varoluşçu felsefenin önemli bir ismi. Diğeri, bütün ilgisini ve hamiyetini hayat ve ölüm konularına adamış *Kur'an*'ın dahi hizmetkârı. Hayatları 1936-38 civarında garip şekilde kesişiyor. Hayır, tanışmıyorlar. Hatırı sayılır ortak bazı yönleri var ama. Her ikisinin de başı sineklerle dertte. Yine her ikisi için de gündelik hayatın perdesi yırtılmıştır. Yırtıktan rahatsız edici bir gerçeklik görünür: fanilik, zeval ve fena.

Sartre'dan başlıyorum.

Denis Bertholet'in bize aktardığına göre (*Sartre*, İthaki Yay.) Sartre'ın 1933 ilkbaharında ruhsal durumu en alt düzeydedir. Rodolphe Töpffer'in bir zamanlar bir deftere not ettiği şu tümcesini anımsar: "Yirmi sekiz yaşında üne ulaşmamış bir kişi, ünden umudunu sonsuza dek kesmelidir." Bu hesapla, kendisi fırsatı kaçırmıştır. Yaşam onu sırtından vurmuştur. "Kendimi gittikçe daralan bir yola girmiş gibi duyumsuyordum; bana öyle geliyordu ki attığım her adımda olanaklarımdan bir tanesi yitip gidiyordu." Bir gün Castor, hayat arkadaşının saçlarının döküldüğünü fark edip bir çığlık atar. "Bu benim için simgesel bir yıkım oldu." Sartre ölüm düşüncesine aldırmaz ama yaşlanmaktan dehşete düşer.

1938'de tamamlayacağı *Bulantı* (Can Yay.) romanı ilerde geliştireceği felsefenin temelini teşkil eder. Roman kahramanı Antoine Roquentin anlamsızlıkla boğuşur, varoluştan bulantı duyar, tiksinir. "Güneşin acımasız bir yargı gibi yaratıkların üzerine saçtığı bu soğuk aydınlıklar, gözlerimden içime akıyor; yoksullaştırıcı bir ışıkla aydınlanıyorum. Kendi kendimden tiksinmenin doruğuna erişmem için on beş dakika yeter, eminim."

Aslında, her şeye sıfırdan başlaması gerekmektedir Sartre'ın. Kendi yalın varlığıyla ve sadece onunla, orada oluşuyla dünyaya yeniden sahip olmak. Denis Bertholet'e göre Sartre dünyaya hem büyülü bir çekim altında hem de tiksintiyle girmektedir. Romanına Valery'nin *Eupalinos*'undan aldığı bir imgeyle, maddesi ve biçimi birbirine karışan ve doğası tanınamayan bir nesne imgesiyle başlar. Bu, deniz kıyısından alınmış bir çakıl taşıdır. Kendiliğinden nesne. Devinimsiz, kendisiyle dopdolu, aşılamaz ve saçma.

Roman kahramanı Roquentin bir cumartesi günü deniz kenarında kaydırmaca oynayan çocukların yanına gider. Onlar gibi denize bir çakıl taşı fırlatmak ister. "Tam o sırada durakladım, taşı elimden bıraktım ve oradan ayrıldım... Gördüğüm bir şey vardı, beni tiksindirmişti."

Roquentin için her şey bir yığıntıdır. "Gözüme çarpınca, 'Yeter artık, bıktım!' demek geliyor içimden." Romanı benim için ilginç kılan kısmına geliyorum şimdi. Bir öğlen vakti. Roquentin sık sık gittiği kütüphanenin görevlisi Otodidakt ile bir restorandalar. "Kâğıt masa örtüsünün üstünde yuvarlak bir güneş ışını. Yuvarlağın içinde bir sinek zar zor yürüyor, sersemlemiş, ön ayaklarını birbirine sürtüyor ve ısınıyor." Roquentin'in içinden onu ezmek geliyor. Ne için? Sinek fobisi olduğu için değil, güya ona iyilik etmek için! San kılları güneşte parlayan bu varlık onun şahadet parmağını görmüyor.

"Otodidakt 'Öldürmeyin onu!' diye bağırıyor. Eziliyor; küçücük beyaz bağırsakları karnından dışarı fırlıyor, 'Varoluştan kurtardım onu.' Kuru bir sesle Otadidakt'a: 'Ona iyilik ettim,' diyorum."

Roquentine'nin esas tiksindiği sinek değil varoluş. Bu yüzden de onu varoluştan kurtardığını düşünüyor. Sineği sadece öldürüyor hâlbuki varoluşunu elinden alamıyor. Onun için varoluş saçmadır ve bu saçmalığa bulantı duymaya başlar, varlıkların varoluşuna, doluluğuna karşı duyulan bir bulantı. Dünyanın özündeki kendinde anlamsız varlığı karşısında duyulan bir bulantıdır bu. Her varoluş gibi sinek de sadece bir bulantı nedenidir.

Bulantı'nın yazımının tamamlanıp yayınlandığı 1938 yılından iki sene önce Nursi de *İkinci Şua*'yı yazar. Orada belirttiğine göre, "Bir zaman, bahar mevsiminde temaşa ederken" nazarına sinekler ilişir. Hani bize şu pis ve iğrenç varlıklar olarak tanıtılan sinekler var ya, onlar işte...

***

Gözlerinde kıpırdanıyor hayat. Her şey yeniden yeniye yaratılmış. Yeşil baharın içinde merhametli bir yürek. Temaşa ediyor. Baharın içinde yeşillenmiş sonsuz bir giz. Bir sineğin gizi. Bir çiçeğin gizi. Kuşlar ve kelebekler. Sevda çiçekleri. Ama hüzün. Baharın yeşilinde saklı sarı hüzün. Nasıl olur!

Temaşa ediyor. "Baharı, bir deste gül"ü. Bahar gelmiştir gelmesine. Gelmiş olanın gideceğinin de ağırlığıyla inmiştir varlıkların üstüne. Duygularına acılar dolanıyor. Şefkati, o görkemli şefkati açılıyor önünde. Katbekat. Yüreği güneşle sisin karşılaşmasını andırıyor. Kulağına varlıklardan hazin sesler geliyor. Dalga dalga yayılan ayrılık iniltileri. İncelmiş duygularını harekete geçiren manzara şefkatine dokunuyor. Ağlamaklı oluyor. Ağlıyor. Kabul eder miydi bilmiyorum, yanında olsaydım ona mendil uzatmak isterdim. Uzattığım mendille benim gözyaşlarımı sileceğine de eminim. O hep gözyaşlarımızı, kalbimizin gözyaşlarını sildi, teselli etti.

Karmakarışık içi. Varlıklar ayaklarına dolanıyor. Zamanın yaraladığı, yaralayacağı varlıklar. Fanilik bir giyotin gibi başını kesecek bir sineğin, bir çiçeğin. Bahar kara geceye dönüyor. Bizim sonbahar sorularımız onun yüreğine baharda akın ediyor. Bizim aydınlıkta bulamadıklarımızı o karanlıkta buluyor. Baharın penceresinden varlıkların sonsuzca akışına bakıyor.

Gelenlerin gitmesi, baharla yeniden yaratılan bir varlığın, örneğin bir sineğin, kısacık bir ömür geçirip ölmesi ruhunu yaralıyor. Bahar bir ölüm ve ayrılık levhasına dönüşüyor. Gündelik gerçekliğin perdesindeki yırtıktan açılan pencereden bakıyor. Ağlıyor. Diri ve büyülü bir hüzne sarınıyor. Soluk soluğa kalıyor. Gördükleri duygularında yaralar açıyor. Bahar yeryüzünün üstüne sere serpe uzanmış. Çiçeklerin taç yaprakları kokularıyla ovulmuş. Fani dünyanın düş kırıklığı saçılmış baharın içine. Bahar geçecek. Bahar geçmeden birçok varlık geçecek dünyadan. Frezyalar solacak. Şebboylar ölecek. Çimenler sararacak. Günler yavaş yavaş eriyecek. Gezegenin omuzları sarkacak yine. Bir bahar daha yaşlanacak.

Gelen, neden gelir? Madem geldi, neden gider?

Gözlerinin önünde ölü bir sinek. Kim bilir kaç milyon sinek daha ölüyor tam o an. "*İkinci Şua*, Tevhidin İkinci Meyvesi" bölümünden öğrendiğimize göre; her şeyi kuşatan şefkati ile ruhunda derin bir vaveyla hissediyor. "Ve bu akıbete uğrayan hayat ise, ölümden beter bir azap gördüm" diyor. Bu kadar güzel, bu kadar sevimli, bu kadar sanatla bezenmiş değerli varlıkların; adı dünya olan seyir yerine gözlerini açıp, dakikasında mahvolup, paçavralar gibi parçalanıp, hiçliğin karanlığına atılmasını temaşa ettikçe, ciğerlerinde bir sızlama duyuyor. Çünkü...

Çünkü Nursî mükemmelliğe, düzene meftun. Güzelliğe âşık. Duygularından fışkıran "mukadderat-ı hayatiyenin (kader kalemiyle yazılmış hayat programının) dış yüzünde bulunan elim keyfiyetleriyle kadere karşı müdhiş itirazlar" kalbinin odalarını çınlatıyor:

"Neden bunlara merhamet edilmiyor? Yazık değil mi? Bu baş döndürücü deverandaki fena ve zeval nereden gelip bu bîçarelere musallat olmuş?"

Bizim aklımıza getirmekten korktuğumuz soruları, o *Kur'an*'a soruyor. Âyetler, karanlıklarına nur serpiyor.

"Her bir zîhayat, meselâ bu süslü çiçek ve şu tatlıcı sinek, öyle manidar, İlahî, manzum bir kasideciktir."

Sineğin müthiş bir tarifi bu. Ne kadar da sonsuz bir anlamı, sonsuz bir varoluş nedeni, ne kadar da sonsuz bir güzelliği vardır artık sineğin. Orada öylece duran, kendi başına bir anlamı olmayan bir varlık yığını değildir. Vızıldayarak sesler çıkaran, kanatlarını çırpan, siyah renkli bir hayvan da değildir yalnızca. "İlahi, manzum bir kasidecik" yani İlahi şiirsel bir övgüdür. Toprağın altından fışkıran başka İlahi övgüsel şiirlerle doludur yeryüzü. Bahar artık şiirsel övgüler yağdıran varlıkların mahzenidir.

Sinekler (ve diğer varlıklar) O'na ait şiirsel övgülerini bilinçli varlıklar olan melek ve insanların nazarlarına teşhir ederler. Bununla da kalmaz, Yaratıcılarının şahitlik eden nazarına sunarlar şiirsel övgülerini. O'nun mutlak şahitliğine şiirsel övgülerini sunmak için, bir an bile yaşamak sonsuz değerlidir. Varsın, sonrası ölüm olsun. Artık O'nun sonsuz nazarında, sonsuz gayb âlemlerinde sonsuz bir varoluş kazanmıştır kısa ömürlü "süslü çiçek, tatlıcı sinek." Varsın sineğin kanatlarından tutsun ölüm. Varsın çiçeğin taç yapraklarını soldursun ölüm.

Ruhu teskin oluyor. Kalbinin gözyaşları diniyor. Baharın coşkusuna katılıyor yeniden. Varolmanın sonsuz neşesi kalbinin odacıklarından taşıyor. Bir sinek uçuşuyor. Yaratıcısına şiirsel övgüler düzerek. O da, sineğin şiirsel övgüsüne tanıklık ediyor, onaylıyor. Sineğin halifesi oluyor.

MOR SALKIM AÇSIN DİYE

"Mor salkımlar çiçek açsın!" diye gürledi gök. Yeryüzü, soluğunu tutup gökyüzünü dinledi. Kara bulutlar toplandı. Oradan buradan. Bulutlardan yağmur fışkırdı. Yağan yağmurlar usulca toprağa sızdı. Berrak, tatlı, serin sular mor salkım ağacının köklerine ulaştı. Kökler suyu emdi. Bahar gelmiş, büyük ana az kalmıştı. Ağaç neşeye kapıldı. Artık neşv ü nema bulacaktı. Ne için, neden?

Mor salkım açsın diye döndü dünya. Kendi etrafında üç yüz altmış beş defa. Zamanın büyük saati Mayıs'a koştu. Hazırlıklar tamamlanmak üzereydi. Ağacın neşesi daha da arttı. Biraz da heyecanlandı.

Mor salkım açsın diye, güneş yandı tutuştu. Güneş patlamaları mor salkım çiçeği içindi. Güneşle dünya arasındaki mesafe ayarlandı. En uygun hızda, en uygun yolda yol aldı. Güneş ışınları en uygun açıdan dünyaya yollandı. Işınlar toprağın içine sızdı. Toprağın üşümesi geçti. Güneş ağacın köklerinin ayağına kadar geldi.

Mor salkım açsın diye sağdan soldan rüzgâr esti. Rüzgâr ağacın dallarına tık tık vurdu. Mor salkımın dalları uyuşukluktan kurtuldu. Uykusundan uyandı. Sarp kayaların, tepelerin üzerinden bu yüzden geçti rüzgâr. Tozu toprağı bu yüzden kaldırdı.

Göle, günün son ışıkları mor salkım açsın diye düştü. Göldeki balıklar bunun için yüzdü. Kâinatın dengesi mor salkım çiçek açsın diye ince ayara tabi tutuldu. Her şey inceden inceye hesap edildi. Eksik gedik bırakılmadı. Taşlar bile bunun için ufalandı.

Dünyanın nabzı mor salkımda attı. Güneş, onun için tam zamanında doğdu, tam zamanında battı. Zamanın büyük saati onun için döndü. Her sabah uyanan güneş, ağacın içinde çiçek açtı. Dereler onun için aktı. Onun için çağıldadı. Onun için denizlerle birleşti. Denizlerin suyu onun için buharlaştı, semaya kavuştu. Yıldızlar gecede onun için parladı. Ay onun için doğdu ve battı. Onun için hâlden hâle dönüştü. Onun için kendine takdir edilen feleğinde ilerledi. Denizler bunun için köpürdü. Dalgalar bunun için kıyıya vurdu. Kıyılar mor salkım için yosun tuttu. Kâinat loğusa bir annenin çocuğunu emzirmesi gibi emzirdi mor salkımı. Kâinat kendini mor salkım ağacının içine bıraktı.

Mor salkım, çiçek açsın diye duaya durdu kimi melekler. Ağacın başında beklediler aylar boyu. O anı kaçırmak istemiyor gibiydiler. Çiçeklensin de, çiçeklerinde tecelli edecek O'nun sonsuz isimlerini temaşa edelim diye. Temaşa edelim ve mor salkımın anışlarını, yakarışlarını, teşekkürlerini O'na sunalım diye. O anın sonsuz güzelliğine, kendilerinden başka şahitlik edecek birileri belki olmaz diye, korkarcasına.

Mor salkım açsın diye bekledi bir kuş. Başında ötmek için. Kâinatın şarkısına katılmak için...

Mor salkım açsın diye bekledi utangaç bir sevgili. Dillendiremediği sevgisini bir çiçekle konuşturmak için.

Kâinat nefesini tuttu. O an gelmişti. Mutlak Varlık "Ol!" dedi. Oldu. Mor salkım ağacı yanıtsız bir bilmece olmaktan kurtulup varlığın cevabı oldu. Dualar kabul edilmişti. Mor salkım ağacının düşleri gerçek oldu. Sessiz ve utangaç çiçekler doluştu ağacın ellerine. Yüzlerce tutam utangaç çiçek, kokularını havanın kollarına sessizce bıraktı. Kâinat mor salkımın kalbine gömüldü. Melekler neredeyse ağlayacaktı. Yağmur yeniden yağdı. Mor salkımın üzerine yağan yağmur damlaları bile sevinçten kendinden geçti. Belli belirsiz yapraklarından şebnemler kaydı. Mor salkımın kokusunu toprağa taşıdı.

Mor salkımın dallarındaki çiçekler kâinatın duasıydı. "Bir şeyden her şeyi yapmak ve her şeyi bir tek şey yapmak, her şeyin Halikına has bir işti." "Bahar ise, Şems ve Kamer'i teshir eden, gece ve gündüzü çeviren Zat'ın elindeydi."

Mor salkımın yanından geçen bir dünya yolcusu, Yaratıcı'nın eserini temaşa etti. "Maşallah" dedi, içinden. Mor salkımın yeni açmış çiçeği kendinden geçti. Beklediği, bu andı. Melekler, yolcunun bu sözünü duyup kaydettiler. "Sonsuza dek koruyalım" dediler.

AYAKKABICI HALİL

Kösele ayakkabıyı şöyle bir süzüp eliyle altına tak tak vuruyor, sonra elini köselenin yüzeyinde dolaştırıyor ve "İneğin döşünden bu kösele..." diyor. Derinin iyisini kötüsünü bir bakışta anlıyor. Maviye çalan gözlerinin önünden kim bilir kaç bin deri tabağı geçti.

Bayburt'un şifaya vesile yılanlarıyla meşhur Kırkpınar (Çıphınıs) köyünde doğmuş. Yedi yaşındayken babasının vefatıyla yetim kalmış. 1. Dünya Savaşı'nda Rusların işgali nedeniyle Çıphınıs'dan Alaca'nın Yalıçal köyüne göçüp yerleşmiş olan ayakkabı imalatçısı dayısının yanına daha o yaşta çırak olarak verilmiş. Bir lakabı da "Muhacir Halil," olmuş.

İyi bir ayakkabı ustası olup çıkmış. Sungurlu'ya yerleşip dükkân açmış. Uzun yıllar ayakkabı imalatı yapmış. İlçenin en iyi ayakkabı ustasıymış. Başlarda, çarık denen ayakkabıyı dikermiş. Sonra sonra her yanı kapalı ayakkabıları dikmeye geçmiş. Gel zaman git zaman, zaman akıp gitmiş. Ayakkabı imalatını bırakıp hazır satmaya başlamış.

Dükkânı açarken arkadaşından aldığı maddi yardımı hiç unutmuyor. Ne zaman yetim bir çocuk görse buğulanıyor gözleri. Hep bir ilgi ve zafiyeti var yetimlere. Yaşadıkları şefkatine şefkat katmış, merhametine merhamet.

Yatsı namazından sonra hemen yatıyor. Hayata sabah ezanıyla başlıyor. Sonra uyumuyor. Dükkânını çok erken açıyor. Yazları altı buçukta, kışları en fazla yedi buçukta börtü böcekle birlikte yola koyuluyor.

Onun için çalışmak, "rızık aramak..." Çok zengin olmamış. Ama çocuklarını muhannete muhtaç etmemiş. Helali önemsemiş. Bankayla faiz ilişkisi hiç kurmamış. Çocuklarına da vasiyeti bu...

Okula hiç gitmemiş. Âlim değil, arif biri. Zeki mi zeki. Hayatta ferasetiyle yol alanlardan. Okuma yazmayı askerde öğrenmiş. Okuması da yazması da hâlâ çok yavaş. Babasının ölümünden yıllar sonra annesinin evlendiği adamın (Hacı İsmail) güzel mi güzel bir kızı varmış. Adı Hatice. Aralarında kan bağı olmayan bu kızla evlenmiş. İlk doğan dört çocukları daha bebekken ölmüş. Hayatta kalan ilk çocukları erkekmiş. Dört çocukları daha olmuş.

Oğlu okuma yazmayı sökünce ona gazete okutmaya başlamış. Yetmişli yıllarda *Sabah* sonra da *Tercüman* gazetesindeki sevdiği köşe yazarlarını. Bu okuma serüveni, oğlunun en büyük zevki haline gelmiş. Aralarındaki bağı kuvvetlendirmiş.

Oğlunun, okuldan çıkınca doğrudan dükkâna gelmesini istermiş. Hafta sonları ve tatil günleri de dükkânda çalışırmış oğlu. Eline bir bez alıp tek tek ayakkabıların tozunu alır, köylülerin giydiği lastik ve naylon ayakkabıların raflarını düzeltir, eksik numaraları ardiyeden çıkarıp raflara koyarmış. Oğluna "Ne zaman bu naylon ve lastik ayakkabı artık giyilmez olur, işte o zaman bu memleket kalkınmış demektir," dermiş. Hâlâ naylon ve lastik ayakkabı satıyor dükkânında ama eskiye oranla çok daha az!

Bazen İstanbul'a mal almaya gittiğinde dükkânı, oğlu açarmış. 12 Eylül 1980'de babası lastiğin içine giyilen mestlerden almaya gitmiş Konya'ya. Oğlu o gün dükkânı açmak için yola koyulduğunda askerler yolunu kesmiş. Ordu yönetime el koymuşmuş...

Sekiz dokuz yaşlarındayken, oğlu bir gün çok heyecanlanmış. Babası mal almak için gideceği İstanbul'a onu da götüreceğini söylemiş. İlk kez denizi göreceğinden uyuyamamış o gece. Oğluna demiş ki: "Ayakkabıcı Bekir Amca'na git de İstanbul'dan bir ihtiyacı var mıymış sor bakalım." Bekir Amca ona şöyle demiş: "Annenden bir mendil al, İstanbul'da Harem'den Sirkeci'ye arabalı vapurla geçerken mendili denize at, o zaman sık sık İstanbul'a gidersin." Oğlu buna bir anlam verememiş. Hâlâ da veremiyor ya! Dediğini yapmış ama. Sabah daha güneş doğmadan şehirde ezanların yankılandığı bir vakit, Harem'den görmüş İstanbul'u ilk kez. Mendili o zaman bırakmamış denize. Akşam dönüşte, Sirkeci'den Harem'e dönerken, mendili salıvermiş Boğaz'ın suyuna. İstanbul'da okumuş oğlu üniversiteyi ve hâlâ orada yaşıyor.

Babası öldükten sonra ona dayısı bakmış, demiştik. Bir bayram, dayısı çocuklarına aldığı halde ona bayramlık elbise almamış. O an hayat, çat, diye kırılmış. Bunu ne zaman anlatsa hâlâ ağlıyor. Ama isyan etmemiş. Gün gelmiş, bunu kendisine yapan dayısına iyiliği esirgememiş. O yara kapanmamış ama iyilik yapmasına da mâni olamamış. "Çünkü" diyor, "Efendimiz bizden bize kötülük yapana iyilikle muamele etmeyi buyuruyor."

Bazıları ağır çeşitli hastalıklara duçar olmuş. Altı ameliyat geçirmiş. O ağır hastalık dönmelerinde bile namazını hiç bırakmamış. Yatağından kalkamaz olduğu hâllerde, mestle abdest alıp yatakta da olsa namazına devam etmiş.

Yaşlanmaya başlayınca annesinin yanı başını kendine mezar yeri olarak seçmiş. Hakk'ın emrini bekliyormuş.

Adı ilçede "Ayakkabıcı Halil" olarak anılan babamın hikâyesini bir nebze de olsa anlatarak, ona teşekkür etmek istedim. Bu yazıyı kızlarıma okutacağını biliyorum. Çünkü eskiden bana okuttuğu gazete yazılarını artık torunlarına okutuyor.

GECELERE MEYDAN OKURDUN*

Anılar altında ezildiğimde, senin gibi güzel olamadım dediğim. Boynum bükükken senin hayata sarılışın gibi sarılamadım hiçbir şeye. Sabahlara sen gibi uyanmak vardı. Gece aydınlığa dönüşürken, içinde gizlediklerini teker teker sana gösterirken izlemek vardı. Gittin. Gittin ve tüm anıları beraberinde götürdün.

Özlemek bir tek sana yakışıyordu bu kadar. Daha önce gördüğün ama görmemiş gibi unuttuğun bir yeri özlemek. Hikâyelerin de seninle beraber gittiğinde yetim kaldık biz.

Son bir kez daha baktın aynaya. Ceketinin ilk iki düğmesini ilikledin ve gömleğinin yakasını düzelttin. Sonra kahverengi, senin gibi küçük tarağınla taradın güzel saçlarını. Çoktan kahvaltını etmiş, çayını içmiş, uzun uzun düşünmüş ve çayı yaratan Rabbine şükretmiştin. Çörekotu her zamanki gibi masanın üzerindeydi, üzümünü de eve gelince yemeyi planlıyordun. Buzdolabında çok şükür her şey vardı. Çökelek peynirin vardı, balın vardı, yarına torununun öğrettiği patatesli yumurtayı yapabilirdin, bunun için yumurtan vardı. Kuyruk yağın vardı, zeytinyağı olmazsa olmazındı zaten. Ve sen aynada kendine gülümsedin, çıktın evden.

Ayakkabıların hafifti ve bu seni en çok mutlu eden şeylerden biriydi. Yürürken ve semaya bir gün kavuşacağını beklerken hafif olmak senin için çok önemliydi. Yollarda insan-

* Bu yazı babam Halil Ulusoy'un vefatından (22 Eylül 2014) sonra o tarihte lise öğrencisi olan kızım Zeynep tarafından dedesine ithafen yazılmıştır.

lara Allah'ın selamını iletirdin. İlk görüşte aşk bu olsa gerek. Aşık oldun ve gördüğün tüm insanlara anlattın özlemini. Acaba kavuşman ne zaman gerçekleşecekti?

Yola çıkma vakti gelince giderdin. Vakit gelince gitmeyi bilmeli insan. Bekleyenlerin vardı. Okulun bahçesinde koşan birçok çocuğu gülümsetmeliydi ayakkabıların. Yalnızlıklar içerisinde anneni kalbinde taşırken adım adım ilerlerdin ekmek teknene. Ve ulaştığında dükkanına içinde hiç bilmediğin şeyler canlanıverir, alırdı tüm korkularını. Korku yoktu. Allah vardı. Sakince sobanı yakar ve ısıtmaya çalışırdın ayakkabılarını. Sonra teker teker dışarı çıkarır, sergilerdin kutuları. Alıcısını beklerdi terlikler. Belki birkaç saat sonra bir başkasının ayağında olacak olmak heyecan vericiydi.

Patron koltuğuna oturur ve müşterilerin yolunu gözlerdin. Güzel bir bekleyişti bu. Beklemek hep güzeldi senin için. Bir çay söylerdin karşıdaki kahvehaneden kendine. Bir ödüldü galiba bu. Isınırdı ellerin. Ama tırnakların çok güzeldi, fazla güzeldi. Gözlerin hep mavi baktı bu dünyaya. Çok güzeldin. Gereğinden fazla belki. Bir dede için bu kadar güzel olmak imrendirici bir şeydi.

Yıllara meydan okumak gibi bir derdin yoktu. Sadece yürüyüp gitmek istiyordun. Yol nereye götürürse ama başıboş değil. Yolculuk gibi ama yalnız. Biraz da yine de arkanda birileri olduğu güvenini taşıyarak. Ama eksik. Belki bazen buruk. Ama huzurlu. Ama ümit ederek.

Ağlardık biz hep Harem'de kalkan otobüsün ardından. İstanbul'a yaptığın ziyaretler bize bir ömür mutlu olmaya yeterdi. Ama gelirdi o kahrolası zamanlar. Gizli gizli ağlama vaktiydi şimdi. Sungurlu'yu özlemiştin. Giderdin. Otobüs koltuğunda otururken sen gülümser, biz sana tebessüm eder, gözyaşlarımızı saklardık. Yine gelir derdi babam. Yine gelir. Peki ya şimdi? Şimdi de yine gelir misin?

Soramam ki şimdi sana, bunca insanın kalbine dokunabilmeyi nasıl başardın acaba? Korkarım çok sevmekten. Çok sevdiğim insanlardan gün geldi nefret ettim ben. Ama şimdi korkmuyorum. Cevabını bildiği şeyden korkmaz ki insan. Allah'ın kalbime koyduğu hiçbir sevgiden korkmuyorum.

Avuçlarında nice dualar gizliydi. Gecelere meydan okurdun avuçlarınla. Uyurdun. Erkenden. Odanın kapısını kapatarak. Işık kapalı. Kapı kapalı. Güneşe kavuşmak isteyen bir sen. Biz torunlar uyanık. Muhabbete dalmış, çay yenileme derdinde. Çekirdekler düşmüyor ağzımızdan. Sizde kaldığımız gecelerden bahsediyorum. Sesimizi duyar, uyanır, gelirdin. Gelirdin ve üzülürdük uyandırdığımıza. Tamam belki sevinirdik. Biraz sevinirdik. Evet, çok sevinirdik. Gelirdin ve yaşımız küçük olmasa da oynatırdın bizi. Bir tek sen bilebilirdin ki belki de oyun oynamaya en çok çocuk olmayanların ihtiyacı olduğunu. Çocuk olamayanların ve büyüyememişlerin.

Masanın etrafında toplanmak, beyaz muşambanın üstünde. Bardaklarımız küçükken. Yufka ekmeği varken. Babaannem, yorulmak nedir bilmezdim demeye başlamamışken. Ne güzeldir yufka ekmeğe bal çalışını izlemek şimdi. Ne güzeldir! Dürüm yapışını seyretmek... yufka ekmeğe... Babaannem belki kayısı reçeli de yapmıştır. Sizin ağaçtan. Ve tüm torunlara bir dürüm. Dededen. Yavan yavan balla yağ, yuntuları dedeye, kalan Sena'ya, Sümeyye'ye, Zehra'ya ya da Babaanne'yee!

Bir şarkı söyle şimdi dedeciğim bana. Son bir kez daha, bir şarkı söyle. Tüm anılarımızı barındırsın içinde. Ne zaman özlersem seni o hatırıma gelsin. Gülümseyeyim. Ve ben de bekleyeyim. O günü. Senin beklediğin gibi. Kavuşmayı. Hayatı ve ölümü son kez hatırlayayım yanına gelmeden. Bir şarkı söyle dedeciğim bana. Son bir şarkı daha.

GİTTİN*

O çok sevdiğin, içinde birkaç tane meyve ağacı bulunduran
Yemyeşil otlar, biberler, salatalıkların olduğu,
Bahçeni ardında bırakıp gittin.

Gittin.
Hep gitmek istediğin yere
O iş bitti, diye diye
Bu işi de bitirdin layıkıyla.

Gittin.
Sabahlarım sensiz ve sessiz
Çantama su koyan yok şimdi
Susuz kaldı çantam ve kalbim dedem

Şiir yazmak zor derler
Seni anlatırken hiç zor gelmiyor inan
İnan ki bana, anlatayım seni
Hep istediğin gibi

İri yarı güçlü kuvvetli bir adam ol sen
Anlat bize o güzel hikâyelerini
Hiç bıkmayız biz o güzel sesinden...

* Bu şiir babam Halil Ulusoy'un vefatından (22 Eylül 2014) sonra o tarihte lise öğrencisi olan kızım Serra tarafından dedesine ithafen yazılmıştır.

Gittin.
Dünyanın derdi tasasını omzumuza bırakıp gittin
Sevinçleri de üzüntüleri de
Ardında bırakıp oralara göç ettin

Sönmüş ama her an patlayabilecek bir yanardağın,
Kraterinde yaşamak gibi ölüm...
Her an her dakika
Yakalayabilir seni bu kördüğüm

Gittin.
Her şeye inanmazdın ama
İnandıkların senin için her şeydi
Hayatı kabullendin, vazgeçmedin.

Ama dedem
Yakınlık uzaklıktan daha sıkıntılı!
Çünkü var her yakınlıkta bir kaybetme korkusu
Var her uzaklıkta bir kavuşma umudu...

Dedem, ben ölümü öldüremedim
Sevdim ölümü sonunda
Senin kavuşmanı beklediğin gibi
Bekleyeceğim gitmeyi o güzel ve müthiş dünyaya...

EVHAM

Annesinin elinden sıkıca tutuyor. Şakalaşıyorlar, konuşuyorlar. Oradan buradan. Birinci sınıfa gidiyor, okulun son günleri. Anne göz ucuyla oğluna bakıyor. Oğlunun başına bir şey gelecek endişesiyle geçti bir yılı. Her okul servisine bindirişinde zihnine o rahatsız edici sahne geliyor.

Kedi önüne koyulan yiyecekleri acele etmeden yiyor. Yağmurda ıslanan tüylerini yalıyor sonra. Patilerini büyük bir ustalıkla kullanarak temizleniyor. On beş günlükken, yine yağmurlu bir günde, annesini kaybetmişti. Yürek sızlatıcı miyavlamalarını caddenin kenarından duyan kuaför, kediciğe sahip çıkıyor. Onu dükkânında tutmak istiyor ama kedi korkusu olan müşterilerinin muhtemel ani çığlıkları cesaretini kırıyor. Geçici olarak onu koruma altına alıyor. İlerisi için ne yapacağını bilmiyor. "Allah büyüktür!" Tüm bildiği, bileceği bu...

Anne, oğlu gözünün önündeyken rahat edebiliyor bir tek. Caddede gitmek istedikleri ayakkabıcıya yüz metre var! Kedi caddenin kenarındaki ağacın altında pinekliyor. Anne, oğlunun ayakkabısının bağının çözüldüğünü fark edince eğilip kendi bağlıyor. Birkaç metre daha yol aldıktan sonra caddede gitar çalan çocuğa dikkat kesiliyorlar her ikisi de. Gitar ezgilerini dinlemek için bir gölge altına sığınmak istiyorlar.

Kedi ciyak ciyak miyavlıyor! Kedilerin kuyruğuna basmamalı. Can havliyle patilerini çıkarıp saplıyor çocuğun bacağına. Uzunca iki çizik oluşuyor. Çiziklerden kan sızıyor. İkisi de neye uğradıklarını bilemiyor. Görünmez kaza böyle bir şey işte. Sen git koca caddede mışıl mışıl uyuyan kedinin kuyruğuna bas! Orada uyuklayan kaderdi belki de. Uyanan da yine kaderin kendisi...

Oğlunu hemen yakındaki eczaneye götürüyor, yarayı oksijenli suyla yıkayıp tentürdiyot sürdürüyor. Kedi ağacın altına dönüyor yeniden. Kuaförün verdiği akşam yemeğini yiyor. Caddenin kiri, tozu, pasıyla pislenen tüylerini temizlemeye koyuluyor.

Akşam oluyor. Annenin içine bir evham düşüyor: "Ya çocuğuma bir şey olursa, ya kedi kuduzsa!.." Adam soğukkanlı. Kılını kıpırdatmak istemiyor. "Yahu hatun, biz hiç mi kedi çiziği görmedik. Bize bir şey oldu mu da senin oğluna olacak!?" Kadın kocasını sorumsuzluk ve vurdumduymazlıkla suçluyor. Adamsa kadını evhamlılıkla.

Kedi, gözlerini yumuyor. Tatlı bir uykuya dalıyor. Akşamın serinliğiyle biraz üşüyor. Sıcak bir yuvaya ihtiyacı var. Kaderine sığınmaktan başka, elinden gelen bir şey yok.

Kadın evhamdan bu gece uyuyamayacağını iyi biliyor. Oğlunu kaptığı gibi özel bir hastanede buluyor kendini. Doktor, kuduz aşısına gerek yok, diyor. Eve geliyorlar. Kocası "Dedim mi, aklın yolu bir!" diye, kasmıyor bilmiş bilmiş. Ertesi gün kadın kötü bir hisle kalkıyor yataktan. İçi içini yiyor. "Ya doktor yanıldıysa..." diye. Soluğu devlet hastanesinde alıyor. Oradaki doktor farklı düşünüyor. Hemen bir aşı protokolü uyguluyor. İlk aşıyı yaptırıyor. Ne var ki dört aşı daha yapılacak. Eğer kedi bulunur ve on gün gözlem altında tutulup da kuduz olmadığı anlaşılırsa son iki aşıya hacet kalmayacak.

Kedi birkaç yaramaz çocuğun tacizine maruz kalıyor.

Anne bir koşu kuaförün yanına varıyor. Buluyorlar kediyi. Anne, oğluna fazladan iki aşı daha yapılmasını hiç istemiyor.

Kediyi kaptığı gibi bir veteriner kliniğine götürüyor. Kedi klinikte iyi bir bakıma alınıyor. Yıkanıyor, aklanıp paklanıyor. Yaraları temizleniyor, merhemler sürülüyor. Annenin gözü oğlunda kulağı da doktordan gelecek haberde. Her gün kliniğe gidip kedinin durumunu soruyor. Kedi sağlıklı görünüyor. Yaraları iyileşiyor. Temiz, pak, alımlı bir kedi oluyor.

Bir karı koca günlerdir kedi türküsü tutturan küçük kızlarına kedi bulmak için veteriner kliniğine geliyor. Bizim kedi üçünün de dikkatlerini çekiyor. Küçük kız parmağını uzatıp "Ben bu kediciği istiyorum!" diyor yüksek sesle. Kedi alışıyor birkaç gün içinde yeni yuvasına.

Kadın, kedinin sıcak bir yuvaya kavuştuğunu öğrenince, durumu gidip kuaföre anlatıyor. Kuaförün sözü yine "Allah büyüktür!" oluyor. Kadın tasdik ediyor. Evhamı bir anlama kavuşuyor. İlk kez evhamlı oluşunu seviyor.

KADIN, ERKEK, ŞEYTAN

Diyarbakır Tüyap Kitap Fuarı'ndan dönüyordum. Yeni tanıştığım ve ilk kez birlikte yolculuk yapacağımız arkadaşıma sıkıcı bir yol arkadaşı olduğumu söyledim, utanarak. Yolculuklarda, iç dünyama dönerek tefekkür etme ve kitap okuma tutkusu sessizleştiriyor beni, bu da bayağı sıkıcı bir yol arkadaşı olmama neden oluyor.

Havaalanında giriş işlemlerini tamamladıktan sonra, bekleme salonunda yan yana oturuyorduk. Gözlerim kitaba dikili, pürdikkat kitapta olanı biteni anlamaya çalışırken, arada laflıyorduk. Onunla koyu bir sohbete dalamadığım için hayıflanıyordum. Ama böyleydim. Allahtan anlayışlı çıkmıştı kendisi. "Lütfen hiç rahatsız olmayın, rahat rahat kitabınızı okuyun," dedi. Bir saate yakın romana daldım, çıktım. İkiye bölündü bir an dünya. Romanda yaşananlar ve bekleme salonunda yaşananlar.

Anons yapıldığında, yolcular dört gözle bunu bekliyormuş gibi, aniden ayaklanıp uçağa biniş kapısına yöneldiler. Bir süre daha oturmak, okumaya devam etmek istiyordum. Allahtan yol arkadaşım da genellikle sona doğru binmeyi tercih edermiş uçağa. Sonunda kitabın arasına ayraç koydum, kitabı kapattım ama çantama koymadım.

Kolumun arasına alarak kapıya doğru yöneldiğimizde yol arkadaşım:

"Romanın konusu nedir?" diye sordu merakla.

Altı yüz sayfadan daha fazla tutan kitabın ancak yüz sayfasını okumuştum. Konusu hakkında az çok fikir sahibiydim ama henüz çözülmeyen gizemli olaylar duruyordu önümde.

Tuhafça yüzüne baktım. "Bir kadınla bir erkek arasında geçenler," deyiverdim. Her ikimiz de bu cevaba kahkahalarla güldük.

Verdiğim cevap belleğimin bir kenarına yazıldı o an. Bütün romanlar, hikâyeler, masallar hep bir kadın ve erkek arasında geçen olayların anlatışıydı. İnsanlığın hikâyesi de Hz. Âdem ve Hz. Havva ile başlamadı mı, diye düşünürken, üçüncü bir varlığın da dâhil olduğu düştü zihnime: Şeytan!

Derken, yavaş adımlarla uçağa doğru yürümeye koyulduk. Yerimize oturduk. Benim yanımda yeni evli oldukları anlaşılan bir çift vardı. Uçak havalandığı dakikada aralarında kısık sesle yürütülen ama içeriği sert bir tartışma başladı. Her ne kadar elimdeki kitaba yoğunlaşmaya çalışsam da birbirlerine sarf ettikleri iğneleyici sözler, dikkatimi dağıtıyordu. Anladığım kadarıyla, kadınla erkeğin ailesi arasında bir tartışma çıkmıştı (bizim coğrafyada çok sık yaşanan bir durum). Kadın kocasından kendini ailesine karşı korumamasından şikâyet ediyordu. Adamın, "N'olur bunu burada konuşmayalım, konuyu şimdi kapatalım!" demesi bir işe yaramıyor, kadın konuyu ısıtıp ısıtıp ortaya getiriyordu. Adam, çareyi gözlerini yummakta buldu. Kendini izole edip, kendine söylenenlerin etkisinden kurtulmaya çalışıyor gibiydi.

Öfkeli ve kızgın zamanlarda yapılan konuşmalardan hayırlı bir sonuç alındığını pek görmedim. Konuşa konuşa sorunlar çözülebilir ama öfkeli ve kızgın zamanlarda değil.

Bir ara umutlandım. Kadın sustu, gözlerini pencereden dışarı yöneltti. Uzunca bir süre dışarıyı seyretti. "Tamam," dedim, kendi kendime, "Kadın gökyüzünün karanlığı içinde kocasına incitici sözler söylemenin anlamsızlığını fark edip birazdan hoş şeyler söyleyecek." Yanıldım.

Öfkeli bir ses tonuyla, suçlayıcı sözlerini sürdürüp, "Bana hiç değer vermiyorsun, beni sevdiğine de inanmıyorum, sevsen ve değer verseydin, ailene bir şeyler söyler, beni korurdun, senden bana değer verdiğini duyana kadar yüzüğümü çıkarıyorum!" dedi. Dediğini yaptı, yüzüğünü çıkarıp çantasının içine hışımla attı. Adam hâlâ suskundu, gözleri kapalı. Birkaç tatlı sözle teselli edebilirdi kadını. Etmedi.

Düşünüyordum. Aralarında gezinen, ilişkilerini bozmaya çalışan üçüncü varlığı, şeytanı. Kadın o an sussaydı, adam nasıl davranırdı, diye sordum kendime. Kadını teskin edecek birkaç cümle kadına yeter miydi peki?

Her hikâyede, masalda bir erkek, bir kadın, bir de şeytan vardı. Kadını konuşturan, erkeği susturan şeytanın üflemesi miydi?

Derken, kendi durumum komik geldi bana. Her gün kadın erkek hikâyeleri dinleyen ben, uçak yolculuğunda da benzer bir hikâyenin hemen yakınında bulmuştum kendimi. Okumaya ara verip adama döndüm: "İşinize burnumu sokmak istemem ama ben bir terapistim ve her gün yaşadıklarınıza benzer hikâyeler dinliyorum. Çok tatlı kavga ediyorsunuz, sadece bunu söylemek istedim" der demez, hemen kitaba döndüm. Aralarına girmeye hiç niyetim yoktu.

Yolculuğun geri kalan yarım saatinde kavga etmediler.

Uçaktan inip bagaj alım bölümüne gittiğimde, bir köşede onları gördüm. Yol arkadaşımdan bir dakika izin istedim. Yanlarından geçip kadının parmağına baktım. Yüzüğü takılı değildi. Sanki şeytan yüzüğü kendi parmağına geçirmiş, kadına vermek istemiyordu.

İYİ BİR İLİŞKİNİN ÖLÇÜTLERİNDEN BİRİ

İki insan arasında var ve aslolan şeyin "ilişki" olduğuna inanırım. Arası bozuk olan iki insan arasındaki temel mevzu ilişkiyse, arası iyi olanların da sahip oldukları o "iyi şey"in ilişki olduğu aşikârdır.

İyi bir ilişkinin ölçütleri nelerdir? Bu soru zihnimin bir kenarında hep durur. Alt alta dizilmiş maddelere yenilerini ekleyebilirim umuduyla.

"Birbirini çok sevmek" desem, sevginin hissî yönünün bugün varsa yarın yok da olabileceğine çokça şahit oldum. Aşk desem, hiç değil. Aşk zaman zaman nefrete bile kolayca dönüşebiliyor. Aşk ve şevkle evlenen insanların birkaç ay sonra en kısa yoldan boşanma yolları aramaları hiç de nadirattan değil. Aşkın ve âşığın kendisi teselliye muhtaçtır.

Şimdi bir cevabım daha var. Bir kitabın ismi dikkatimi çekti ilkin. Aradığım ölçütlerden birini daha bulduğumu biliyordum. Kitabın (*Teselliler Kitabı*) sonundan başladım okumaya. "Teselli Etmeyen Sözler" bölümünde geyik teselli sözlerine yer veriyordu yazar (Yusuf Özkan Özburun): "'Boş ver, üzülme', 'Hadi, bir dahaki sefere!', 'Aman, sen de her şeyi ciddiye alıyorsun, yak bir sigara', 'Bir fincan çay iç düzelirsin', 'Aldırma, her gencin başına gelir', 'Kaçan yok, olacak olacak, yorma kafanı...' 'Senin başına gelen de bir şey mi? Bak ben sana ne yaşadığımı bir anlatayım da sen haline şükret...'"

Kitabın başına döndüm. Epigraf olarak yer verilmiş olan, Kâinatın En Değerli Varlığı'nın sözüyse aradığım cevabın tam tamına bu olduğunu düşündüm: "Kim musibete uğramış birini teselli ederse o, teselli ettiği kişinin o dert sebebiyle kazandığı sevap kadar sevap kazanır." Birimizin ötekine verebileceği en güzel şeylerden birinin "teselli" olduğuna kanaat getirdim o an.

Teselli kelimesi gelip oturdu zihnimin başköşesine. Kâinatın En Değerli Varlığı da teselliye muhtaç mıydı, diye düşünürken birkaç sayfa ötede eşi Hz. Hatice'nin Hz. Peygamber'i tesellisiyle karşılaştım. "Eşlerin birbirine verebileceği en kıymetli şeylerden biri nedir? İyi bir ilişkinin önemli ölçütlerinden biri nedir?" sorularına rahatlıkla "Kalbi tatmin edecek tesellidir." diyebilirim artık. Şöyleydi gelmiş geçmiş en güzel eşin tesellisi: "...Vallahi, Allah seni utandırmaz. Çünkü sen, akrabalarına bakarsın, sözün doğrusunu söylersin, fakir ve muhtaçlara elinden gelen yardımı yapar, hiç kimsenin kazandıramayacağını kazandırırsın. Misafirlere ikram eder, onları ağırlarsın. Hak'tan gelen felaketler karşısında insanlara yardım edersin." Bir erkek başka ne duymak ister ki karısından!

Anlamsızlığın, yalnızlığın, hüznün, ölümün, ayrılığın, çirkinliğin, ihtiyarlığın, iyi çocuklar yetiştirememenin, aşk acılarının teselli edicisi olmaya çalışırken yazar, aslında tesellisine muhtaç olduğumuz temel varoluşsal acılarımızın altını da çizmiş.

Özburun'un, anlamsızlığı irdelerken hayata karşı içimizde bir soğukluk, uzaklık ve yabancılaşma hissinin oluşmasını temel iki sebebe dayandırması özellikle dikkat çekici. Bunlardan birincisini dünyaya ve dünya nimetlerine tapınma derecesinde bir hırs ile istekli olmak ve bu istekleri elde edemeyince dünyadan ve hayattan soğumak, uzaklaşmak olarak formüle ediyor. İkinci uzaklaşma biçimini ise insani bir hâl olarak görüp dünyanın hakikatine ulaşma olarak değerlendiriyor. Dünyanın ve dünya nimetlerinin gelip geçen tarafından yüz çevirip sonsuza açılan yüzlerine yoğunlaşmaktan kaynaklanan uzaklaşma ve soğuma hissi tespitini değerli bir tespit olarak okudum.

Yalnızlığın tesellisini sunarken de meleklerden bahis açması manidar. "Meleklerin kanat hışırtıları her yanı sarmışken, bir gülün dikeninden bile bir melek gülümsüyorken..." cümlesi dikkatimi gülün dikenlerine daha bir dikkatle çevirmeme vesile oldu.

Sonra başına döndüm kitabın. "Önsöz: Teselliyiz Birbirimize..." başlıklı kendi hayat serencamını da anlattığı önsözde, Hâce Yusuf Hemedâni'nin *Rutbetu'l-Hayat*'ında "Hayat nedir?" sorusuna verdiği cevaba yer veriyor: "Hayat, teselli olmaktır. Kişi teselli bulduğu şeyle yaşar, onunla hayattadır... Dünyanın oyuncaklarıyla teselli olan kişi 'dünya ile yaşayan'; Rabbinin zikri ve meşguliyeti ile teselli olan kişi ise 'Mevla ile yaşayan' insandır."

Yazarın önsözdeki "Bu geçici yurtta, birbirimize en büyük vazifemiz tesellidir, diyorum" sözü bu kitabın cümlesiydi benim için. İyi bir ilişkinin de tariflerinden birini bulmanın sevincini duyarak bitirdim kitabı: Birbirimizi ne kadar teselli edebiliyorsak, o ilişki o kadar iyi bir ilişkidir.

"ARADIĞIM, BU ÜLKEDE DE YOK"

İlk kez gittiğim, tanıyıp bilmediğim yabancı bir şehir. Duymuşluğum, okumuşluğum var hakkında gerçi. Buraya gelmeden evvel de bir şeyler okudum, orasıyla burasıyla ilgili. Gezilmesi, görülmesi lüzumlu yerlerini az buçuk öğrendim.

Kaldığım ev şehrin tam merkezinde. Vatikan'a yakın. Nehre bir adımlık mesafede. Hayatının yarısı Roma'da yarısı İstanbul'da geçen ev sahibi arkadaşım şehirle ilgili önemli bilgileri bir kâğıda yazıp çizmişti buraya gelmeden evvel.

Eve yerleşiyorum. Öyle her yana yayılmak yok. Üç beş günlüğüne gelinen bir mekâna yerleşir gibi. Ev sahibinin kendine has düzenini bozmamaya gayret ederek. Misafir gibi. Keşke dünyaya da böyle yerleşebilsem.

Yanıma üç kitap almışım. Mustafa Kutlu'nun *Zafer Yahut Hiç* isimli son hikâyesi. Yenilerde çıktığından okumadığım tek bu hikâyesi kaldı. Sezai Karakoç'un tüm şiirlerinin yer aldığı *Gün Doğmadan* kitabı. Bir de Michel Tournier'in *Altın Damla* isimli romanı.

Masaya üst üste koymuyorum. Yan yana diziyorum onları. Üçünün de gözümün önünde olmasını isteyerek. Çoğu zaman yaptığım gibi öylesine bir sayfayı açıp okuyorum. *Altın Damla*'nın yüz seksen dördüncü sayfasında şöyle yazıyor: "Söyleyeceğin şey suskunluktan daha güzel değilse, sus o zaman." Susuyorum. İçimden konuşmayı sürdürerek. Tümden susmak imkânsız. Bir günde, ara ara okuyarak, *Zafer Yahut Hiç*'i bitiriyorum. Buradan Mustafa Kutlu'ya kalbî bir selam gönderiyorum, kabul buyurursa.

Bu dünyada ne yapıyorum der gibi, şimdi ne yapacağım bu şehirde sorusu çörekleniyor ruhuma. Üzerinde Roma Gezi Rehberi yazan kitabın kapağını açıyorum. Koca bir şehrin özeti önümde. Bu bile fazla geliyor. Hülasatü'l hülasaya, özetin özetine ihtiyaç duyuyorum. Hayatın da özetin özetine ihtiyaç duyuşumuzu düşünürken buluyorum kendimi. Tek bir cümle. Tek bir kelime bazen. Her şeyi halletmeye, tüm sırları deşifre etmeye, her şeyin karşısında durmaya yetecek bir dayanak.

Zamanın Garibi, meali "Allah bize yeter. O ne güzel Vekil'dir" âyetini (Âl-i İmran Suresi 173. âyet) *Dördüncü Şua*'da. Hayatın bir özetinin özeti olarak ne güzel tefsir ediyor. Kısacık bir âyet tüm hayatı özetliyor. Tüm sorunları çözüyor. Tüm acıları dindiriyor. Gerekli tüm huzuru sunuyor. Muhtaç olduğumuz tüm sevinci kalbimize sıvıyor. Tüm karanlıkları ışıtıyor.

Sokağa çıkar çıkmaz kısmet köşe başında beni bekliyor. Şehrin haritasını havaalanında almayı unutmuşum. Turizm bürosuna uğrayıp harita istiyorum görevliden. Ama detaylı bir harita olmalı. Şöyle sokak sokak şehri gösteren. Kaybolduğumda kaybolduğum yeri de, gideceğim yeri de gösterecek bir harita.

"Şu an neredeyim?" Yolcunun bilmesi gereken en elzem sual. Hayatta ne çok soruyoruz şu soruyu: Hayatın içinde neredeyim? Görevliden o an ihtiyaç duyduğum şeyi, bulunduğum yeri harita üzerinde işaretlemesini rica ediyorum. İşaretliyor. Bilinmedik bir şehirde kaybolmuşluk hissinden azade oluyorum. Keşke diyorum, hayatta da bunu bizim için birisi yapsa. Belki de yapıyor. *Kur'an* ve sünnete ne zaman müracaat etsek bulunduğumuz yeri de gideceğimiz yeri de bize işaretlemiyor mu, diyorum. İçimden.

Kendi kendime. Yola koyulduğumda aklımdan geçenler bunlar.

Şehri bölen nehir boyunca uzunca yürüyüp, İspanyol Merdivenlerine varıyorum. İnsanlar fazla geliyor. Gezi Rehberi kitabı imdadıma yetişiyor yeniden. Bir bahçeden söz ediyor: Pincio Bahçeleri. İki yanı çam, palmiye ve meşe ağaçlarıyla kaplı gölgelik ve geniş yollardan yürüyorum. Şehir insanın ayakları altında. Gün batımı zamanı. Bir gün daha ebediyete akıyor.

Çantamı açıp *Gün Doğmadan* şiir kitabını çıkarıyorum. Şair "Aradığım bu ülkede de yok/ Taşlar hatıra yazamayacak kadar/ Fazla kararmış" diyor. Ayı göremiyorum. Şair gibi sesleniyorum şehre: "Şimdi ayı bekliyorum/ Ay doğunca onu yerime gözcü bırakacağım."

Aradıklarımız belki de hiçbir ülkede yok, bazı şehirler hariç. Yeniden şaire bırakıyorum kendimi: "Uzatma dünya sürgünümü benim" diyen şaire. Hani diyor ya Zamanın Garibi: "Fıtratımda çok şiddetli olan aşk-ı beka Bâki-i Zülkemal'in bekasına, varlığına iki cihetle bakarken; enaniyetin perde çekmesiyle, mahbubunu kaçırmış, âyinesine perestiş etmiş bir serseme dönmüş gördüm." Aradığımız ebedî memlekette. Belki de aradığımız ebedî ahret yurdunun bizzat kendisi. Ya da O'nun varlığı ve bekası.

Pincio Bahçeleri'nden Roma'ya nazar ederken bu şehirde neyi bulup neyi bulamayacağımı biliyorum artık: "Bana ne Paris'ten/ Avrupa'nın ülkü mezarlığından/ Moskova'dan, Londra'dan, Pekin'den/ New York/ Bütün türedi uygarlıklar umurumda mı/ Birazcık Roma'yı hesaba katabilirdim/ Ama Roma/ Kendi kendini inkâr edip durmakta/ Buz gibi eriyerek/ Bir Kokakola/ Veya bir votka bardağında"

Bazen de bir şiir, bir şehrin özetinin özeti oluyor. Geri kalan günlerde Roma'yı bu özetin özetinin mihmandarlığında dolaşıyorum.

ZİYARET ETMEDEN GEZMEK

Çölün kuruluğuna inat, şehir kımıl kımıl. Caddelerin, sokakların arasında gösterişsiz beliren hayat, bir tek içtenliğine davet ediyor insanı. İnsanlar da hayatın çağrısına kulak verip aynı samimiyetle karşılık veriyorlar. Nefes nefese, canlı ve akıcı yaşanıyor hayat Şam'da.

Roma'da caddeleri, sokakları, müzeleri, kiliseleri, katedralleri, kaleleri istila etmiş soğuk ve riyakâr heykellerin yerine burada nurani bir hayat hüküm sürüyor. Roma'da insanların çoğu "geziyordu". Gözler oraya buraya, tarihî eserlere yalnızca "bakmıyordu". Ellerindeki kitaplardan veya rehberlerden edindikleri birkaç bilgiyi gezilerine katık edip tatmin hissini duymaya çalışarak. Turistlerle şehir arasında bir kopukluk vardı. Bir bağlantısızlık, intisapsızlık. Bakınmayla kalan, şehre katılmayan bir yığıntı gibiydi milyonlarca turist. Vatikan'ın kalbindeki San Pedro Katedrali'nin ziyaretçisinden binlerce kat fazla gezgini olması çıkmamıştı aklımdan.

Rehberimizin, "Hz. Zeyneb Camii'ni ziyaret edeceğiz" sözleriyle Roma'nın sokaklarından sıyrılıyorum. Bu kaçıncı kullanışı "ziyaret" kelimesini. Hoş, zarif ve derinlikli bir kelime olarak bilincimin merkezine yerleşiyor tüm Suriye seyahati boyunca.

İrkiliyorum. Beni sürekli şaşırtıyor rehberimiz: "Burada dört buçuk kiloluk som altın kullanılarak yapılmış kubbeyi, İran Tebriz bölgesinde özel olarak imal edilmiş çinileri ve özel tasarım kristalleri göreceğiz," sözleri modern hayatta seyahatin değiştirilmeye çalışılan anlamını ima ediyor adeta. Yok, hayır, kendisine kızmıyorum. Alelacele kırk kişilik yolcu grubuna rehberlik etmeye çalışıyor. On beş dakikamız var. Kim, nasıl isterse öyle değerlendirecek bu vakti.

O andan itibaren fotoğraf çekmeye ara veriyorum. Fotoğraf çekmenin ziyareti böldüğünü fark ediyorum çünkü. Bir eve ziyarete elinizle fotoğraf makinesiyle gidip, sürekli evin resimlerini çekmeye benziyor bu.

Şam'da neden bulunuyorum ki? Salt gezmek mi, yoksa varlığımıza anlam katmış insanlarla selamlaşmak için mi? "Selamlaşmak için seyahat etmek" cümlesini zihnimin bir kenarına not edip camiye giriyorum. "Ziyaretimi" yapıp, ruhumu Hz. Zeyneb Camii'ni, bilmem kaç kilo altından yapılmış kubbesiyle önemli olmaktan kurtarmak istiyorum. Hz. Hüseyin ile Hz. Hasan'ın biricik kardeşi, Kâinatın En Değerli Varlığının torunu olmasıyla bir irtibat, alaka, bağlılık kurmalıyım. Suriye gezisi hikmetini buluyor, kalbim Hz. Âdem'den beri var olan bir "silsile-i nurani"yle bağlılık kurmanın huzuruna eriyor.

Otobüse döndüğümde rehberimiz telaşlı. Bir kişi eksik. Otobüsümüzün "Altın Kızları"ndan Zerrin Hanım yok (diğer ikisi Neriman ve Özden Hanımefendiler). Tek tük homurtular yükseliyor.

Bir gün önce de Selahaddin Eyyubi'nin kabrini ziyaret ederken canım sıkılmıştı. Kimi insanların "Aaa sadece bir kabirmiş, görülecek bir şeyi yokmuş," şeklindeki ifadeleri içime hüzün salmıştı. Gezerek ziyaret etmek yerine salt turistlere dönüşüvermeyi düşünürken, o çıkageliyor.

Yetmişli yaşları geride bırakmış (önüne katmış mı demeliyim) Zerrin Hanımefendi yavaş adımlarla gelip koltuğuna oturuyor. Sağdan soldan gelen serzenişlere aldırmıyor. "Kusura bakmayın sizi beklettim, ama Hz. Zeynep Camii'nde güzel bir yer buldum kalabalığın içinde, Yasin'imi okudum, birkaç da dua okudum, geldim," deyiveriyor.

Sonra da ekliyor: "Ben buraya ibadet etmeye geldim zaten!" Kendisini en kalbî selamla selamlıyorum.

O UNUTMAZ!

İnsan nisyandadır. O ise değildir. O unutmaz bir kalbin kırılışını. Nankörlüklerimizi. Bize verdiği görevleri terk edişimizi. Gelmiş geçmiş tüm sömürülmüş alın terlerini. Her türden ihlali. Bir kadının sessiz çığlığını. Mazlum ve kederli gönüllerin ahlarını. Ah eden bile gün gelir unutur, ama O asla unutmaz. Mazlumların âhı, arş-ı âlâdadır artık.

O asla unutmaz bir yetimin hakkının yenilişini. O unutmaz bizim bir türlü hatırlayamadığımız borçlarımızı. O unutmaz kandırdığımız insanları. Biz unutsak asla unutmaz bizi kandıranları. Söylediğimiz yalanları asla unutmaz.

O unutmaz taciz edilen bir çocuğun kalbinin ne denli kırıldığını. O, "Ben taciz edilirken, O neden engellemiyordu?" serzenişini de unutmaz. Taciz edeni de unutmaz.

O unutmaz savaşlardaki cinayetleri. Gasp edilen malı mülkü. Haksız yere yerinden yurdundan edilenleri. Sürgüne yollananları.

O unutmaz Kendisi için bunaltıcı uzun Ağustos günlerinde aç ve susuz kalanları. Mazeretsiz O'nun için fiziksel istek ve arzularından on beş saatçik vazgeçemeyenleri de unutmaz. "Namaz uykudan daha hayırlıdır," sesleniişine kulak verip, güneş doğmadan, rahat döşeğinden kalkanları unutmaz. Namazı bir gerilik ve gereksizlik olarak görenleri de.

Birbirlerine sabrı ve merhameti tavsiye edenleri unutmaz. Birbirlerine kötülüğü, sefahati teşvik edenleri de.

O, Kendisi için öfkesini yutanları unutmaz. Her türlü kefareti ödemek pahasına şiddete bulaşmayanı unutmaz. Gözünü kırpmadan öldürenleri de.

Kalbimizden geçirdiğimiz her türlü düşünce ve duyguyu unutmaz. Her halimiz O'nun sonsuz ilminde kayıt altındadır.

O pişmanlıklarımızı hiç unutmaz. Tövbelerimizi, kalbimizin iniltilerini de. Bir duanın derinliklerinde iniltiyle istediklerimizi unutmaz.

O unutmaz, hiç unutmasam dediğimiz güzel geçen anlarımızı. Hiç bitmesin dediğimiz zamanları. Bir tebessümü, aşkı ve sevgiyi.

Biz unuturuz belki ihtiyaç sahiplerine şefkatle uzanışımızı, O ise unutmaz. Bir insanı sevindirdiğimizi. Hele hele bir yetime uzanan şefkatli bir eli hiç unutmaz ve sonsuz ilmine kayıt düşer ebedî. Unutmaz aynı zamanda görmezlikten geldiklerimizi. Elimizin tersiyle geri çevirdiklerimizi, ittiklerimizi.

Kendine isyan edenleri unutmaz. Tam bir teslimiyete bürünenleri de unutmaz.

O'nu andığımız anları asla unutmaz. O'nu anmadığımız, heva ve hevesimiz için heba ettiğimiz zamanları da. "Ben yaptım!" diye böbürlenişimizi unutmaz. Her şey O'nun ikramı ve ihsanı, dememizi de.

O unutmaz aç bir kediyi, susuz kalmış bir köpeği. Bir kelebeğin kanat çırpışını. O'nun için kesilen bir hayvanı. Yok yere öldürülen bir kertenkeleyi. Eziyet edilen hayvanları.

O unutmaz zalimliklerimizi. Maruz kaldığımız zulümleri. O unutmaz, O'nun tecelli eden isimlerini yok sayışımızı, en büyük zulümlerimizden birini.

O unutmaz kullarının birbirine sarf ettiği ağır sözcükleri. Aşağılamaları, incinmeleri.

O unutmaz unuttuklarımızı. Bir türlü hatırlayamadıklarımızı. Çöken belleğimizdeki her şey O'nun âlem-i misalinde yazılıdır. Her şey yazılıdır, evvelinde ve ahirinde.

O unutmaz işlediğimiz iyilikleri ve sevapları. Günahlarımızı da. Biz O'nun için önemliyizdir çünkü. Ve önemliysek biz, iyi kötü yaşadığımız her şey de önemlidir. Sonsuz önemlidir.

O, asla unutmaz!

Gün gelir, yıldızlar çarpışır, güneş dürülür. Her şey susar. Her şey ölür. Kâinat ölür. Çünkü "Her nefis ölümü tadacaktır." O, tüm unuttuklarımızı bize hatırlatacağı başka bir âlem açar. Hem kendi haklarını alır bizden hem de insanın insanda kalan haklarını. Hem de canlı cansız diğer varlıkların bizdeki haklarını. Bir kuru çubuğun hakkını bile.

Büyük bir mahkeme açar. Her şeyi mutlak adaletli bir mizana tabi tutar. Mahkeme-i Kübra her şeyin hatırlandığı bir gün müdür aynı zamanda? Amel defterleri önümüze serilir. Yaşadığımız her şey, her hâl karşımıza çıkar. Bu bir yandan rahatlatıcı bir yandan korkutucudur. Korkuyla ümit arasında olmanın bir yönü de belki de budur.

Cennet başlar. Cehennem başlar. Unuttuğumuz isteklerimizi, kalbimizden geçen en ufak arzularımızı bile unutmamıştır. Çünkü bizi önemser. Bizi önemsiyorsa bizim isteklerimizi de önemser. Bu dünyada hikmetine uygun görmeyip vermediği güzel isteklerimizi cennette verir. Sonsuza dek verir hem de.

O, "Allah beni unuttu!" serzenişini unutmaz.

İyi ki asla unutmaz O! İyi ki!

CADDE

"YÜREĞİM BENİM, EN AZAPLI ÜLKE"

Bugün de çatışma dolu hikâyeler dinledim diye, düşüncelere dalmış, caddede yürüyordum. Başka ne dinleyecektim ki. Aşk hikâyelerinin bile ayrılıkla bitenlerini dinlemek zorundaydım. On beş dakika yürümüştüm ki, iki sürücünün arabalarının camlarından birbirlerine sarf ettikleri ağır sözleri duymamak için bakışlarımı gökyüzüne diktim.

Onunla geçirdiğim bir saat bakışlarımı gökyüzünden çekip alarak yeniden muhayyileme çevirdi. "Hayat yorucu" diye başlamıştı seansa. Dikkatimi çekemediğinin farkına varmış gibi, "Kiminle konuşsan aynı sözü işitiyorsundur, diğerleri de benim gibi sözlerine hayat yorucudur diye başlıyordur, kim bilir," demişti. Bir konuda yanılıyordu. Sadece terapi seanslarında değil, insanın olduğu her yerde duyulabilirdi bu söz.

Sözlerine beklediği düzeyde ilgi göstermemem hayatın yorucu olmadığını düşünmemden değildi elbet. Hayat kime yorucu gelmez ki? Gözlerinde onu onaylamamı bekler bir ifade yakalayınca, "Evet haklısın," demiştim cılız bir sesle, "hayat yorucu, hem de çok. Hikâyeni dinlemeye hazırım."

Giuseppe Ungaretti'den aktardığı şiirin iki mısrası çarpıcıydı. Ungarretti de kimdi? Ardında da "Hayatta neden çatışma var, neden hepimiz bu dünyada gül gibi geçinip gidemiyoruz, anlayamıyorum," diyerek okkalı bir soruyu önüme dikiverince koltuğumdan öne biraz kaykılmıştım üç saat öncesinde.

Karısıyla çatışmalarını anlatmıştı. Kavga etmedikleri gün yoktu. Sözcüklerin en irilerini seçiyorlardı birbirlerine fırlatmak için. Yakınlarda ağzından çıkan kelimelere öylesine şaşırmış ki, bunları söyleyen ben miydim diye kendiyle sıkı bir kavgaya tutuşmuştu.

Çatışmalara ve çatışmaların yoruculuğuna takılıydı zihni. İki sene önce de iş yerinde terfi sürecinde başına gelmeyen kalmamıştı. Hakkında birçok dedikodular üretilmiş. Aynı makama aday başkasınca aleyhine kulisler yürütülmüş. Sonunda terfi eden o olmuş. "Genel müdür olmanın tadına varamadım inan. Bu yapılanlara gerek var mıydı?"

"Gerek yoktu yok olmasına ama bu dünya da böyle bir yer işte."

"Dünya nasıl bir yer?"

Çatışma yüklü hikâyeler dinledikçe, onun ve yüzlerce insanın sorduğu soru bana da bulaşmıştı zamanın birinde: "Neden bu dünya gerilimli bir yer?"

İnsanlar birbirlerine değmeden ilerleyemez miydi? Ağzımızdan sadece ve sadece güzel kelimeler çıkamaz mıydı? Biz kimseyi incitmeden, kimse de bizi incitmeden yaşayamaz mıydık?

Öğrenmiştim ki, hepten böyle sorunsuz yaşayamazdık. Böyle yaşamak için mücadele edebilirdik ancak. Öğrenmiştim ki, dünya zıtlarının çarpışma yeriydi. Hayırla şerrin, güzelle çirkinin, inanmak ile inkâr etmenin, sevgi ile lakayt kalmanın arasında hep bir gerilimin olduğu bir hayattı bizimkisi. Yine öğrenmiştim ki, burası "mübareze-i hayat (hayat mücadelesi) meydanı" idi. "Rububiyet-i âmme unvanıyla, Hakîm ve Müdebbir ismiyle bir meydan-ı imtihan ve mübareze" açılmıştı önümüze. Bu artık yalın bir gerçeklikti benim için.

Seansta yıllar öncesinde benim de sorduğum soruyu sormuştu: "İyi ama zıtların çarpışmasının nasıl bir hikmeti olabilir ki?" Öğrenmiştim ki, yeryüzünü zıtlarının çarpışmasına müsait kılan hikmet, kaynağını "kanun-ı mübareze (çatışma kanunu)"den almaktaydı. Âdem (as) zamanından beri, "Beşeriyette iki cereyan-ı azîm birbiriyle çarpışarak gelmişti."

Yıllar önce zihnime iyice kazıdığımı sanıyordum "kanun-ı mübareze"yi. Kâinatta cari bir çatışma kanunun olması garip bir rahatlık sunmuştu. Bir hayalden sıyırıp dünyayı tanıtmıştı. Unutmayacağımı sanırdım. Yanılmışım. Tam zamanında yeniden hatırladım bu yalın gerçekliği.

Hayat yorucudur.

En yorulan da kalbimizdir.

Yaratıcının celâlî ve cemalî isimlerinin bir gerekliliği olarak "kalb etrafındaki ilhâmat ve vesveselerin mübarezelerinden tut, tâ sema âfâkında melâike ve şeytanların mübarezesine kadar o kanunun şümulü" olduğunu da öğrenmiştim.

Kalbimiz iyiyle kötünün, aydınlıkla karanlığın, hayırla şerrin, meleklerin ilhamıyla şeytanın vesvesesinin çatışma ve mücadele alanıydı ve yaşamak da buydu. İnsan olmanın ayrıcalığı da.

Zıtların çarpışmasından ve çatışmalardan yorulduğumuzda, bunların olmadığı "öte bir yere" gitme isteği uyanır içimizde. Öte yer cennettir. Çünkü dünyadaki tüm iyiliklerin cennete tüm kötülüklerin de cehenneme akıp gideceğini, iyiyle kötünün orada ayrışacağını da öğrenmiştim. Bu ise en rahatlatıcı olanıydı.

Caddenin sonuna yaklaştığımda insandan sınırsız iyiliğin de sınırsız kötülüğün de çıkabilmesinin sırrını düşünürken Giuseppe Ungaretti'nin şiirinin iki mısrasını yeniden hatırladım:

"Yüreğim benim
En azaplı ülke."

HAYATA KÜSKÜNLÜK

Kafam karışık yürüyordum. Caddede. Yakınlarda hayata dair okuduklarımla bugün dinlediğim insan hikâyeleri, bir önceki gün de Julie'nin yaşadıkları ve söyledikleri kafamı karıştırmıştı. Yürüyordum ve konuşuyordum. Kendimle. Kimsecikler duymuyordu sesimi diyemem. Ben dinliyordum kendimi. Yalnız sayılmazdım.

Hayatın, şu kâinatın en ehemmiyetli gayesi olduğunu okumuştum. En büyük neticesiydi hayat. En parlak nuru. Hayat kâinatın süzülmüş bir hülâsası, sonucuydu. Yine öğrenmiştim ki; en yüksek kemâliydi kâinatın. Hayat olmasa kâinat bu kadar güzel olabilir miydi? Bu kadar süslü, ziynetli. Hayat, kâinatın "hem en küçük bir mahlûku bir kâinat hükmüne getiren mu'cizekâr bir hakikati"ydi.

Yürüyordum ve cümleler dönme dolap gibi dönüyordu zihnimde. Sıcak bir çorbadan süzülen buğunun çorbanın kokusunu da yanıma katarak içimize gelip yerleşmesi gibi; başkalarının hikâyesinde dillenen dillenmeyen acıların buğusu da gizlice dokunur ruhumuza. Gizlice gelip dokunmuştu hayata olan küskünlüğü. Sert ve acımasız değildi belki anlattıkları. Ama rahatsız ediciydi. Hani bir tüyün burnumuzun ucuna değişi gibi.

"Hayattan bıktım, soğudum, küstüm ona." Seansta böyle diyerek ağlamıştı. Binlerce kere duyduğum bu yakınma, o an nedense bana başka bir dokunmuştu. Belki de bunun sebebi Julie'nin etkisinde kalmamdı. Bir gün önce Krzysztof Kieslowski'nin *Üç Renk Üçlemesi*'nden *Mavi*'yi seyretmiştim. Filmde çocuğu ve kocası trafik kazasında ölen Julie, hıçkırarak annesine, "Bu hayattan bıktım," demişti. "Hayat kâinatın en önemli hakikatiyse, hayatın her iki yüzü -mülk ve melekût yüzü- parlak, kirsiz ve ulviyse neden böyle hissederiz?" diye sordum. Kendime. "Hayattan bıktım," cümlesi ne doğru ne yanlış geldi o an. Hem doğru hem de yanlıştı ya da.

"Hayattan seni bıktıran şey nedir?" diye sorunca, "Çalış çabala, bir sonu ve sonucu yok," demişti. "Boşa kürek çektiğimi hissediyorum. İşte tam o an hayattan iniyorum. Bırakıyorum her şeyi. Ama bu da acı veriyor. Bir durakta yaşar gibiyim. Yeniden hayata binmek istiyorum. İndiğim hayata yeniden binmek de korkutucu geliyor." Bıkıp indiği yolculuk neydi, yeniden binmek istediği ne?

Julie de benzer şeyler söylemişti. Kocası ve çocuğu olmadan bu hayatı yaşaması anlamsızdı. "Bu" kelimesi önüme düşüverdi o an. O an anladım ki bıktığımız, küstüğümüz "hayat" değildi. "Bu dünya hayatı"ydı, dünyanın üçüncü yüzünde yaşadığımız. Dünya hayatı başkaydı, hayat başka. Peki, diye sordum. Kendime. "Dünya hayatından bıkmak, usanmak, ondan soğumak onu lanet, çirkin, kötü, nefret edilesi bir duruma sokar mı?" Anlayacağınız yalnız değildim. Yürüyordum. Kendimle.

Dünyanın üç yüzü vardı. Biri kendine bakan, diğeri ise Yaratıcı'nın sonsuz isimlerine ve ahirete bakan. Kendine bakan yüzü asıktı, elem ve keder verici. Çünkü gelip geçiciydi. Dokunduğumuz an solan bir çiçekti sanki. Yakalayıp sevmek için can attığımız bir kelebek gibi. Yakalaya yazdığımız anda uçup gidiveren. Ne dokunmamak mümkündü ona ne de solmasına razı olmak. İki arada bir deredeydik.

"İyi ki böyle," diye geçirdim içimden. "İyi ki soluyor, bıktırıyor ve usandırıyor. Yoksa sonsuzluğu istemek nereden aklımıza gelirdi? Bakışlarımızı dünyadan alıp ebediyete ve Ebedî Olan'a nasıl çevirebilirdik? Ondan kaçıp nasıl can atardık bir daha hiç bölünmeyecek ve kendisinde ölünmeyecek bir hayata."

"Sevgili dünya hayatı," dedim. Dediğimi duydum. Yalnız değildim. "Sen" dedim, "gerçekten sevilesi bir hayatsın. Dur, hemen havalara girme. Sadece ve sadece şundan: O'nun dışındakilere kalbimizi bağlamamak seninle mümkün. Dokunduğumuz çiçeğin narin yaprakları solmazsa biz ne yaparız?" Dünya hayatı anlamlı ve sevilesi geldi bana o an. Ebedî hayatı kazandırdığı için.

Âşık olmuşçasına bağlandığımız dünya uğurlar olsun dediğinde yüreğimiz burkulur. Doğru. Ona küseriz, kırılırız, bıkkınlık duyarız. İyi ki de böyle olur. Aynı dünya ilave eder: "Bu misafirhaneden ebede gideceksin."

Sözleri acı, suratı asık bir bilgedir dünya.

YOL ARKADAŞI OLARAK BEDEN

Yürüyordum, caddede. Ayaz dâhil her şey ölümün ateşinde eriyordu. Cadde hem çok sıcak hem çok soğuktu. Sonbaharda değil ilkbaharda ölümü dert eden adamı düşlemek istiyordum ama hayalhanemi işgal eden imgeler vakum gibi çekiyordu içeri beni. Dalmışım. Derken onu gördüm. Gülümsüyordu. Yine dalmışım.

Mermer kaplı koridorda farklı ruh hallerine bulanarak yürüyordu. Her üç yüz altmış beş adımda karşısına çıkan kapı bir odaya açılıyor, her oda başka bir koridora bağlanıyordu. Odadan her çıkışında başkalaşıp değişiyordu.

Avını bekleyen bir aslan gibi hırslı ve tetikteydi. Benim avım ne, diye sormuştu. Kendine. İnsanın avı dünyaydı. Üzerinde aslan tarafından avlanacağını bilen güzel gözlü bir ceylanın tedirginliği de vardı. Anladı ki hem avlanan hem avlayandı. Hem aslandı hem ceylan.

Koridorların duvarlarında gelişigüzel serpiştirilmiş aynalar vardı. İnsan yüzleri gibi biri diğerine hiç benzemiyordu. Bazısında muhteşem görünüyordu. Duruyor, kendini seyrediyordu. Ancak fazla kalamıyor, görüntülerinden ayrılması gerekiyordu. Tedirgin bir seyretme, tedirgin bir kendine hayranlıktı bu. Görüntüler dışında kalıyor, içine giremiyordu. Ne o onlara dokunabiliyor ne de onlar kendisine uzanabiliyordu. O ne yapsa aynadaki görüntüleri de aynısını yapıyordu. Birbirlerine hayırları yoktu. Bir oyalanmaydı aynalar. Bir oyun ya da. Ya da hem oyun hem oyalanma.

Çoğul benleri oluşmaya başlamış, içi iyiden iyiye karışmıştı. Görüntüler kimi zaman birbirinin içine geçiyor, hepsi birbirini seyrediyordu. Kendini dev gibi gördüğü aynada başka bir aynadaki cüce görüntüsünü de görüyordu. Onu incecik gösteren aynadaki incecik hali ile şişman görüntüsü iç içe geçmişti. Ben kimim diye sordu ama bir yanıtı yoktu. Sonra.

Sonra, her şeyin en sonrasında karanlık bir odada buldu kendini. İlk dikkatini çeken hiç ayna olmamasıydı odada. Büyükçe bir karyola vardı köşede. Odanın duvarları toprak rengine çalan kahverengiydi ve eğri büğrüydü. Oda sanki toprağın içine kazılmış bir mahzendi. Ama nasıl olur diye hayıflandı. Koridorlar toprağın altına doğru hiç inmemişti ki, hep toprağın üstündeydi. Herhangi bir merdivenden aşağı da inmemişti. Yeryüzünde yaşarken nasıl olur da yerin altına inerdi. Her şey bir anda olup bitmişti. Belki de koridorlar ve odalar toprağın altına yol alıyordu da eğim çok küçük olduğu için fark edilmiyordu.

Karyolaya yaklaştı. Korka korka. Bir ceset gördü upuzun yatan. "Neden hareket etmiyor bu?" diye sordu. Kendi kendine. Sonra güldü içinden. Cesedin yüzünde bir dinginlik vardı. Hırslarından arınmış. Korkusuzdu. Yalnızdı. Cesurdu. Rahatlamış bir yüzdü.

Yıllardır nefes alamamaktan korkan biriydi. Sıkılıp bunaldığında göğsü sıkışır, odada hava yokmuş gibi hızlı hızlı nefes alıp verirdi. Karyolada nefes almayan biri vardı. Yeşil gözlerinde neşe, enerji yoktu. Hayatı tutan kolları artık bir şey tutmuyordu. Kendini bile. Ayakları dikkatini çekmişti. Nasıl olup da bu ayaklar bu cesedi taşımıştı. Oradan oraya. Gözleri yarı açıktı. Cesetlerin gözlerinin açık olması oldum olası rahatsız ederdi onu. Gözler hayat belirtisidir ve hayatı olmayan bir göz artık dışarı bakmamalıdır. Parmaklarıyla göz kapaklarına dokunup yavaşça indirdi onları. Bir ölüye yapılacak son yardımdan biri de budur. Göz kapaklarını kapamak ve çenesini bağlamak. Bir bezle çenesini bağladı.

Göz kapaklarını kapatıp çenesini bağlayınca ağır bir hüzün çöktü içine. Bir cesetle karşı karşıya olduğunu daha yeni anlamıştı. Oturup ağlamaya başladı. Ona sarılmak istedi ama yapamadı. Sonra çok pişman olmuştu. Sarılmamıştı çünkü ben o değilim diye düşünmüş olmalıydı. Sarılsam beni hissetmez diye düşünmüştü belki de. Karyolada yatan kendi cesediydi. İkisi baş başaydı. Ne aynalar vardı ne görüntüler. Sadece onlardı.

İşin aslı içine bir rahatlama gelmişti. Ben ve ölüm gibiyiz, dedi. Kendi kendine. Görünme telaşı yoktu artık. Hayat gailesi son bulmuştu. Ölümün güzel yanı bu muydu yoksa? Rahatlatıcı bir suskunluk vardı. Orada yıllarca kalıp dinlenmek istiyordu.

Sonra bir melek geldi.

Yürüyordum, caddede. Turuncu'nun rüyasını düşlüyordum. Turuncu, *Giderken Bana Bir Şeyler Söyle* romanımdaki kahramanlarımdan biriydi. Bu rüyayı son anda kitaptan çıkarmış, hayalimdense çıkaramamıştım. Yürüyordum, caddede. Yalnız değildim. Ölene dek yanımdan hiç ayrılmayacak hayat arkadaşım yanımdaydı; bedenim. Derken onu gördüm. Gülümsemesiyle yeniden hayalimden sıyrıldım. Yol arkadaşıma baktım. Yaşlanmaya yüz tutmuştu.

***

Yaşlanmaya yüz tutmuş kırk dört yıllık arkadaşımla yürüyordum, caddede. Adımları eskisi gibi çevik ve enerjik değildi. Bir an üzüldüm. Kırk dört yıllık arkadaşlığımızı gözden geçirmek isterken Turuncu'nun rüyasının kalan kısmı yeniden hayalhaneme ilişiverdi.

Yanında bir melek belirdi. "Cesedinden ayrılma vakti geldi," der gibiydi. Ondan nasıl ayrılacaktı? Yıllarca içinde yaşadığı ceset onun en yakın dostu, yoldaşı olmuştu. Birlikte geçirdikleri günler aktı gözünün önünde. Hastalıkları, iyileşmeleri, bedeniyle birlikte büyümesi, yaşlanmaya yüz tutuşu, gün be gün geçirdiği değişimler canlandı hayalinde. Cildindeki ilk kırışıklıkları fark ettiğinde içinde depreşen ilk korkuyu hatırladı. Saçlarındaki ilk beyazı. Birlikte yaptıkları yolculukları hatırladı sonra. Nerelere gidip gelmişlerdi birlikte. O ağır bavulları taşıyan kollarına dikti bakışlarını. Acaba bedenine iyi davranmış mıydı? Bedenin üzerindeki haklarını düşününce ürperdi.

Bedenine bir kere daha sarılmak istedi. İnsanlar ayrılırken ve buluşurken hep sarılmak isterler birbirlerine. En sıkı sarılmalar hep ayrılırken olanlardır. Ayrılık acısının son bir tesellisi. Bedenini özleyecekti. Nasıl özlemesin, koca bir ömrü birlikte geçirmişlerdi. Ona yeniden kavuşmayı diledi içinden, büyük bir inançla.

Melek gözünün içine baktı, "Hadi ama," der gibiydi. Bedenine "Görüşmek üzere," diyerek melekle birlikte odadan ayrıldı. Aynasız odadan. Aynasız ve kaygısız yaşamımın tek odasından. Melek onu tuttu. Tutma lafını çok severdi Turuncu. Hep tutulmak isterdi. En sonunda bir melek tutmuştu işte kendisini. Onu boşluğun, karanlığın, hiçliğin ortasına düşmekten kurtarmış, tutmuştu. Melek onu tuttu, başka bir meleğe verdi, o da başka bir meleğe, o da başka bir meleğe. Berzah denilen yere taşıyorlardı onu, tam o âleme girecekken uyandı.

Gözünü açtığında saat üçü yirmi geçiyordu. Önce uyandığından emin olamadı. Henüz tam sıyrılamadığı rüyasında gördükleri duygularını karmaşıklaştırmıştı. Uyandığına iyice emin olunca iki zıt duygunun içinde sıkışıp kaldı. Hayattaydı ve bundan daha büyük bir mutluluk düşünemiyordu. Bir gün rüyasının rüya olmaktan çıkıp gerçeğin kıyısına geleceğini görmekse bütün hücrelerine kadar tedirgin ediciydi.

O gece, bedeninin hayat yolunda en yakın arkadaşı olduğunu hissetti Turuncu. Onlarca yılı bedeniyle birlikte geçirmişti ve bilemediği yılları yine birlikte geçirecekti. Bedenine karşı bir yakınlık duydu, onu hiç böyle düşünmemişti. Ona sarılası geldi. Bir eliyle diğer elini tuttu. Gecenin geri kalanını böyle geçirdi.

Gece şunu da anladı Turuncu. Ölmek, en yakın arkadaşı bedeniyle ilk kesin ayrılığı olacaktı. Bedeni gün be gün farklılaşıyordu. Her farklılaşma bir çeşit ayrılıktı. Beş yaşındaki bedeni ile şu anki bedeni aynı değildi ama hâlâ birlikte olduğu bir beden vardı. Ölünce hiç olmayacak bir beden. Onu özleyecekti.

Kırışmış ellerine, pörsümeye yüz tutmuş cildine, bir gün kendisini zor zahmet taşıyacak ayaklarına baktı. Cildinin hemen altındaki damarlar yıllar içinde daha da belirginleşecek, yeşil bir boru hattı gibi daha çok görünür hale gelerek yaşlılığından ve ölümünden haber verecekti. Belki de bunlar için hiç vakit olmayacak, küt diye ölecekti. Yakın bir zamanda sönecekti hayat parıltısı, kendini o yalnız odada bulacaktı.

Yürüyordum, caddede. Kırk dört yıllık yol arkadaşımla. Yaşlanmaya yüz tutmuş. Yalnız değildim anlayacağınız. Turuncu'ya hak verdim o gün. Beden, hayat yolunda candan bir arkadaştı. Ölürken ayrılık yaşayacağımız ilk sevdiğimizin bedenimiz olacağını da öğretmişti Turuncu'nun rüyası bana. Bir melek gelecek, ruhumuzla bedenimizi ayıracak. Sonra.

Sonra kısa bir ayrılık dönemi olacak. Ruh berzah âleminde hayatına devam ederken beden çürüyecek. Çürüyüp toz olmuş kemiklere kim hayat verebilir ki? "Onları yoktan var eden, yeniden hayat (da) verir, çünkü O, her tür yaratma eyleminin bilgisine sahiptir." (Yasin Suresi, 79. âyet)

Yaratıcı'nın çürüyüp toz olmuş bedenimizi yeniden yaratıp onu bize yeniden yol arkadaşı kılacağına dair bu vaadine mutlak inanarak yürüyordum, caddede. Yaşlanmaya yüz tutmuş bedenime baktım göz ucuyla. Ölünce kısa süreliğine ayrılsak da sonsuza dek birlikte olacağımız hakikati içimi sevinçle doldurmuştu.

Derken onu gördüm. Gülümsüyordu. Yüzü her zamanki gibi huzur doluydu.

BAHARIN GELMESİ DE YAKINKEN

Yürüyordum. Caddede. Yalnız sayılmazdım. Hayalhanem yanı başımdaydı. Zaman kâinata damla damla yağarak içine işliyordu. Bir an, varlıkların tebessüm ettiğini hissettim. Ağaçların dallarında uç veren, yenilenen hayattı. Bahar caddenin alnına konmak için kozasından çıkmayı bekleyen bir kelebek gibiydi. Gürültüden kaçıp gitmesinden korktum. Dikkatimi havada salınan belli belirsiz rüzgârdan gökyüzüne çevirdim. İyi ki! Batan güneş göğün yüzüne yaslanmış, bulutlara teslim etmişti kendini. Derken...

Derken, yine kopmuşum. Düşünceler bencillik ederek yalnızca onlarla ilgilenmemi istiyorlardı. Oradan, buradan, şuradan koşup gelmiş pejmürde halleriyle caddeden daha gürültülüydüler. İçlerinden bazısı daha da ileri gidip sadece kendileriyle ilgilenmem için türlü numaralara başvuruyordu. Derken, yürüyüşe çıkarılmış iki köpeğin birbirine havlamalarıyla yeniden dışarıya döndüm. Köpeklerin biri ufacık tefecikti. Komik duran bir cesaretle iri cüsseli olana ardı ardına havlıyordu. Sahibi, elindeki tasmaya var gücüyle asılarak onu korumaya çalışıyordu. İri cüsseli olansa "ağır abi" takılıp bir iki havlama dışında sesini çıkarmadı. Derken...

Derken yine dalmışım. İçeriyle dışarının cazibesi arasında kalmak yorucuydu. "Bahar geldi geçti ama farkına varamadım," hayıflanması düştü zihnime bu sefer. Kötü haberse baharın ilk işaretçileri yanı başımda usulca tomurcuklanırken, onları fark edememek olacaktı. Hayır, bu bahar kötü haber istemiyordum.

Vehmi düşüncelerle kendi aramıza mesafe koyamayıp onların içinde kaybolmak önemli sorunlarımızdan biridir. Hüzün geçmişle, kaygı gelecekle ilgilidir. Kaygı bir dakika sonrası, bir saat sonrası, bir gün ya da bir yıl sonrasına dairdir. Hayatımızın şöyle ya da böyle istemediğimiz biçimde olabileceğine dair düşünceler ve imgeler eşliğinde kaygı hissi zuhur eder. Şu anda, caddede yürürken gelecek yoktur. Şimdi olmayan gelecekten kaygı "ademe vücut rengi vermek"le alakalıdır. Aslında, mevcut olan şu andan bir kaçıştır kaygı. Yürüyordum. Caddede. Derken...

Derken yağmur çiselemeye başladı. Bulutlar hızla bir araya getirilmiş, hava bozmuştu. Ağır gri bir renk caddeye hâkim oldu. Şemsiyeler açıldı. Adımlar sıklaştı. Caddenin şekli şemaili aniden değiştirilmişti. O'nun "Ol!" demesi yeterliydi. Aklıma *Ayetü'l Kübra* risalesi geldi. Hani şu "Kâinattan Hâlıkım soran bir seyyahın müşahedatı"nı anlatan risale. "Ne güzel olur aslında şu sıralar onu okumak," diye geçirdim içimden. Başlangıç cümlesi ne hoştur: "Evet bu dünya memleketine ve misafirhanesine gelen her bir misafir, gözünü açıp baktıkça görür ki..." Derken...

Derken, günümüzün gözde terapilerinden olan "Farkındalık"a (Mindfulness Therapy) kaydı zihnim. "Olumsuz düşüncelerimden kurtulamıyorum." Bu, hayatımızın en az bir bölümünde hepimizin ciddi sorunu olmuştur. Vehmî ya da şimdiki kullanımıyla olumsuz düşünceler hayalhanemizi istila ettiğinde gerçek gibi algılanır. Vehmî düşünceler bastırdığında onlarla gerçek arasındaki mesafe çok daralır. Olan biteni olduğu gibi görmek yerine hayalhanemizde canlandığı haliyle görmeye başlarız. Hayatın ve hayatımızın o an olduğu halinden koparak vehim ve hayalle resmedilmiş hâlini geleceğe yönelik hakikat gibi algılamaya başlarız. Bu tam tamına kaygının marazi bir hâl almasıdır.

Yağmur şiddetlenmişti. Kuytu bir yer bulup sığındım. Dikkatimi yağmurun sesine verdim. Gözlerim, damlalar su birikintilerine düştüğünde oluşan minik dalgalara odaklandı. "Peki, şimdiye nasıl odaklanmalı o zaman?" diye sordum. Kendime. Yalnız değildim. Derken, ani bir şimşek çaktı. Sanki, "Beni de oku, bana da dikkat et, ben de Yaratıcını tanıtıyorum," der gibiydi. Az evvel sorduğum soruyu unutmuştum. Kuşların şimşek çakmasından korkmadığını fark ettim. "Fark etmek." "Şimdiye odaklanmak zor," diye geçirdim içimden. Malayani düşüncelerin istilası altındaydık. Galiba bir de sorunların kendimizi hayalhaneye hapsedip düşünerek çözüleceğine inanıyor, sonra da orada vehimler içinde boğuluyorduk. Sorunların bu şekilde çözüldüğünü hiç görmemiştim.

"Dikkati şu ana odaklayıp, o andaki kâinatı tefekkür ve temaşa etmek önemli bir yol," diye geçirdim içimden. Yağmur dinmişti. Şimdi doğup büyüdüğüm Sungurlu'da olsam kesif bir toprak kokusu yayılırdı etrafa. Hafızamdan çıkan kokuyu yine de duymuştum.

Yürüyordum. Caddede. Yolun sonuna geldiğimde birkaç yıldır yapmak isteyip de yapamadığım şeye bir kez daha niyetlendim: Her hafta beş duyudan birine odaklanarak vehmî düşüncelerin tuzağından kurtulmak. "Böylelikle baharın gelişini de bir güzel selamlamış oluruz," dedim. Kendime. Bakalım önümüzdeki haftaya kadar kâinatın köşelerinden hangi sesler, "Beni de duy, ben de Yaratıcını bildiriyorum," diyecek.

GÖK NEDEN GÜRLER?

Yürüyordum. Caddede. Yalnız sayılmazdım. Etrafımda onca varlık vardı. Hayalhanemden çıkıp kâinatın seslenişine kulak kesilmek istiyordum. Derken, semadan yardım geldi ve beni kendime getirdi. Bir çatırtı koptu, gök sanki yarıldı ve huzurlu bir ürküntü saldı yeryüzüne. En sevdiğim seslerden biriydi gök gürlemesi. Nedenini tam bilememiştim. Ta ki.

Derken, onlar düştü muhayyileme. Sesleri birbirinin içinden geçmiş, birbirine çarpıp düşmüştü. Kelimeleri mecalsiz, yorgun argın yığılıyordu kalplerinin içine. Onları dinlerken *Dandelion* (Yön: Mark Milgard) filmindeki etkileyici sahne canlanmıştı muhayyilemde. Kadın mutfakta tabak çanak ne varsa etrafa fırlatır. Kırılmış kalbini tabakları kırarak göstermeye çalışır. Var gücüyle kocasına bağırır: "Bu evde her şey, duvarlar bile benim sesimi duyuyor ama sen duymuyorsun!" Adam bir şey anlamamıştı. "Yalnızca kendi sesini dinleyenler başkasının sesini duyamaz," dedim. Kendime. Yalnız sayılmazdım.

Adam kadını suçluyordu kadın da adamı. "Dediklerimi dinlemiyorsun, anlamıyorsun, çarpıtıyorsun, bana değer vermiyorsun, beni hep suçluyorsun, beni sevmiyorsun, ben senin için neyim bilemiyorum." Gök bir kere daha gürledi. Ardından yağmur iyice şiddetini artırdı. Yeryüzünün sesi semanın gür sesinden çekinmiş sus pus olmuştu sanki. Ya da bana öyle gelmişti. Derken, kâinatın sesine rüzgârın uğultusu katıldı.

Yürüyordum. Caddede. Yalnız sayılmazdım. Kâinat yanı başımdaydı ya. Her ikisinin de derdi neydi? "Beni lütfen dinle, beni duy, beni işit!" iniltisi ne demekti? "Beni doğru anla, beni olduğum gibi anla!" ne demekti? Kendi seslerini yükselterek diğerinin sesini bastırmak istiyorlardı. Gök neden gür bir seslenişle seslenmişti az önce? Tuhaf olan her biri diğerini çok sevdiğini ve değer verdiğini iddia ediyordu. Yok, samimi görünüyorlardı. Her ikisi de çırpınıyordu. "Beni duysana be adam/kadın!" Yürüyordum. Caddede. Yalnız sayılmazdım. Şemsiyeye vuran yağmurun şapırtılarını kendime yoldaş etmiştim. Derken, "Birbirinizi neden bu kadar suçladığınızın farkında mısınız?" diye sormuştum. Susmuşlardı. Suskunluk kısa sürmüştü.

"Bana değer verseydin şunu şunu yapmazdın... demişti adam.

Kadın hemen atılmıştı. "Sen de bana değer verseydin şöyle yapmazdın..."

"Burada biraz duralım ve her ikinizin söylediğine yoğunlaşalım. Sanki her ikinizin de asıl derdi birbirinizden değer görmek istemeniz."

Her ikisi de aynı şeyi söylemişti: "Ama ben ona çok değer veriyorum."

"O zaman sorun birbirinize değer verip vermemekte değil, bu değeri doğru biçimde ve yeteri kadar ifade edip etmediğinizde."

Her ikisi de hemfikirdi. Ama ötekinin değer verdiğini göstermediğinde!

Yürüyordum. Caddede. Onların yağan yağmurun altında kâinatın sesini dinlemelerini ne çok isterdim. Bu mümkün olabilseydi keşke.

Bir saat birbirleriyle hiç konuşmadan, birbirlerinden hiçbir şey talep etmeden, birbirlerini hiç suçlamadan, sadece gök gürlemesini, sadece yağmurun sesini, sadece rüzgârın uğultusunu dinleyebilselerdi. Sadece ama sadece konuşan kâinatın sesini dinleyebilselerdi. İçlerinde biriken kızgınlığı, öfkeyi, kırılganlığı kâinatın sesi yatıştırabilirdi belki. Belki duyulmayı talep etmeden önce dinlemeyi öğrenirlerdi.

"Kâinatın sesini duymadıkça birbirimizin sesini duyabilir miyiz?" diye sordum. Kendime. Sanırım zordu bu. Kâinatın dilini anlamadıkça birbirimizin dilini anlamak güçtü.

"Yani" demiştim, "Aslında birbirinizi suçlarken her biriniz diğeri için değerli ve önemli olduğunu duymak istediğini ifade etmeye çalışıyor." Başlarını sallamışlardı.

"Neden başkasından değil de birbirinizden değerli olduğunuzu duymak istiyorsunuz? Bir fikriniz var mı?"

Her ikisinden de teker teker cevap istemiştim.

"Çünkü onu seviyorum ve benim için değerli biri o. Ben de onun için değerli olmak istiyorum, derinlerde bana değer verdiğini biliyorum ama duymak istiyorum."

Birbirlerine bakakalmışlardı. Yüzlerinde aydınlık bir tebessümle. "Bana değer vermiyorsun!" dan "Benim için sen çok değerlisin ve bu yüzden bana değer verdiğini duymak istiyorum"a gelmelerini istemiştim.

"Değer verildiğimizi duyarak duyulmak istiyoruz," dedim. Kendime. Yürüyordum. Caddede. Kâinat da sesini duyurmak istiyordu. Duyulmak istiyordu. İnsanın sesini duymasını istiyordu. Yağmur dinmişti. Bir köşeye çekildim. "Gök gürlemesi O'nun sınırsız kudret ve yüceliğini övgüyle anmakta." (Ra'd Suresi, 13. âyet) Gök de sesinin duyulmasını istiyordu. Bir gürleme olarak değil, O'na bir yakarış, bir övgü olarak. Doğru şekilde duyulmak, anlaşılmak istiyordu. Her varlık gibi. Hepimiz gibi.

İKİ KİŞİLİK KÖRDÜĞÜM

Fırından yeni çıkmış ekmekten süzülen buğu, ardında bıraktığı kokuyla havaya karışıyor. Adam, ekmeğin parasını verip fırından çıkarak evinin yolunu tutuyor. Karısıyla bir haftadır küsler. Kim başlatmıştı bunu?

Çiftçi toprağa buğday taneleri saçıyor Bağırlarında merhameti taşıyan habbecikler toprağa yaslanıyor. Soğuk kış günlerindeki sıcacık bir oda gibi toprak. Bir anne şefkatiyle koruyup kollamak için bağrına basıyor onları.

Adam kapı zilini çalıyor. Anahtarını bilerek yanına almamış. Öfkeli ve kızgın yanının bir "hır" çıkarmak istediğini fark etmiş etmesine, ama buna engel olamamış. Belki de engel olmak istememiş. Yeni bir kavgayla haklılığının alkışlanmasını istiyor. Bir hafta önceki kavgada karısının sarf ettiği sözler hâlâ beyninde uğulduyor, her aklına geldiğinde canını acıtıyor. Gerçi o da gerekli karşılığı vermiş, altta kalmamış, her zaman olduğu gibi.

Karısı çın çın öten zilin sesini duyuyor, ama kapıyı açmaya hiç niyeti yok. Kocasının, evden çıkarken, anahtarını yanına almayacağını sezinlemiş. Onu tanıyor. Ona inat, kapıyı açmayacak. Kadının da öfkeli yanı yeni bir sorun çıkarmak için yanıp tutuşuyor.

Adam üst üste zile basıyor. Karısının kapıyı açmadığını gördükçe bir yandan haklı çıktığını düşünüp seviniyor, bir yandan da kabaran öfkesi baldan daha tatlı hale geliyor. Elini zilden uzunca bir süre çekmiyor. Kadın nihayet kapıyı açıyor ve adamın yüzüne hiç bakmadan hızla oradan uzaklaşıyor.

Adam mutfağa gidip ekmeği tezgâhın üstüne bırakıyor. Taze ekmeğin kokusu mutfağın dört bir yanına saçılıyor. Kızgınlık ve öfke adamın duygularını bir kördüğüm haline getirdiğinden, öfkenin kokusundan başka koku duymuyor.

Habbeciklerin üzerinden zaman akıp gidiyor. Yağmur, kar, kış, kıyamet. Her daim çalkalanıyor kâinat. Toprak habbecikler için her türlü zorluğa katlanıyor. Altı üstüne geliyor.

Her ikisi de barut gibi. Düş kırıklıklarının, aşağılanmalarının biriktirdiği öfke ve kızgınlıklarını taşımakta zorlanıyorlar. Dışarıdan onları gören hasım sanır.

Adam mutfaktan çıkıp karısının oturduğu odaya hızla dalıyor, "Neden kapıyı açmadın?" diye bas bas bağırıyor.

"Açtım ya! Neden anahtarını yanına almıyorsun sen de!" diye bağırarak karşılık veriyor kadın.

"Almadım, n'olcak, kapıyı kasten açmadın değil mi?"

"Asıl sen kasten anahtarını yanına almadın! Her zaman yaptığın gibi, sorun çıkarmak için."

Adam sesini iyice yükseltiyor. "Bu evde ağız tadıyla bir Pazar kahvaltısı bile yapılamıyor! Senin için fırına gidip ekmek aldım, şöyle ağız tadıyla bir kahvaltı yapalım diye.

Adam kendini kandırdığını biliyor ve bundan hastalıklı bir haz alıyor. Kadın, "Sen o ekmeği benim için değil, kendin için almışsındır. Benim için kılını kıpırdatmazsın," dedikten sonra kapıyı çarpıp balkona çıkıyor. Bir sigara yakıyor. Ne gökyüzüne bakıyor ne yeşillenmiş ağaçların dallarındaki meyvelere. Sadece içindeki öfkeye bakıyor. Baktıkça öfkesi kabarıyor.

Gün geliyor, habbecikler çatlıyor. "Hayat-ı nebatiyenin başlangıcı, çekirdekte veya habbede hayat düğümünün uyanıp açılmasıdır" sırrı tecelli ediyor. Buğday filizleri topraktan başını dışarı çıkarıyor binbir zahmetle.

Adam, kendi kendine konuşuyor. "Ne biçim kadın bu! Bana hiç saygı duymuyor. Beni hiç kâle almıyor. Beni sevmiyor, önemsemiyor. Bir kapıyı bile açmıyor!"

Buğday filizlerinin başına onlarca habbecikler tutturulmuş. Güneşte pişiyor habbecikler. Biçer döver giriyor tarlaya. Biçiyor ve dövüyor. Habbecikler bir yığın oluyor. Bir müddet ambarda tutuluyor. Sonra un fabrikasına satılıyor.

Kadın için için ağlıyor. Kocası görse, "Her zamanki gibi duygu sömürüsü yapıyorsun," diyecek. "Ne biçim erkek bu! Bana hiç saygısı yok. Beni sevmiyor. Sırf sorun çıkarmak için anahtarını yanına almıyor. Niçin kapıyı açayım ki, kendi açsın!" diye içinden geçirirken bir yandan da burnunu siliyor.

Buğday taneleri un ufak oluyor. Çuvallara yükleniyor. İşçilerin yüzü beyaza bürünüyor. Kamyonlar yollara düşüyor. Bir fırının önünde duruyor.

Adam kızgınlığından nasıl sıyrılacağını bilmiyor. İçinden bir ses karısının yanına gitmesini, özür dilemesini istiyor. Diğer bir sesse, karısının haksız olduğunu, onun özür dilemesi gerektiğini söylüyor.

Fırının imalathanesinde una su katılıyor, suyla un birbirine karışıp hamur oluyor. Hamur kıvamına gelince usta hamura elleriyle şekil vererek onu cayır cayır yanan fırının içine salıyor.

Kadın öfkesinde boğuluyor. Bir yanı kocasının yanına gitmesini, özür dilemesini istiyor. Diğer yanıysa kocasının haksız olduğunu ve asıl onun özür dilemesi gerektiğini söylüyor.

Akşam oluyor. Mutfaktaki ekmek, sıcaklığını ve tazeliğini yitiriyor. Yavaş yavaş kuruyor.

BAHAR AŞK MEVSİMİ MİDİR?

Bir zamandan sonra, insan sadece bir izleyiciye dönüşüyor. Bir bankta oturmuş seyrediyorum. Baharı. Tohumcuklardan fışkırmış suretleri. Yaratıcı her yanı bir süse çevirmiş. Açılan, çiçeklerden öte renkler sanki. Varlıklar türlü haller sergiliyorlar. Bağırış çağırış, debdebe, şaşaa yok. Hepsi kendi işiyle meşgul.

Ben ne yapıyorum? Görünüşte bir iş yapmıyor, bir şey üretmiyorum. Sadece oturuyor ve seyrediyorum.

Bu benim seksen ikinci baharım. Sürem doldu dolacak. Bu son baharım olabilir. Böyle bir his var içimde. İnsanın içine doğan her his doğru çıkmaz, biliyorum. Ama bu his doğru çıkacak gibi. Torunumun arabasıyla geldik caddeye. Ben küçük adımlarla yakındaki parka kadar yürüdüm, o mağazaları dolaşacakmış. Otuz iki yaşında. Kıyafet bakacakmış. Baharı birlikte seyredelim mi diye soracak oldum. Vazgeçtim. Geçen gün hayatın sıkıcılığından bahsediyordu kocasına.

Benim yaşıma gelince insanın yüreğine sorular çöreklenir. Boşa yaşanmış bir hayatın bakiyesidir hissedilen. Boşa yaşamış olmak nedir? İsteklerini, arzularını, ideallerini yerine getirememek mi? Gençken hayalini kurduklarımın yarısından çoğunu gerçekleştiremedim. Bundan mutsuz değilim. Hem bu dünyanın böyle olduğunu öğrendim hem de bir şey üretme, işe yarar şeyler yapma tanımım değişti. Örneğin tam şu an ne yapıyorum? Baharı temaşa ederek O'nun sanatını, rahmetinin tecellisini temaşa etmeye çalışıyorum. Tamam, para kazandırmıyor. Ama sonsuzluk kazandırıyor. Zaten bu dünyadaki işimiz de bu değil mi?

Gençken, bahar benim için sadece aşk mevsimiydi. İnsanın kanı kaynamaya başlardı. Geçen gün torunumun ergen kızının telefonda konuşmasını duydum: "Bahar geliyor ve ben hâlâ âşık olacak birini bulamadım." Onlar kulaklarımın iyi duymadığını sanıyorlar. Gerçi doğru, eskisi gibi iyi duymuyor. Biraz da dudak okuyarak olan bitenden haberdar oluyorum.

Baharı sadece aşk mevsimi olarak görmek ne aldatıcı. Altmış yıl öncesiyle şimdiki arasında pek de bir fark yokmuş. İnsan, insan işte. Beni pek kâle almıyorlar. Onlar için ununu eleyip eleğini asmış yaşlı bir adamım. Çok da dert etmiyorum. Eskiden olsa ederdim. Şimdi, Yaratıcı'nın kâle almasını dert ediyorum. O bana bir varoluş vermiş. Beni biliyor, görüyor, işitiyor. Hatta şimdi şöyle düşünüyorum. Şu an ben nasıl O'nun baharda tecelli eden rahmetinin tanıklığını yapıyorsam, O da benim tanıklığıma tanıklık ediyor.

Birinin sizi sevdiğini öğrenince sizin de ilk tepkiniz onu sevmek olur. Düşünüyorum da, eğer kalbimiz O'na yönelmiyorsa belki de asıl sorun O'nun bize sunduğu merhameti, sevgiyi fark edemeyişimizdedir. Geçenlerde torunumun kızına bunu söyleyecek oldum. Lafı ağzıma tıkadı. O, onu sevseymiş istediği her şeyi verirmiş. Ne kadar bencilce. İnsanın sevildiğini, merhamet edildiğini anlaması için sadece baharı temaşa etmesi yeter. O, ona lazım olan her şeyi vermişken istediği bazı şeyleri vermedi diye kabalık ediyor. Gençlerin akılları fikirleri aşkta. Bahardaki rahmetin tecellisini hissetmeyen merhametli bir âşık olabilir mi? Âşık olunca her şeyin tastamam olacağını sanıyorlar. Merhametsiz aşk, nasıl aşk olabilir ki?

Yaşlılık denizindeyim. Bahar benim için bir sal gibi. Bu benim son baharım olabilir. Olsun. Bedenim toprağın altında çürüyecek. Bundan eskisi gibi korkmuyorum. Ruhum berzah âleminde yaşamaya devam edecek. Sonra çürümüş kemikleri kim diriltecek diye soruyorum. Kendime. O, cevabı baharla yaratıyor. Güzün birer kemiğe bürünmüş ağaçları yeniden ihya ve inşa eden, çürümüş bedenimi yeniden yaratamaz mı?

Bir bankta oturuyorum. Yalnızım. Hah, hatırladım işte: "Göz; şu kitab-ı kebir-i kâinatın bir mütalaacısı ve şu âlemdeki mu'cizat-ı san'at-ı Rabbaniyenin bir seyircisi ve şu Küre-i Arz bahçesindeki rahmet çiçeklerinin mübarek bir arısı." Yazarımın son cümledeki tanımına bayılıyorum.

Göz deyince, iki kere göz ameliyatı oldum. Gözlerimin feri gitse de, hamdolsun diyorum. Yemyeşil yaprakları tam seçemiyor muyum, olsun. Hayalim var ya. Orada yemyeşil yapıyorum onları. Zaman örümcek ağı gibi gerilmiş. Dışarıdan, bankta oturan işe yaramaz bir ihtiyar olarak görünüyorum belki. Hayatımın zamanı koptu kopacak olsa da son bir kez baharı temaşa ederek varoluşumun son görevini yerine getirmeye çalışıyorum.

Yürüyordum. Caddede. Farkındalık terapisinin ikinci haftasındaydım ve suretlere odaklanmaya çalışıyordum. Hayalhanemdeki hikâye suretinin sonunu nasıl getireceğimi düşlüyordum. Derken onu gördüm. Gelin gibi süslenmiş baharın suretini. Yalnız sayılmazdım.

FREZYANIN MELEKLERİ

Orada öylece dikilmiş ne yaptığımı anlamak için kaçamak bir bakış fırlattı. Alıcı bir müşteri olmadığıma kanaat getirdi ki, bir şey sormadı. Bakışlarını yeniden demet yapmaya çalıştığı sümbüllere çevirdi.

Alçak bir taburede oturuyordu. Dakikalarca öylece ayakta kalmak tuhaf kaçacaktı. Sessizce yanındaki betona oturdum. "Kolay gelsin," dedim. Sadece "Sağ ol," demesinden konuşmaya pek istekli olmadığı sonucunu çıkardım. Birçok kişinin sormuş olması muhtemel sorularla canını sıkmak istemiyordum. Bir an, merak ettiklerimi sormak için şirinlik yapmak zorundaymışım gibi hissettim ama bundan hemen vazgeçtim. Duruşu ciddiydi, birazda aksi birine benziyordu ve şirinlikten etkilenecek birini andırır hali yoktu. Aslında olur olmaz sorularla canını sıkmak gibi bir niyetim yoktu. İstediğim tek şey bana bahar çiçeklerini anlatmasıydı.

Yürüyordum. Caddede. Yalnız sayılmazdım. Uyanmaya çalıştığımız bütün uykulardan uyanmış ağaçlar zihnimi dürtmüştü. Dünyanın üzerine sıçramış bahar da insanı yerinden sıçratıyor, sürekli bir gezinme hissi uyandırıyordu insanın içinde. Zihnimden küçük püskürmeler halinde fışkıran düşüncelerden sıyrılmış, baharın suretini seyrediyordum. Derken...

Derken, durdum ve başımı çevirdim. Keskin bir rayiha, "Bana da bak, beni de fark et, ben de O'nun sanatıyım," dercesine, koku reseptörlerimi harekete geçirmişti. O an caddede, kaldırımın kenarındaki çiçekçinin önünde olduğumu fark ettim.

Rayiha deyince aklıma hep melekler gelir. Çünkü denir ki, melekler hem bizzat kendilerinin hem de varlıkların O'nu anmasından lezzet alırlar. "Çünkü onlar nurdan mahlûk oldukları için gıdalarına nur kâfidir." Yine denir ki; "Hattâ nura yakın olan rayiha-i tayyibe dahi onların bir nevi gıdalarıdır ki, ondan hoşlanıyorlar. Evet, ervah-ı tayyibe, revayih-ı tayyibeyi sever." İşte bu cümlelerden, meleklerin güzel ve tatlı kokuları sevdiğini öğrendiğimden beri koku ve melek birbirini çağrıştıran iki kelime olmuştu benim için.

Derken, bir adam gelip "Şu ne çiçeği?" diye sordu. "Altınkadeh," diye cevapladı çiçekçi. Soran adam, başka bir şey söylemeden hızlıca uzaklaştı. Uzaklaşan adama sinirlenmemesinden cesaret alarak, çiçekleri nereden aldıklarını sordum. "Mezatçılardan!" Tek kelimelik cevabı umut kırıcı olsa da üsteledim: "Mezatçılar nerede olurlar?" "Bilmiyorum, çocuklar alıyor, ben de satıyorum."

Sonra, orta yaşlarda iki hanım tezgâha yaklaşıp şebboyların taze olup olmadığını sordu. Gülümseyerek "Sizin gibiler," dedi. Hanımlar da gülümsediler ve gittiler. Çiçekçi kadın için üzülmeye başlamıştım. Henüz bir satış yapmamıştı.

Niye yanında oturduğumu hâlâ sormamıştı. Bu işime geliyordu. Yine de sanki çiçeklerden gelen o ferahlatıcı rayihayı bedavaya getirmek için oturuyormuşum gibi bir suçluluk çöktü içime. Gerçi birkaç demet frezya ve sümbül alacaktım.

"Beyaz leylak istiyorum, var mı?" sorusuyla hayalhanemden sıyrıldım. Frezyaların etrafında meleklerin kümelendiğini hayal ediyordum. Hem frezyaların Mutlak Varlığı anmasına tanıklık ediyor hem de onlardan fışkıran rayihadan lezzet alıyor olmalıydılar. Kesintisiz bir şükür, bir anma gibi etrafa yayılan rayihayla onlar da sağa sola koşturuyorlardı sanki. "Daha mevsimi değil beyaz leylağın," dedi ve işinin başına döndü.

İçimden "Keşke alıcı bir müşteri gelse," diye geçirirken genç bir hanım tezgâha yaklaştı: "Arkadaşımın yaş günü, kokulu çiçek olarak ne alsam?" Keşke sümbül alsa diye geçirdim içimden. Sümbüller yeni gelmişti çünkü. Çiçekçi kadın, "Frezya, sümbül, şebboy, erengüllerden bir demet yapayım abla!" der demez müşterinin cevabını beklemeden demet yapmaya koyuldu.

Kadın erengüllerin hangileri olduğunu bilmiyor olmalı ki görmek istedi. Buna çok sevindim çünkü ben de bilmiyordum. Müşteri erengüllerden istemedi, sadece sarı, mor ve beyaz renklerden mürekkep bir frezya demeti hazırlamasını söyledi. Demet hazırdı. Yine dalmışım. Kadın demetini alıp giderken bir grup melek de belki frezyaların kokusunun peşinden gidiyor diye hayal ediyordum. Çiçekçi kadın, sanki bir demet melekle birlikte sunmuştu frezyaları. "Abi, sen çiçek istiyon mu?" Gitme vaktimin geldiğini anlamıştım. Erengüllerden bir demet yapmasını istedim.

Yürüyordum. Caddede. Yalnız sayılmazdım. Melekler güzel kokularla lezzetlenip sevinç içinde bahar şarkıları söylüyorlar gibi geldi o an. Caddenin sonuna geldiğimde, "İlk fırsatta çiçek mezatçısına ve kabristana gitmeliyim," dedim. İçimden, kendi kendime. Kabristansız bahar olmazdı. Önce hangisine gitsem diye düşünüyordum ki onu gördüm.

SAĞ YANIMIZ YERE GELECEK

Baharı uğurlamak için uygun bir yer olacağını düşünerek gitmiştim oraya. Ömrümün bilmem kaçıncı baharını (biliyorum da söylemiyorum). "Geriye daha kaç bahar kaldı?" sorusu daha kabristanın girişinde tırmaladı ruhumu. Okumaya başladığım Fatiha soruyu geçici de olsa unutturdu.

İlk dikkatimi çeken gölgelerdi. Yemyeşil ağaçların gölgesi düşmüştü mezarların üstüne. Mezarların gölgesi de ölümün hayattaki uzantısı gibiydi. Mermerlerin soğuk duruşları, mezar taşlarındaki yazılar hayatın kısa bir özetiydi. Çoğu mezar taşında doğum ve ölüm tarihleri yazılıydı. İki taş veya iki tarih arasında bir hayat. Öyleyse ne önemi var insanın?

Kimiz biz? Ölen ve öldüren, giden ve gelen, acıkan ve doyan. Bitimli ve arzulu. İsyan eden, karşı çıkan, tutkulu, şehvetli, doğru ve yanlış arasında sıkışan.O'nun dışındaki her şeyin kırılışını simgeliyordu kabirler.

Neler yatıyordu bedenlerden maada toprak altında? Sırlar geldi ilk aklıma. İkinci aklıma gelen: Ayrılıklar. Yalan ve dolanlar. İyilikler ve kötülükler. İnsan hikâyeleri. Geçirdiğimiz depresyonlar, panik ataklar. Zekiler, kıt akıllılar. Yakınmalar, şükürler. Bitmişti işte. Öte dünyaya başlamak için. Her şey oraya ulaşmak içindi. Tez geçmişti övgülerin hazzı. İnsanların övgüsü de kalabalıkların yergisi de kabrin karanlığında sıkışıp kalmıştı. Övgüler de yergiler de eşit derecede önemsizdi.

Her kabir taşı, "Sönmek için yanıyor her ışık," sözünü doğrular gibiydi. Ölüm iki dünya arasında bir gedikti. Döner taşı, öter kuşu yoktu artık sakinlerinin. Kabristan ölüm denizi gibiydi. Kabirler yüzüyordu denizde. Her insanın hayat nehri de buraya varıyordu.

Kabirlerin üzerinde çiçekler, bitkiler canlanmıştı. Ölüme inat. Ağaçların uçları kıpır kıpırdı. Rüzgâr dalları çekiştirip durarak sessizliğin boşluğunu dolduruyordu. Kuşlar rüzgârla oynaşıyor, kabristana neşe saçıyordu. Baharın sesini soluksuz dinliyordum ki, kendi soluğumu duydum. Kendi ölümümün buz kesen soluğunu. Nefesim daraldı. Ruhumun nefesi.

Dalıp gitmiştim. Toprağın altında kalmış sözler, un ufak olmuş diye geçirdim içimden. Hayır, dedim. Toprağın altında kalmamıştı sözler. Bir levh-i mahfuzda yazılmıştı. Kayıtları tutulmuştu. Her şey yazılıyordu. Evvelinde ve ahirinde.

Bir kabrin yanı başında durdum. "Hüve'l Baki," yazıyordu. Hayalhanemde onu kabre koyduğumuz an belirdi. Sağ yanma yatırmış, yüzünü de kıbleye döndürmüştük. "Ölmek: Sağ yanımızın yere değmesi, yüzümüzün de kıbleye dönmesi," diye geçirdim içimden. Bir terapist, hastalarına öldüklerinde mezar taşlarına ne yazılmasını isteyeceklerini sorduğunu söyler. Bunu, hayatı nasıl yaşamak istediklerinin bir göstergesi sayar. Ben de yanı başında durduğum mezar taşındaki gibi, "Hüve'l Baki," yazılmasını isterdim diye düşündüm.

Kabristandaki bahara elveda demeye hazırlanırken, "Son sözlerin nedir?" diye sordum ona. "Beni yeniden yeniye yaratan buradaki bedenleri de yeniden yaratacak," diye seslendi. "Bir gün dirileceksiniz yine. Hesabını tuttuğunuz saç telleriniz yeniden uzayacak. Yanaklarınız yeniden kızaracak. Bacaklarınız sizi oraya buraya taşıyacak güçte olacak. Gözleriniz gözlerinize değecek yine."

Sonra, "Elveda!" dedi bahar. "Görüşmek üzere," diyerek uğurladım onu. Yağmaya başlayan yağmurla arkasından su bile dökmüş oldum.

Kabristandan ayrılırken düşünceliydim. Bir mezar taşında doğum ve ölüm tarihi, "Hüve'l Baki," yazısı. Bir de... Bunu yazmak zor geldi.

Kabirler, insanın benliğine sınırlarını gösteren biricik mekânlardır. Yalnız gitmeli oraya. Yalnızca gitmeli. İçten dışa dıştan içe yürümeli. Topu topu bu, demeli. Bu işte. Az çok, eksik fazla, ne yaşanırsa yaşansın, hepsi bu.

Gözü dönmüş hırslarımıza kabirler gösterilmeli. Al işte demeli. Sonun bu. Öfkelerimize kabirler gösterilmeli. Bak işte sen de sağ yanına yatacaksın. Yüzün kıbleye dönük. Endişelerimize kabirler gösterilmeli. Al işte demeli. Neden korkuyorsun hayatta? Başımıza gelmesinden korktuğumuz şeylerin en büyüğü bu ve bu bizim yazgımız. Yazgısını sevmeli insan. Razı olmalı. İncinmiş yanımıza kabirler gösterilmeli. İşte bu. Hepsi bu. İncitenlerin de incinenlerin de sonu.

Tüm yaşadıklarımız sağ yanına yatacak. Yüzleri kıbleye dönük.

İNANALIM İNANMAYALIM, HEPİMİZ ONA BORÇLUYUZ

Yürüyordum. Caddede. Yalnız sayılmazdım. Yanımda hatıralarım vardı. Bir perdenin ardına saklı geçmişim ve henüz gelmese de hayalhanemdeki geleceğim. Belleğimin raflarına diziliydi yaşananlar. Nedense önce o çıkageldi hayalhaneme. Uzun yıllar öncesinin kendini ateist olarak addeden bir çalışma arkadaşım.

Zihnim haylaz bir çocuk gibi yerinde durmuyordu. Bu sefer de birkaç sene öncesine atlayıverdi. Yine aynı caddede yürüyordum. Senenin bu zamanında gülümseyen bir yüz, bir gül uzatmıştı. Tanımadığım biri. Ama tanıdığım biri gibiydi o an. "Kutlu Doğum Haftası için küçük bir armağan," demişti. Gül gülümsüyordu. Her şey gülümsüyor gibi gelmişti o an.

Yürüyordum. Caddede. Derken onu gördüm yeniden. Baharı. Ağaçlar meyvelere durmuştu. Baştan sona berrak bir akşamüzeriydi. Derken, pazar yeri hayalhaneme zıpladı. Tezgâhların da rengi değişmişti. Sarı kabuklu portakalların yerine kırmızı çilekler konmuştu. Nasıl, niçin, nereden? Baharın içinden o ses döndü yeniden. "Ben ateistim, ne dine, ne peygambere inanırım," derdi. Gizliden gizliye bir gururla. Susardım. Güzel bir insandı. Nazikti, kibardı, iyilikseverdi. Kimseyi bilerek incitmek istemezdi. Psikiyatri hastanesinde hastalarına bu kadar nazik davranan nadir gördüğüm hekimlerdendi. Nezaketini örnek almaya çalışırdım.

Hayalhanemden sıyrılıp bahara daldım yeniden. Bu sene bahardaki rahmeti seyirden uzak kalmak istemiyordum.

Birkaç ay önce gözümün önündeki bahar yoktu. Karanlığın içinden çıkagelmişti. "Ol!" denmiş ve olmuştu her şey. Neden, niçin, nasıl? "Kâinatın En Değerli Varlığı" düştü aklıma. Aslında başından beri zihnimdeydi. Onsuz bir hayatı düşündüm. Bahar, bahar olmaktan çıkıp karanlığın ayazı olurdu. Onun nuru olmaksızın bir kafeste tutsak olurduk. Anlamsızlık kafesinde mutlak yalnızlığın ayazında donardık. Bizi sonsuz bahara götürmek için yollanmış gibiydi. Acılarımıza anlam katmak için. Hayatı kolay kılmak için. Onsuzluk cehenneminde bırakmamıştı bizi Mutlak Varlık. Onun nuru olmaksızın tüm varlık karanlık sözcüklere dönüşürdü. Sırlar açığa çıkmazdı. Her şey azap verici bir soru olarak donup kalırdı. Onun nuru olmadan hepimiz noksan olurduk. Mutlak noksan. Bizi O'na götüren en anlamlı yol onun getirdiği nurdu.

Ateist çalışma arkadaşım bir gün "Tüm iyi davranışlarımı babamdan aldım," demişti. Babası muttaki bir insandı. "Haram yemekten çekinir, ibadetlerini eksiksiz yerine getirir, insan ilişkilerinde hakka hukuka çok riayet ederdi," diye tarif etmişti babasını. Babası onu ve diğer çocuklarını da hakka hukuka riayet eden biri olarak yetiştirmeye çalışmıştı. "İnsanların hukukuna riayet et, yalan söyleme, dürüstlükten hep kazanırsın!" "Ateist çalışma arkadaşım iyi bir insan olmayı kime borçlu?" diye sormuştum. Kendi kendime. Babası iyi ahlakını kime borçluysa o da ona borçlu olmalıydı. "Babanız peygamberini sever miydi?" soruma "Hayatını ona göre yaşamaya çalıştığına göre, evet," diye cevap vermişti. Başkaca bir şey söylememiştim. Her şey öylesine açıktı ki. Başkaca sözler gereksiz kaçacaktı. Ateist arkadaşım iyi bir insan olmayı, insanların hakkına hukukuna riayet etmeyi babasına, babası da oğlunun inkâr ettiği "Kâinatın En Değerli Varlığı"-na borçluydu. Tüm inananlar gibi.

O günden sonra, biliyordum ki, inanalım inanmayalım, hepimiz tüm iyi şeyleri onun nuruyla, onun rehberliğiyle yapıyorduk. Güneşin ışığını inananların da inanmayanların da üzerine salması gibiydi bu. Ya da yağmurun inanan inanmayan fark etmeden herkese rahmet olması gibi. Onun nuru olmadan inanmayanların karanlığı daha karanlık olurdu. İnanmayanlar buna inanmasa da böyleydi. Belki de bu yüzden, o âlemlere rahmet olarak gönderilmişti.

Yürüyordum. Caddede. Derken onu gördüm. Caddedeki bir köpeğe yiyecek getiren kadını. Köpek iştahla önüne konulanları yemeye koyuldu. Kadın merhametli olmanın erdemini nereden ve kimden öğrenmişti?

İZMİR'DEKİ "O" LALE

Oturuyordum. Koltukta. Dipteki yalnızlık hissi yüzeye çıkıp başını uzattı ve "Ben buradayım ya, daha ne istiyorsun!" diye sesleniverdi usulca. Anlayacağınız yalnız sayılmazdım. Yalnızlığın şifası, yalnızlıktı o an. Razı olunca yatıştı yalnızlığın sancısı.

Uçak havalanmaya hazırdı. Derken, kabin ışıkları söndürüldü. İçerisi de dışarının karanlığına uydu. İzmir giderek aşağıda kalırken aya biraz daha yaklaşıyorduk. Yukarı doğru bir yolculuğun içinde olmak ruhuma hep iyi gelmişti. On bir saat önce geldiğim şehirden ayrılıyordum işte. Hepsi buydu. Bu muydu?

Her geliş gidiş ruhta keder uyandırıyordu. Bu da yolcunun yazgısıydı.

Yaşamın büyük saati Nisan ayını göstermişti yine. Yeniden. Daha bir yıl önce yine yaklaşık aynı zamanda gelmiştim. Bir kitap fuarı daha gelip geçmişti işte. Derken, uçak havalandı. Motorun homurtusu giderek azaldı. Uçak yatay haline döndü. Neredeydik? "Nasıl oluyor da havada kalıyoruz?" diye sordum. Kendi kendime. Uçağın meleklerin ellerinde olduğunu hayal ettim. Yalnız sayılmazdım anlayacağınız.

Birkaç dakikalık bir sohbetin içine sığıştırılmaya çalışılan sorular ve sorunlara çok kıymet veririm. Yeter ki, sorular mümkün olduğunca özgül olsun. Birçok kitap fuarında konferans veya imza için bulunmuştum. Ama bu son kitap fuarı sanki bir başkaydı. Lise ve üniversite öğrencilerinin bilgece soruları karşısında bazen ne diyeceğimi bilemedim. Şaşırdım, sevindim, umutlandım ve İzmir'in onlarla nefeslendiğini düşündüm. Sorularına hayran kaldım. Arkadaşlıklarına imrendim. Arkalarından bakakaldım. Yayınevi stantlarının arasında yürürken hikmeti arıyor gibiydiler. İster yazar ister okur ister yayıncı ister fuar organizatörü; bu işte hep birlikteydik. Varoluşumuzun hikmetinin peşindeydik. Yaşamla kurduğumuz bağı kitaplarla daha da pekiştirmek istiyor gibiydik.

Yolculuğun ortalarına doğru yalnızlığın yanına üzüntü ilişiverdi. İzmir'den şikâyetleri düştü aklıma. "Bu şehri sevmiyorum, havası boğuk ve maneviyatsız," ortak kederleri gibiydi. "Gitmek istiyorum bu şehirden!" Haklı oldukları noktalar olabilirdi. "Yine de..." dedim. Kendi kendime. "Yine de..." dedim ve devamını getiremedim o an. "O" laleye dalmışım.

Kudretin bir çiçeği olan bahar milyonlarca dille İzmir'de de konuşuyordu. İzmir'in baharını havaalanından fuar alanına giderken selamlayabilmiştim. Bir de akşam yemeği için Ali Bey'in götürdüğü o lokantada, masanın hemen yanı başında kendini göstermeye çalışan lalelerle. Bir tanesiyle yemek boyu bakıştık, selamlaştık. Öylesine tatlı bir kırmızıya boyanmıştı ki. Sanki bütün kuvvetiyle "Bana bak, bende tecelli eden O'nun isimlerini gör, temaşa et," diye sesleniyordu. Çağrısına uyup bakmış ve temaşa etmiştim.

Dalıp gidiyordum yemekte. Ruhuma akşamın suskunluğu bulaşmıştı. Varlıkların suskunluğuna katılmak istiyordum. Masadaki arkadaşlara ayıp olacaktı. Zoraki bir iki kelam edip susuyor, sonra yeniden sohbete dâhil olmaya çalışıyordum. Yalnız sayılmazdım. Suskunluk yanımdaydı. İstanbul'dan "o" laleyi temaşa etmek için mi getirilmiştim? Uçuk bir düşünce göründü ilkin. Neden olmasın? Ta İstanbul'dan kalkıp gelerek, "o"nu temaşa etmek, O'nun "o"nda tecelli eden isimlerinin tanıklığını yapmak yazgıların en güzeliydi. İkimizde yazgımızdan memnun ve mesut gibiydik.

Yemek servisi başladı. Canım bir şey istemiyordu. Bir bardak su yeterliydi. Plastik bardağın içindeki suya dalmışım.

Uçak yere indiğindeyse, yani, melekler uçağı yere usulca bıraktıklarında dedim ki, kendi kendime: "Ama siz de olmasanız, kim İzmir'in baharının farkına varıp, onun O'nu anlatan sessizce konuşmasını dinleyecek!" İzmir'deki okurlarımı selamladım. İçimden. Dedim ki, kendi kendime: "İzmir O'nun âyetlerinden biridir. İzmir O'nun arzının bir parçasıdır ve O'nun mülküdür. N'olur, İzmir'e kalbinizi kapatmayın. İzmir'deki 'o' ağaç, 'o' bulut, 'o' toprak, 'o' çiçek, 'o...' sizin bir çift gözünüzü ve sözünüzü bekliyor: Sen O'nun kudret elinden çıkmış olan muhteşem bir sanat eserisin!"

BEDBİN ZAMANLARDA HAŞİR RİSALESİ

Yürüyecektim. Caddede. Her yer parlak ışıkla doluydu. İçim, gecenin sarmaladığı akşam gibiydi. Baharın tazeliği hâlâ varlıkların üstüne ışıldıyordu. Üzerimdeyse "zulüm haberlerinin" ağır havası vardı.

Şairin (Juan Manuel Bonet) "Radyo Avrupa'nın küllerini haber yapıyor" demesi gibi, radyo zulmün haberini yapıyordu. Ruh daralıp ağırlaşınca, beden de daralıp ağırlaşıyor. Ruhun taşıyamadığını beden de taşıyamıyor.

İçimden hiç yürümek gelmiyordu.

Gün boyu internet üzerinden haberlere göz atmadan duramamıştım. Oysa elimden geldiğince haber dinlememeye özen gösteririm, bilhassa özel durumlarda. Zulüm bir gemiyi işgal etmiş, masum insanları öldürmüş, mızrağıyla delip geçmişti dünyayı. Mazlumların hukuku nasıl korunacaktı? Teselli cümleleri aradım. Nafile. Güldüm. Kendime. Terapistin kendini teskin edecek cümleleri yoktu. Haberlerden, yorumlardan, yorumculardan bir teselli bekleyecek kadar da saf değildim.

Aklıma *Haşir Risalesi* geldi. Bedbin zamanlarda gönlüm *Haşir Risalesi*'ni arar. Karmaşık duygularımı düzene sokar bu risale. Allah'ın mutlak adaletine inancım bir kere daha tazelenir. Bilgisayarımdan bu bahsi açtım, hızlıca daha önce sarıya boyadığım iki paragrafı okudum. Anlamlara sıkıca tutundum. Cümleler elimden tuttu, ağırlaşmış bedenim ayaklandı.

Yürüyordum. Caddede. Yalnız sayılmazdım. Hayalhanemde *Haşir Risalesi*'nin bazı cümleleri ve yazarının bütün kalbiyle, ruhuyla, aklıyla, tüm latifeleriyle tutunduğu âyetin meali (Rum Suresi, 50. âyet) vardı: "Şimdi bak Allah'ın rahmet eserlerine: Ölümünün ardından yeryüzünü nasıl diriltiyor. İşte bu, ölüleri dirilten Allah'tır. O'nun gücü her şeye yeter." Masum insanların cesetleri hayalime düşünce, en önce "O'nun gücü her şeye yeter" den geldi teselli. Kan revan içindeki bedenleri yürek yakıcıydı. Derken, bu âyetin tefsirini yapan *Haşir Risalesi*, o bedenlerin yeniden diriltileceğinin umudunu sundu. Ruhların ölmediği, meleklerce korunduğu gerçeği bedenimi bile hafifleştirdi.

Sonra, hatırama İsrail gezisi ilişti. Üç sene öncesinde, bir temmuz ayında gitmiştim İsrail'e ve Kudüs'e. İsrail, görünenin aksine güçsüz bir devlet gibi gelmişti bana. Topraklarının birçok yerine tam teçhizatlı asker diken bir ülke korkuyordur. Korku ise acizliğin işaretidir.

Sonra, hayalhanemde dağlarında, bahçelerinde dolaştım İsrail'in. Oradaki baharı düşündüm. Bahar, Mutlak Varlığın mutlak hâkimiyetiydi. "Ol" demesiyle her şeyin olduğu. Oradaki baharda da Mutlak Varlığın Sonsuz Kudreti hüküm sürüyordu. İstisnasız yeryüzündeki her zerre toprakta O'nun sonsuz isimlerinin tecellisinin hâkimiyeti insana güven veriyordu.

Yürüyordum. Caddede. "Şu fâni dünyada kısa bir hayat geçiren insan, öyle bir adaletin hakikatine mazhar olamaz ve olamıyor." Bu cümle çok gerçekçi geldi. Şu cümlelerse insanın adalet talebini karşılıyordu: "Belki bir mahkeme-i kübraya bırakılıyor. Zira hakikî adalet ister ki: Şu küçücük insan, şu küçüklüğü nisbetinde değil, belki cinayetinin büyüklüğü, mahiyetinin ehemmiyeti ve vazifesinin azameti nisbetinde mükâfat ve mücazat görsün." Dünyadaki tüm iyilerin sonunun "mükâfat" tüm zalimlerin sonunun da "mücazat" olacağım bir kere daha hissetmek içimdeki kızgınlığı teskin etmişti.

Bir yere uğramam gerekiyordu. Gözüm televizyonda haberlere kaydı. Birleşmiş Milletler ve dünya bu zulüm karşısında ne yapacaktı? Yorumcular bunu tartışıyordu. Bir şeyler yapacaktılar, yapmalıydılar. Ama ne yapılırsa yapılsın, "Şu fâni, geçici dünya; ebed için halk olunan insan hususunda öyle bir adalet ve hikmete mazhariyetten çok uzak..." olacaktı. Tam tamına adalet, mutlak adalet yine de tecelli etmeyecekti. Öyleyse, "Elbette âdil olan o Zât-ı Celil-i Zülcemal'in ve Hakîm olan o Zât-ı Cemil-i Zülcelal'in daimî bir Cehennem'i ve ebedî bir Cennet'i bulunacaktı..." Şair (Semih El-Kasım) "Bu zehirli çağ kilitlendi çevremizde," diyor. *Haşir Risalesi*, bir haşir olacağını ve orada kurulacak büyük mahkeme ile çevremizde kilitlenen zehirli çağın hükmünün kalmayacağını müjdeliyordu.

Gemideki masumların yüzleri belirdi hayalhanemde. İnançla doluydu yürekleri. O an gökte ay vardı. Ay O'nundu. Deniz O'nundu. Gece O'nun. Ve onlar da O'nundu. Firavunlaşmış benlikler ellerindeki birkaç silahla her şeyin hâkimi olduklarını sanıyorlardı. Mutlak Varlık olan bitenden haberdardı. Melekler O'nun emriyle zulmü yapanlarla zulme uğrayanların kaydını tutmuş olmalıydılar. O büyük gün gelince, önlerine koymak için. Bu içimi biraz daha rahatlattı. Belki bir on yıl sonra bu olay unutulacaktı. Ama Mutlak Varlık asla unutmazdı. O, "Hafîz" idi. İçime su serpti O'nun Hafîz olması. İçimdeki kızgınlık yatıştı birazcık daha.

İnsanı ayakta tutan kelimeler vardır. Biri, O'nun Adil ismidir, biri O'nun Hakîm ismi. Biri de O'nun Hafîz ismi. İyi ki O'nun isimleri vardı.

DÜNYA, NESİN SEN!

Onu elime aldığımda ne bir yaz gününün sığınağı işe yarıyordu ne bir ağacın gölgesi. Sıcaktan çatlayan bir yaz gününde, baharda yağmış kar gibi soğudu dünya. Kara tahtada kara bir haber gibiydi. Öyle miydi?

Üç dört tanesi yan yana diziliydi. İçlerinden biri tam taba rengindeydi, elimde olan oydu. Bahar yaza çevrilmiş, yazın saçlarınaysa aklar üşüşmüştü. Ağaçların tepesinde yer yer sararmış yapraklar tutturulmuştu. Düştü düşecek. Her şeyin düşüşünü haber veren.

Yürüyordum. Caddede. Dünya yanı başımdaydı. Som altından kasırlarındaki duvarların yer yer dökülmeye yüz tuttuğu dünya. Aldatıcı dünya. Öyle miydi? "Ey dünya, nesin sen!" diye seslenmek geldi içimden. Seslendim. Sesimi sadece kendime duyurabildim. Yalnız sayılmazdım anlayacağınız. Sesimi başkasına duyuracak mecalim yoktu. Sesimi kendimden başka duyacak kimse de yoktu. Öyle miydi?

Yürüyordum. Durdum ve bir arkadaşıma sararmış yaprağı gösterdim. "Ne var ki bunda, yaprak işte..." der gibiydi bakışı. Belki de bana öyle geldi. Eline aldı ve masaya bıraktı, oradan buradan konuşmasını sürdürdü. Kopmuştum. "Ne düşünüyorsun?" diye sordu. "Hiç," dedim.

Yalan söylemiyordum. "Hiç"i düşünüyordum. Dünyanın hiçliğe bakan fâni, geçici yüzünü. Dallardaki tek tük sararmış yaprakları koparan rüzgârdı. Dünyanın tutam tutam saçlarını yolansa fânilik rüzgârı...

"Ah dünya!" diye seslendim yeniden. "Nesin sen. Üzerine ayak basanların tümü toprağının bağrında yatıyor. Neden çağırırsın böyle kendine bizi? Tebessümlerin ne aldatıcı. Gülümsemelerin altında hangi hesaplar yatıyor? İlginin hesabını kitabını tutan, tüm nazarları kendine çevirmek isteyen çılgın ve kıskanç bir sevgili misin? Kendine bizi çağırırken bir bak kendine. Alnına düşmüş beyaz tutamlara bak. Bak ve sus. Bak ve çağırma kendine bizi."

Avucumdaki sararmış yaprak, "Hususan benim gibi nefs-i emmâreyi taşıyanlara şu dünya çok gaddardır, mekkârdır. Bir lezzet verse, bin elem takar, çektirir. Bir üzüm yedirse, yüz tokat vurur," cümlesini fısıldadı. Dünyanın adına da konuşuyor gibiydi. Sonra.

Sonra, Zamanın Bedii'nin sesi yeniden yankılandı içimde. "Beni dünyaya çağırma!" diyordu. Sesi titrek ve hüzünlü. "Çağırma, çünkü Ona geldim fenâ gördüm." Dostsuz ve sevgilisizliğinden değildi kalbinin yakarışı. "Habib desen onu buldum, Ah... Firakta çok elem gördüm."

Dünya susmadı. Kaşlarını çattığı düştü hayalhaneme. Yarı küskün bir seslenişle seslendi: "Beni yanlış anlayan sensin. Seni kendime çağırmıyorum ki!"

Dünya kime çağırıyordu bizi peki? Bu cümlelerin sahibinin yazdığı "İkinci levhaya baksana!" dedi içimdeki ses. Baktım.

"Vücut burhan-ı Zât oldu, Hayat, mir'ât-ı Hak'tır, gör." Görmeye çalıştım. Varlık O'nun delilleriydi. Varlık O'nu anlatan bir dildi. Yaz içinde kış, sonbaharın içinde bahar, saçların üzerine yağmış aklar, ölümün içindeki hayat, hayatın içinde saklı ölüm.

Dertlerin içinde hayır. Hayırların içinde şerler. Her şey bir aynaydı. Dünya bir aynaydı. O'nun âyetleriydi her şey. Her hal, her yaşantı O'na sessiz bir yakarıştı.

Ah dünya. Dünyasın işte. Başlayan ve biten. Sonsuzluğun kapısısın sadece. Başka hiçbir şeysin. Vallahi öylesin. O'nu anlatmak dışında nesin sen, söylesene nesin! O'ndan haber verişin dışında bir şey misin? O'na bakan yüzün dışında bir oyun ve eğlenmesin.

Ah dünya. Karanlık zindanında O'na açılan bir penceresin yalnızca. Ah dünya. Kâh ürkeklikle, kâh sevinçle yaşıyoruz seni işte.

Yürüyordum. Caddede. Aklıma nedense şairin (Biancamaria Frabotta) şu dizesi düştü: "Gözlerini ödünç verir misin bana, sana bakmak için." Derken, onu gördüm.

DERKEN, ONU GÖRDÜM

Her taraf yazdı. Yeşille sarının karışımı. Ölümle hayatın ayrıca. Bir yanı dipdiriydi akıp giden yaşamın, bir yanı yorgun, mecalsiz. Hüzünlü ve sıcak bir gülümseme vardı yeryüzünde. Ya da bana öyle geldi.

Hayat tekdüze akıp gidiyordu. Güneşin altında kavrulan dünya, serinliğe muhtaçtı. Akşamın gelişi, serinliğinden ötürü bir tek yazın bekleniyordu dört gözle. Yazın farkı buydu belki de. İki büklüm olmuş duygularımın ağırlığıyla, yüzüm yeryüzüne dönük, yürüyordum. Akşama yakın bir vakitte, caddede.

İşittiğim tüm dünyevi sözler, hepsi birer kurşun ağırlığındaydı ruhumu aşağı çeken. Sonsuzluğa işaret eden bir cümleye, hatta tek bir kelimeye ne de çok ihtiyacım vardı. Caddenin kenarındaki camiden yayılan ezan sesi nüfuz etti akşamın alacakaranlığına. İlk cümle: "Allahuekber"di. "Beklediğim söz bu!" dedim. Kendi kendime. Derken, onu gördüm. Semada asılı o güzel sözü.

Daha sabahleyin, hayat dipdiriyken geçtiğim yolda, bu kez akşamın yorgunluğunu da katık ederek ilerliyordum. Sessizlik yavaş yavaş iniyordu caddeye. Saatler sonra bu sessizlikle beraber uykuya dalacaktı caddenin gözleri. Semadan yeryüzüne bir selam gibiydi, ağır akan caddeyi yıkayan ay ışığı. Hafifçe esen rüzgârın ellerini tutan bir ağacın oynaşan dalları arasından gördüm ilkin onu. Güneş caddeden ayrıldıkça, ay mahremiyetini daha da açtı. Güneşten utanıyordu, kim bilir. Caddenin kenarındaki binalar iyice hüzne bulandı güneş ayrılınca.

Oturdum. Bankın birine. Buzlu beyazlığıyla dünyaya yollanmış bir tebessümdü. Derken, bir bulutun himayesine sığındı bir süre. Buzlu camın ardındaki lamba gibiydi yine de.

Kör değneğini bellemiş, derler. Ben de ta çocukluğumdan beri, semadan ilkin onu belledim, onu bildim, ona bağlandım. Kamer, semanın kubbesinde zamanın büyük saatinin akrebiydi. Farklı farklı yüzüyle her geceye ayrı bir suret bırakıp gidiyordu. Sonra, bıraktığı tüm suretleri toplayıp tepsi suretine bürünüyor, belli bir süre sonra yeniden hilal şekline dönüyordu. Her gün farklı bir selam, farklı bir çehreyle gönderilen bir tebessümdü yeryüzüne. O'ndan gelen bir selam. O'ndan gelen bir sesleniş. O'nun semadaki en güzel âyetlerinden biriydi kamer.

Olan biten neydi semada? "Kubbe-i semada parlayan, tebessüm eden yıldızlarla, göğün güzel yüzünü yaldızlamak, elbette nihayetsiz bir Saltanat-ı Rububiyetin şeairidir," cümlesi düştü aklıma. Bankta otururken. Olan biten, Mutlak Rububiyet Saltanatının işaretiydi. Bunu düşünmek, bir emniyet hissi uyandırdı içimde. Her şeyi tasarrufu altında tutan Mutlak Varlığın bir kez daha selamını işittim kamerden. Derken, şu cümleden düştüm hayalhaneme: "Her bir gününe, ayrı şekilde bir Kamer'i göstererek, evkatın hesabı için takvimcilik yaptırır."

Gecenin orta yerinde evden çıkıp yeniden koyuldum yürümeye. Ağır akıyordu gece. Semadan fışkıran ışıklarıyla geceye su tutuyordu sanki ay. İmgeevime, denize düşen oynaşmaları düştü ay ışığının. Melankolik bir huzur sinmişti yeryüzüne.

Süregelen anılar belleğin kovuğundan sızıyordu. İmgeler akıyordu tasavvur dünyama. Bir zihnimdeki imgelere bir de semaya bakıyordum. Melankolik huzur hayalhanemi de sardı, ruhumla birlikte.

Ayın yeryüzüne baktığı yerden bakmak istemiştim hayata. Yaşamın gölgeleri renklerdi. Kamer, "Şâirane lisan-ı hâl ile söylüyor"du selamını. Sonra hüzünlü deniz kenarları geldi aklıma. Deniz kıyısında yürürken aya bakanlara selam olsun, diye geçirdim içimden. O an, bir salât ve selam yollamak istedim Kâinatın En Değerli Varlığına. Yaptım da. Ayın, bir parmağıyla ikiye bölündüğü Zata. Uzunca bir süredir kamerin ikiye bölünmüşlüğünü unuttuğumu fark ettim. Hayıflandım.

Yürüyordum. Caddede. Yalnız sayılmazdım. Olga'yla Sacit'i düşünürken buldum kendimi. Hayalimde onları konuşturdum. Olga'nın şu sözünü kaydettim belleğime: "Mutlu mesut yüzüne yağan, yağan neydi sevdiğim. Sen masala inanmıyordun ben hakikate. Boğulmuştuk; sen gerçeklerin, bense bir masalın içinde. İkimiz de yanılmıştık. Hikâyemizi yazarak sana rağmen bir masal oluşturdum. İstedim ki, seni kalıcı kılayım, bunu çok önemsemezken sen. Artık birbirimizi tamamladık, hissediyor musun bunu, bilmiyorum. Hissedeceğimizi söylerdin. Melekler gelip haber verir berzah âlemindeyken, derdin. Melekler bir şeyi daha haber verir mi ki? Artık sadece seni değil, senin sevdiklerini de seviyorum. Oğlumuza, sevdiğim adamın ismini koydum. Annemin kızacağını bile bile."

Bir şiir tutturmuş yürüyordum. Yalnız sayılmazdım anlayacağınız.

"Bırak da/sonsuz kadar/yumuşak bakışlarınla/bakayım kendi içime/odamızı/ve dünyamızı/dolduran/alacakaranlıkta (Jaan Kaplinski).

Derken, onu gördüm.

BAŞKALARINA YÜK OLMAK

Çok sıkışık bir ânımdı. Zamanım yoktu yapılması gereken "o iş"i yapacak. Aklıma hemen "o" gelmişti. Ne zaman onun yapabileceği bir şeye ihtiyaç hissetsem, söylemekten çekinmezdim. "Acaba?" sorusu aklıma gelmez, rahatlıkla elim telefona gider, talebimi dile getirirdim.

İhtiyaç duyduğum şeyi yapmış, "Senin için başka ne yapabilirim?" diye sormuştu arkadaşım (Nesihi). Sorusunun cevabını beklemeden ilave etmişti: "Söylemekten çekinirsen çok üzülürüm."

Yürüyordum. Caddede. Sesi hâlâ kulaklarımda uğulduyordu. Söylediklerinde samimiydi. Zaten, samimiyetine inanmasam, ihtiyaç duyduğumda ondan yardım isteyemezdim. Benim gibi isteme kusurlusu bir insan için rahatlık unsuruydu bu. "Acaba işlerine mâni olur muyum, yük olur muyum, sıkıntı verir miyim, zamanını almış olur muyum?" gibi düşünceler sökün eder, ne zaman birinden bir yardım talep etsem. İstemek zordur, anlayacağınız. Vermek kadar belki. Belki de ondan bile fazla.

Yürürken, dikkatimi tümüyle ona odaklamaya çalıştım. İçinde hissettiklerini hissetmeye. Bir insanın sıkıntısını giderirken içine doluşan huzuru yakaladım sesinde. Yüzü canlandı hayalimde. Gülümseyen yüzü. Mutlu ve huzurlu bir yüz. Bir insanın sıkıntısını giderince, insanın kalbine meleklerin koyduğu inşirahın yüzüne yansımış haliydi muhayyilemde canlanan. Şairin dediği gibi: "Tüyler: meleklerin uğultusunu/anımsatır sıcak kanatlar" (Marie-Claire Bancquart). Darda kalanlara sıcak kanatların açılması meleklere tebessüm ettiriyor, melekler de ödül olarak sıkıntı giderenin kalbine huzur koyuyor olmalıydılar.

Derken, aklıma yakınlarda gelen bir e-posta düştü. O'nun bilindik bir sözüydü. "Kâinatın En Değerli Varlığı"nın. Tüm sözleri gibi güzeldi, anlamlıydı. Doğru bir hayatı yaşamak için her bir kelimesinde sonsuz bir gizem saklıydı. Ancak ilk kez bu kadar derinden hissettim anlamını nedense. "Kim bir müminin dünya sıkıntılarından birisini giderirse, Allah da onun kıyamet günündeki sıkıntılarından birisini giderir. Kim, mümin kardeşinin ayıbını örterse, Allah da onun dünya ve ahrette ayıplarını örter. Bir kul, din kardeşinin yardımında bulunduğu sürece, Allah da onun yardımında olur."

İnsana sunulan basit bir öneri değildi. "Bir müminin sıkıntısını gidermenin yüceliğini, bu dünya tartamıyor demek ki," dedim kendi kendime, yavaş yavaş yürürken. Dünyadaki sıkıntıyla ahretteki sıkıntıların oranı karşılaştırılamazdı bile. Allahın vaadi, dünyadaki bir sıkıntının değil, ahret hayatına ait bir sıkıntının giderilmesiydi.

"Belki de bazı insanlar bir insanın sıkıntısını giderdikleri için son anda kurtuluşa erecekler," diye düşünürken, güneş ufukta meyletmişti. Sonsuzluğa kapı açacaktı ufak bir iyilik, minnacık bir yardım. Her türlü iyilik. Her türlüsünden sıkıntının giderilişi.

Sonra, içim umutla doldu. Dünyanın faniliğine karşın, eylemlerimizin bizi sonsuzluğa götüren gücünü hissettim. Bacaklarıma bir canlılık geldi. Düşüncelerim de yürüyüşüm de iyice hızlandı. Başkalarını çıkarlarımız doğrultusunda kullanmak ne kadar sorunluysa, yük olurum kaygısı da o kadar sorunlu göründü gözüme. Kâinatın En Değerli Varlığı'nın bu güzel sözünün, "İstemeyi, yardım talep etmeyi," kolaylaştırıcı etkisi uyandı içimde. Çünkü birinden yardım talep etmek, onun iyilik yapmasına vesile olmak demekti. Bu da onun ebedi hayatında bir sıkıntısının giderilmesine vesileydi. Aklımın bir köşesine yazdım bunu. İstemekte zorlandığım, yük oluyorum düşüncesi içinde debelenip durduğum anlarda hatırlamak için...

Yolun sonuna geldiğimde şairin (Şu Ting) şu sözü düştü zihnime: "Senin parıltın soluk bir ay acımın çevresinde." Derken, telefonum çaldı. Yük oluyor muyum kaygısı duymadığım arkadaşlarımdan başka birinin (Cemal) adını gördüm ekranda. Oradan buradan konuştuktan sonra, "Benden bir isteğin var mı?" diye sordu. Çekinmeden söyledim.

Günün sonunda hayat, her günkü gibi, ağırlığını dünyanın üzerine bırakıp, yavaşça akıyordu ebediyete.

ACİZLİĞİN LEZZETİ

Suyunu çekmiş derinin kırış buruş halini andırıyordu cadde. Ağır ağır, homurdana homurdana ilerleyen arabalar mı, yoksa zaman mı diye geçirdim içimden. Her şey büzüşüyor, kırışıyordu. Yüzyıllık camiye bakarken, caddenin yüzüne ustalıkla atılmış bir çizik gibi dedim. Kime mi? Kendime. Yalnız sayılmazdım, tek başıma yürüsem de.

Yürüyordum. Aç susuz. Acizlik dalga dalga yayılıyordu bedenimde. Hayalhaneme düşen sözler yine onun duvarlarına çarpıp pat diye yere düşüyor, ya da yuvaları olan hafızaya ve kalbe gerisin geriye dönüyorlardı. Bedenimin takati ne kadar azaldıysa, imgelerinki de bir o kadardı. Neredeydi o hayal âlemine bir kere dalınca oraya buraya zıplayan, dur durak bilmeden geçmişten geleceğe hızlı geçişler yapan imgeler. Beti benzi atmış resimler gibiydiler. Ne kadar uğraşsam da elimde tutamayacağım hava gibi, sarıp sarmalamışlardı yine de. Zihnim her ne kadar dağınık olsa da, aslında onu düşünüyordum.

Ellerim yiyeceklerin, içeceklerin tatlarına uzanamıyordu, iki yanıma sarkık. Neden milyarlarca insan şu an aç diye sordum, kendime. "Anlayamıyorum, Allah neden insanlardan kendilerine eziyet etmesini istesin ki!" diyen ses içimde giderek büyüdü, imgelerin takatsizliğine inat. Toplu olarak kendimize eziyet seansında mıydık? Kendine acı çektirmekten haz alan mazoşistler olabilir miydi bu kadar insan?

Derken, "Zamanın kırıklarını bir daha okumak duyguları/ Beyazlaşıncaya dek/ Biriktirmekten daha kolay değil benim için/ Bir sevecenliğini bir ucundan öbür ucuna" diyen şairin

(Tahar Benjelloun) sözlerini düşünürken buldum kendimi. Yolun yarısına varmıştım. Hayat yolunun neresindeyim acaba, diye sordum ürkek ürkek. Sonsuz bir yolculuğun içinde olduğumuza dair inanç bir bardak su kadar serinletti yüreğimi.

Zihnim yorgun argın konudan konuya atlarken, açlık ve susuzluğun içimde biriktirdiği huzuru duyumsadım aniden. Arzuların kabarık iştahı, heveslerin şımarık doyumsuzluğu yerini sonsuz bir acizliğe bırakmıştı. Heva ve hevesin, hadi şunu da ye, bunu da ye, şunu da iç sözleri iradenin duvarına çarpıyordu. On altı saat aç ve susuz kalma iradesi bu işte diye düşünürken, irademi kullanamıyorum yakınmalarının ne kadar da sık olduğu hatırıma geldi. Milyarlarca insanın aynı anda aynı iradeyi kullanması, benim de onun bir parçası olmam içimdeki huzuru daha da büyüttü.

"Emr-i Kün Feyekün'e mâlik bir Sultan-ı Cihan'a acz tezkeresiyle istinad eden bir adamın ne pervası olabilir?" sözü tüm yiyeceklerden daha tatlıydı o an. Milyarlarca insan hep birlikte "Ol!" diyince her şeyin olduğu Mutlak Varlığa acziyetimizi sunuyorduk. Mutlak acizliğimizi. Önce, "Arif-i billah, aczden, mehafetullahtan telezzüz eder," sonra da, "Kâmil insanlar, aczde ve havfullahta öyle bir lezzet bulmuşlar ki; kendi havi ve kuvvetlerinden şiddetle teberri edip, Allah'a acz ile sığınmışlar. Aczi ve havfı, kendilerine şefaatçi yapmışlar," cümlelerine kaydı zihnim.

Milyarlarca insan kendine eziyet etmiyordu. Orucun içlerinde uyandırdığı mutlak acizliği tadıyorlardı. Bizi biz yapan acizlikti. Bizler, ölümü öldüremeyen birer hiçtik. Hiçliğimizde tecelli ediyordu tüm anlamlar, tüm hikmetler cümlesi aklımdan geçerken, tam o sözü ettiği mekânın önünden geçiyordum. Dükkânda satılan dondurmadan milyon kat daha lezzetli geldi o an acizlik.

Yürüyordum, caddede. Şairin (Sohrab Sepehri) "Hiçlik Çiçeği" şiiri zihnimde belirince, şiirinin başlığını ondan ödünç isteyerek dedim ki kendi kendime; Ramazan'da açan "Hiçlik Çiçeği"dir. İçimde açan acizliğin ve hiçliğin kokusu yayıldı tüm ruhuma. Benlik sus pus oturuyordu, narsistik yönleri pul pul dökük. Narsisizmden arındıkça kendi özüne ulaşıyor benlik. Kendi özüne ulaştıkça da tatlı bir huzur bırakıyor ruha.

Yolun sonuna yaklaştığımda susuzluğum had safhaya ulaştı. Dudağım damağım kurumuştu. Susuzlukta yeşeren acizliğe yöneldi ruhum yeniden. Geriye kalan on saatte mutlak acizliğin ve hiçliğin içinde saklı lezzeti tatmaya odaklanmaya karar verdiğimde, yine onu hatırladım. İç dünyasını tatlı bir gülümsemenin ardına saklayarak, "Hayatımda bir kere bile oruç tutmadım," dediğinde, içimde uyanan derin üzüntüye bir anlam verememiştim. Hayatında acizliğin lezzetini tatmamıştı bugüne dek. En azından oruçla. Bütün yemeklerden, bütün içeceklerden daha leziz olduğunu görecekti hâlbuki. Belki de onun için duyduğum kederin bir nedeni de buydu.

"BİR TOPLUM, EN FAKİRİ KADAR ZENGİNDİR"

Yıllar öncesinden duyduğum o söz düştü önüme. Yapacak daha iyi bir işim yoktu ki, o sözün ardında yürümeye koyuldum. Oldukça varlıklı olan bir kişi, sadaka vermeyi önemsediğini vurgulamak için, yolda arabasının camına yaklaşan bir dilenciye bir lira verdiğini söylemişti. Ne diyeceğimi bilemeden sus pus bakmıştım yüzüne. O ise halinden memnun gülümsemişti. Takdir bekliyordu belli ki. Yeniden hatırlayınca, hayalimde de bir şey söylemedim, söyleyemedim.

Yürüyordum, caddede. Derken, hayal perdesine hızlıca aktı hayatım. Orta halli bir ailenin çocuğu olarak fakirliği pek tatmadım diye düşünürken, içimden itiraz geldi. Hadi canım sen de, diyerek uyardı beni.

Fakirlik deyince açlık gelir akla. Ölesiye açtım, susuzdum. Hem de zihnime sevdiğim yiyeceklerin görüntüleri hücum edecek kadar. Aç bir insanın yiyeceklere baktığı gibi bakıyordum hayalimdeki imgelere. İlk imge dondurmaydı. Pidenin kokusu mis gibiydi. İradi bir açlık ve susuzluktu bu. İyi ki oruç var, dedim içimden. Oruçluyken yaşadığım açlık hissini başka bir zamanda hiç hissetmemiştim. Allah açlıkla imtihan etmesin diye düşünürken, orucu bir kere daha sevdim. Fakirlikten (veya hastalıklardan dolayı yiyemeyip) aç olanların halini başkaca anlama imkânım yoktu. Başkasını hissetmeden, başkasına uzanmanın da imkânı yoktu.

Merhamet, başkasının acısını hissedip dert etmekse, Ramazan bu yüzden de "merhamet ayı" olabilir miydi? Derken, zengin fakir her oruçlunun aynı anda açlığı ve susuzluğu tatmasıyla eşitlenişini düşündüm. Bunu daha da sevdim. İftara daha beş saat vardı. Beş saat sonrasında aynı anda aç susuz olmanın yanı sıra, aynı anda tok olmanın eşitliğini de sevdim.

Zengin fakir eşittik. Bir ve bütündük. Bir kuru ekmek hepimize aynı tadı veriyordu. Bir bardak su hepimiz için dünyanın en tatlı içeceğiydi. Hayat hepimiz için aynı kıymetteydi. Ramazan galiba büyük eşitliğin sağlandığı büyülü bir zamanın adı, dedim. Kendi kendime. Yalnız sayılmazdım anlayacağınız. Yanımda açlık ve susuzluk vardı. Bir de acziyet ve fakirlik vardı. Yanımda varlığımın mahiyeti ve esası vardı.

Ramazan aynı zamanda "zekât ayı" diye düşünürken, bir zattan sudûr eden güzel bir söz hatırıma geldi. İlk duyduğum andaki gibi yeniden uyandım karanlık uykudan. Yürüyordum. Caddede. Cadde tüm zenginliğini yitirdi birden. Caddenin tüm lüks arabaları eskimiş arabalara dönüştü. Işıltılı vitrinleri metruk birer haneye döndü. Şık giyimli insanların üzerindeki elbiseler yırtık pırtık bir hâl aldı.

Aklım fikrim bu cümlede, peşine düşmüş yürüyordum. Bu seferde hayalhanemde dünyanın tüm zenginleri fakir oldu. Tüm gökdelenleri gecekonduya dönüştü. Tüm görkemli yapılar pul pul döküldü. Tüm toklar aç oldu. Tüm ışıklar karanlığa gark oldu. Ağaçların yaprakları döküldü. Tüm güzeller çirkin oldu. Tüm gençler yaşlandı.

"Bir toplum, en fakiri kadar zengindir." Duyduğumda mest olmuş, çokça da rahatsız olmuştum. Bu sözden sonra utanmak vacip oldu. Zenginim demek koca bir yalan oldu.

Derken, düşünce düşünceyi çağırdı. Zamanın Garibi'nin sözü geldi uzaklardan, kalbime doldu: "Eskiden ekser İslâm aç değildi; tereffühe ihtiyar vardı. Şimdi açtır, telezzüze ihtiyar yoktur." Tüm tatlar acılaştı. Hayalimi süsleyen yiyecek imgeleri belleğin karanlığında gark oldu. Utanmak artık farz oldu.

"İNSAN NE İSTER?"

Yürüyordum. Bir lokma ekmeğe, bir yudum suya muhtaç. Her ikisi de dünyaya bedeldi o an. Yoksulluk sevimli geldi birden. Hangi yoksulluk?

Var edilmekle tam içine düşmüştüm, hiç çıkamadığım; varoluşsal yoksulluğun içine. Yoksulluk muhtaç olmaksa eğer, o an dedim ki kendi kendime; hepimiz sonsuz yoksuluz. Öyle değil miyiz? Hiçlikten başka elimizde bir şey dahi kaldıysa, yoksul değiliz.

Dalıp gitmişim. Dinlediğim hikâyeleri düşünürken, aslında varoluşsal yoksulluğu düşündüğümü anladım. Sessiz birer yakarıştı her bir sorun, her bir dert ve her bir çıkmaz sokak. Her bir hikâye dünyanın kalbimize dar gelişinin acılı bir söyleviydi. Hikâyeler bu dünyaya sığmıyordu. Varlıklı da olsak yoksul da olsak, istiyorduk. En iyisini. Hiç bitmeyeni. Dünyanın ötesini. Acı çekmemeyi, kalbimizde dingin bir huzuru, hastalanmamayı. Hep sevilmeyi. Değer görmeyi. Terk edilmemeyi...

Dünya bizi terk ediyordu oysa. Biz de onu. O elimizden düşerken, biz de düşüyorduk. Yoksulduk. Sonsuz yoksul.

"Hayat istediğim gibi gitmiyor!" diye serzenişte bulunmuştu bir hikâyenin sahibi. Dünya onun isteğinin aksine gidiyordu. Ters istikametine. İstedikleri neden olmuyordu? İstemedikleri neden oluyordu? Yoksa sevilmiyor muydu? Yaratıcı belki de onu unutmuştu! O da küsmüştü birazcık.

Yürüyordum. Caddede. Yalnız sayılmazdım. Yanımda hikâyeler vardı. Sonsuz muhtaçlığın hikâyeleri. Ağlayarak anlatılmıştı kimisi. Kimisinin ki sessizlikle bölünmüştü. Bazısında kırık bir öfke vardı. Kimisinde derin bir umutsuzluk.

Aslında biz neyi istiyor, neyi talep ediyoruz tüm isteklerimizde, diye düşünüyordum. Başı sonu belli, kırık bir hayata neden sığamıyoruz? "Seni sonsuza dek seveceğim!" sözleri aşk sarhoşluğunda kendinden geçen bir kalbin yanılsaması mı sadece? Ayrılıklar neden canımızı acıtıyor? Kalbimize neden yetmiyor koca bir dünya? Kim bütün dünya verilse dahi tamam, oldu, diyebilir? Kim emin olabilir bütün ihtiyaçlarının karşılanacağından bu dünyada?

Her hikâyede ebediyete duyulan tutku vardı. Olmazsa olmaz. Yoksa hiç umutsuzluk olur muydu içimizde?

Hepimizin kalbinde bir yer eksikti. Bir yer hiç dolmuyordu. Hiç dolmayacaktı. Ebediyetten başkasına razı olmayacaktı kalplerimiz.

İyi ki!

İster varlıklı olalım ister yoksul. Hepimizin eli böğründe kalıyordu dünyada. Bir ses içimden itiraz edecek olduysa da hangi zengin her istediğine kavuşabilir bu dünyada, diyerek bastırdım onu. Hangi zengin beş yaşında ölen çocuğunu özlemez? Hangi mal mülk onu, ona çocuğuna kavuşturabilir? Hangi mal mülk yaşlanmayı durdurabilir? Hangi zengin muhtaç değildir havaya, suya? Hangi zengin kaçabilir ölümün kuyusuna düşmekten? Hangi zengin duadan azade kılabilir kendini?

Hepimiz istiyoruz. Az çok değil. Sonsuz. Hepimiz, eninde sonunda kaybediyoruz. Sonsuz fakiriz.

Derken "Fakirliğim övüncümdür." Hadisi sözü imdadıma yetişti. Bu ses tüm kâinatta yankılandı. Tüm kâinat adına konuşuyor gibiydi Kâinatın En Değerli Varlığı. En güzel sözlerin sahibi.

Zamanın Garibi'nin sözüyle idrak edebildim ancak bu etkileyici sözü. "Kâinatın Övüncü" ne istiyor, diye soruyordu. "Bak dinle," diyerek: "Saadet-i ebediye istiyor, lika istiyor, beka istiyor, Cennet istiyor. Hem meraya-yı mevcudatta (varlığın aynalarında) ahkâmını ve cemallerini gösteren bütün esma-i kudsiye-i İlahiye ile beraber istiyor."

Yolun sonuna gelmiştim ki, onu gördüm. İçimde şairin (Can Yücel) dizelerini mırıldanırken, kendisinin neyi kastettiğini bilemiyordum ama ben sonsuzluğun ve cennetin şiirsel bir tasvirini mırıldanıyor gibiydim.

"Başka türlü bir şey benim istediğim
Ne ağaca benzer ne buluta benzer
Burası gibi değil gideceğim memleket
Denizi ayrı deniz, havası ayrı hava
Nerde gördüklerim, nerde o beklediğim kız
Rengi başka, tadı başka."

YÜZ YÜZE

AŞK VE SUÇLULUK

Uykuya dalmadan, zihninde kalan son düşünce kırıntısı "o" oluyor. Uyanınca zihnine ilk düşen de. Hatırlayamadığı rüyalarına en sık o giriyor, gündüz düşlerine de.

"Şimdi nerede ve ne yapıyor? O da benim gibi ders mi çalışıyor yoksa arkadaşıyla sohbet mi ediyor? Tam şu anda ne düşünüyor? Amfide bir an bakışını üzerimde hissettim, acaba o da bana ilgi duyuyor mu? Girmediği dersin notlarını başka birinden de alabilecekken gelip benden istemesini nasıl yorumlamalıyım?"

İnsan aşka düşer, sorular da zihnine.

Hayatını çeşit çeşit renklerle dolu bir kaba batırılıp çıkarılmış gibi hissediyor iki aydır. Sabahları sevinçle kalkıyor, onu görmek için eskiden zoraki gittiği fakültesine şimdi uçarak gidiyor. Sadece o değil, her şey kalbine doluşmuş. Aşk adeta kâinatı yüreğine taşımış. Kalbi sarmaşıklar gibi her varlığa dolanmış, her varlığa dokunmuş.

Hayat çok daha güzel, yaşamaya değer ve anlamlı eskiye göre. Dertlerin, sıkıntılarının çözümü o kadar basit ki artık gözünde. Hatta bazı dertler, dermanı olmuş. Eskiden dert ettiği şeyleri neden sorun ettiğine anlam veremiyor.

İnsan aşka düşer, yüreği ise kaygı dolu bir çukura. Amfiye girer girmez gözleri onu arıyor. O yoksa içi kaygıya gark oluyor. Hayatın renkleri buhar olup uçuyor. "Acaba bir şey mi oldu, başına bir şey mi geldi? Yoksa hastalandı mı? Ah işte geldi! Neden selam vermedi bugün? Ders arasında beni fark edecek mi?"

Son zamanlarda dalgın ve unutkan. Derslere odaklanamıyor bu yüzden. Bazen inanılmaz bir enerjiyle dolup çalışıyor. Sonra aklına o düşüyor. Aniden. Bir imge. Gülen bir yüz. Bir tebessüm. Bir bakış. Anlık. Kalbine bir şeyler oluyor. Önce kalbi, sonra zihni dağılıyor. Dersler o an anlamsızlaşıyor. O yakınında değilse, hayat da uzaklaşıyor. Sonra kendine kızıyor. "O kalbimde zaten," diye teselli ediyor kendini.

Gidip geliyor yüreği. Akıyor, duruyor. Aydınlanıyor, kararıyor. Seviniyor, tedirgin oluyor. Özlüyor, acı çekiyor. Düşünüyor, dalıyor. Ve kopuyor. Hayattan. İmgelem dünyasının içinde kayboluyor. Arkadaşları sık sık "Neredesin yine!" diye takılıyorlar. Annesinin de dikkatini çekiyor dalmaları. Kardeşi, imalı bakışlarla kimi düşündüğünü biliyorum demeye getiriyor. Hayaller almış başını gidiyor. Evlenmişler, evleri bahçeli. Panjurları pembe. Bahçede güneşte pişmiş domatesler. İki çocukları olmuş. Birinin adı... Duraksıyor. İsimleri söylemekten vazgeçiyor. "Bari bu bende kalsın," diyor. Biraz bozuluyorum. Israr etsem mi? Vazgeçiyorum.

Aşka düşme halinin tüm belirtilerini gösteriyor. Hayalsiz aşk olmaz. Çünkü hayalle beslenir aşk. Hayallerinde daha öteye gidiyor. O hastalanıyor, genç yaşta ölüyor. Ayrılık olmadan aşk olur mu? Bazen de onun başkasını sevdiğini düşlerken, ağladı ağlayacak halde buluyor kendini.

İyi de bana niye geldi? Ne güzel işte, aşka düşmüş. Karşılıksız olsa da. Düştüğü aşktan çıkmak istiyor. Niye ki?

Nedenini henüz söylemedi. Ben duramıyorum. Bildiğim genel geçer nedenleri sıraya diziyorum zihnimde. Şu ana dek anlattıklarıyla bunları birine uyduramıyorum. Terapistlik kibri işte; o daha anlatmadan sorunun ne olduğunu bilme tutkusu.

Beni şaşırtıyor. Daha önce kimseden duymadığım bir gerekçeyle suçluluk hissediyor. Hayır, yanlış birine âşık olmamış. İmkânsız bir aşka da düşmemiş.

On beş gündür ağlamasını durduramıyor. Kendine kızıyor, kalbine kızıyor. Onu kalbinden söküp atmak istiyor. Ona dair zerre kadar sevgi olmamalı içinde. Onu düşünmek istemiyor, hayallerinden söküp atmalı, kurtulmalı bu yanlış sevgiden. Olmuyor. Aşk ferman dinlemiyor. Kalbiyle tutuştuğu savaşı kaybediyor. Onu aklından çıkarmaya çalışırken kalbi daha çok sarılıyor hayallerine.

"Ona hissettiğim bu yoğun duyguların aynısını Yaratıcı'ya karşı hissedemiyorum. Demek ki Yaratıcı'yı onun kadar sevmiyorum. Bu beni kahrediyor. İçimi acıtıyor."

Kalakalıyorum. On beş gündür ağlamasının, uykusuz gecelerinin nedeni buymuş. Düştüğü aşktan bu nedenle çıkmak istiyormuş.

"Lütfen bana yardım edin!"

Edemem ki. Çünkü nasıl yardım edeceğimi bilmiyorum.

"İlk kez böyle bir sorunla karşılaşıyorum. Sana ne diyeceğimi, nasıl yardım edeceğimi inan, bilmiyorum. Diğer görüşmemize kadar üzerinde düşüneceğim ama."

"Peki" diyor.

***

Önceki seansın özetiyle başlıyorum: "Önce aşka düştün, sonra suçluluğa; 'Neden aynı duyguları Yaratıcı'ya karşı hissedemiyorum, demek ki O'nu sevmiyorum,' diye acı çekiyorsun."

Hâlbuki yanılıyor. Yaratıcısını sevmeyen neden böyle bir suçluluğa düşsün ki?

Bu onu tatmin etmiyor. Yüzünde etkilendiğine dair bir emare yok. Lafı eveleyip geveliyorum... Ne yapsam ki?

Sıkıştığım zamanlardaki tekniğime başvuruyorum. "Bana tipik bir gününü ayrıntılı olarak anlatır mısın?" Bir önceki günü anlatıyor. Gece geç yatmış. Sabah güneş doğmadan kalkmış.

"Gözlerimden uyku akıyordu, hiç kalkmak istemedim. Sabah namazına kalkmazsam günüm kasvetli geçiyor. Bu yüzden babama sıkı sıkı tembih ettim kaldır diye. O kadar zordu ki uyanmak. Ama kalkıp namazımı kıldım"

Çocuklar gibi seviniyorum. Aradığım şey çok yakınımda.

"Namaz kılışını ayrıntılı olarak anlatır mısın?"

"Nasıl namaz kılındığını öğrenmek istiyorsanız namaz kitaplarını okusanız daha iyi etmez misiniz?"

"İsteğimin saçma geldiğini biliyorum ama rica etsem bunu benim için yapar mısın?"

İsteksizce anlatmaya başlıyor. Namaza niyetlenişini, okuduğu sureleri, önce rükûa, sonra da secdeye varışını. Muzırca gülümsüyorum. "Ne var gülümseyecek," diyor biraz asabice. Var işte.

Bir kâğıt uzatıp "Secdeye gittim," diye yazmasını istiyorum.

"Âşık olduğun erkeğin önünde de secde eder misin?"

"Tabii ki hayır!"

"Yoğun hisler taşıdığın bir insanın önünde secde etmem diyorsun, aynı yoğunlukta hisler taşımadığın Yaratıcına secde ediyorsun. İlginç değil mi?"

Duralıyor. Şaşırıyor. Düşünüyor. İstediğim buydu. Düşünmesini sağlamak.

"Niye O'na secde ediyorsun peki?"

"Çünkü O istiyor bunu."

"O'nun istediği bir şeyi neden yapıyorsun?"

"Çünkü O'nu seviyorum."

Akışı yazmasını istiyorum. Yazıyor; "Secdeye vardım. Çünkü O bunu istiyor. O'nun isteklerini yerine getirmeye çalışıyorum. Çünkü O'nu seviyorum."

Yaratıcı'yı sevmenin nasıl olacağı konusunda geçen hafta yaptığım araştırmalarda karşıma çıkan cümleyi ona söyletmiş oldum.

"Peki, O'nu seviyorsam neden O'na karşı o kadar yoğun hisler taşıyamıyorum?"

"O'nu sevmeyi sadece kalpte hissedilen bir duygu olarak tanımlayıp hislere indirgemişsin. Hafta içinde sorunun üzerinde düşünürken biraz araştırma da yaptım. Bir iki kitap karıştırdım. Karşıma şu cümle çıktı: 'Allah'ı sevmek, O'nun marziyatın yapmaktır.' Kalpte hissedilen duyguların yoğunluğu ile O'nu sevmek arasında doğrusal bir ilişki olmadığını söylüyor bu cümle bize. Kaşlarını çatma, ilişki yok demiyorum, her zaman doğrusal bir ilişki yok, diyorum. Baksana, sevdiğin kişiye hissettiğin yoğun duygular, O'na ettiğin tek bir secdeye bile denk gelmiyor. O'nun isteklerini yapmakla O'nu sevmek arasında ise doğrusal bir ilişki var. Bu insan-insan arasındaki ilişkilerde de böyle. Birine âşık olup ona yoğun hisler taşımak, aradaki bağlılığın çok derin ve sağlam olduğu anlamına gelmez illa. Birçok insan burada aldanır. İlgi, özen, merhamet ve şefkatle davranmak, onu tanımak, onun varoluşuna, acılarına, dertlerine ilgi duymak gibi birçok başka faktör bağlılığın derinliğini ve sağlamlığını belirler. Anne babaları düşün. Çocuklarına aşktaki kadar yoğun hisler taşımazlar belki, ama hayatlarını çocukları için feda edecek kadar bağlıdırlar onlara.

Ayrıca sevdiğin gence karşı yoğun hisler taşıdığın için suçluluk hissetmen şundan da gereksiz; bu duygular O'nun yaratması. Ona duyduğun sevgiyi O'nun, kalbinde yarattığı bir nakış olarak düşün. O'nun bir sanatı, tecellisi.

"Bir de... Başka bir şey daha var..." diyorum, merakını çekmeye çalışarak.

"Ne?"

"Sen onu sevmiyorsun aslında."

"Hadi canım, dalga mı geçiyorsunuz?"

"Aslında" diyorum "aslında"yı vurgulayarak; "Yaratıcı'nın onda tecelli eden Cemal, Kemal ve İhsanını seviyorsun. Yani onu severken aslında O'nu seviyorsun."

"İlginç, hiç böyle düşünmemiştim," deyip susuyor.

"Birisi sana seni sevdiğini söylerse inanma ayrıca," diye takılıyorum.

"Şüpheci mi olayım, hemen inanmayıp sorgulayayım mı yani?"

"Hayır! Bu küçük bir latife. Dikkatini çekmek için. Şunu kastediyorum: Birisi seni seviyorum dediğinde, aslında o da O'nun sende tecelli eden Cemal, Kemal ve İhsanını seviyordur. Seni severken O'nu seviyordur aslında."

"Bunların üzerinde biraz düşünmeliyim."

İşte en sevdiğim cümlelerden biri.

"Allah'ı sevmek, O'nun marziyatını yapmaktır" cümlesi nerede mi karşıma çıktı? Bunu ne o sordu ne de ben söyledim. Sorsaydı 11. Lem'a diyecektim.

"SENİ SEVDİĞİMİ SÖYLEMEME NE GEREK VAR"

Kadın dertli. Kocasından. Adam da karısının dertlenmesinden. Kadın ısrarcı. Adama gına gelmiş aynı şeyi duymaktan. "Ne gerek var ki! Tutturmuş bir beni sevdiğini söyle diye." Kadın bir kere kafasına koymuş, ölmek var dönmek yok. İlla ki duyacak o seni seviyorum lafını. Kadın mizacı işte. E haklı da. "Nişanlıyken birkaç sefer söylemişti. Şimdi de duymak istiyorum." Yerini yurdunu onun gözüyle görmek istiyor. Yetmez, duymak da istiyor. "Yoksa niye evlendik ki?" Hakikaten insanlar neden evlenir? Tek başına hayatın zor olmasından mı? Birlikte yaşamanın zorluğuyla hiçbir şey aşık atamaz hâlbuki. Ee o zaman. Kendi gözü dışında sevdiğinin gözüyle de varlığına bakmak şöyle bir. Sevdiğinin sözleriyle de bakmak varoluşuna şöyle bir.

Adamın ısrarcılıkta karısından aşağı kalır yanı yok. "Akşama kadar didiniyorum. Onca sorunla boğuşuyorum, karım ve çocuklarım için üç kuruş kazanmak uğruna. Bu onları sevdiğimin göstergesi değil mi?" Haksız mı? Değil. Doğru mu söylediği? Eksik bir doğru. Bazen eksik doğrular yanlışlardan daha sorunludur.

Duymak. Sesleri. Bir anlam ifade eden sözlerse seslerin en güzeli. Gözlerimizle gördüğümüzü kulaklarımızla da duymak.

Kadının istediği bu. Kocasının kendini sevdiğini biliyor, görüyor. Halinden, hareketlerinden, davranışlarından bunu anlıyor, tamam. Ama duymak da istiyor. Bu ise adama fuzuli geliyor. "Söze ne hacet. Hâller yetmiyor mu?"

Yok, adamın açıklamasını tatmin edici bulmuyorum. Asıl mesele duygularını ifade ederken çok zorlanması. Bunu karısına itiraf edemiyor. İşin içinde biraz da erkeklik gururu var. Küçüklükten itibaren duygularımızı ifade etmeyi öğrenmezsek sonraları bu, uyuşturmadan dişimizi çektirmekten bile daha zordur.

Bir kadının bir adamın tarafına salınıp, her ikisinin tarafından da bakmaya çalışıyorum. Kadın haklı, adamın işiyse zor. Bu topraklarda duyguların ifadesinin öğrenilerek edinildiği pek akla gelmez. Duyguları ifade etmek bir tek insana özgüdür. Envai çeşit duygular yaşarız. Saymakla bitmez. Zaten saymamalı. Ne gerek var. Kalbe dolan neyse yaşamalı ve gerektiğinde de ifade etmeli. Bazen de ifşa etmeli. Aşkın ifşası gibi.

"Seni ne kadar sevdiğimi bilemezsin be adam, diye adeta haykırdım bir gün. Nişanlıydık. Baktım ondan hiç ses seda yok, patladım." Adam hem şaşkın hem sevinçlidir. Üzerinden büyük bir yük kalkmıştır. Sonra yine sus pus. "Evlenmeden önce beni sevip sevmediğini ağzından kerpetenle söküp aldım. Kaç hafta bekledim durdum, be adam, sen de seviyorsan söylesene. Sevdiğini söylemek kadınların işi mi bu memlekette."

Yok hayır. Erkeklere haksızlık etmeyelim. Duygularını ifade etmekte zorlanan çoğunlukla erkeklerse de bu erkeklere mahsus değil. Bu konuda cimri davranan nice kadın da var.

"Ben Yaratıcı değilim ki senin kalbinde olan biteni bileyim. Bana duyurmalısın. Bizzat ağzından seni seviyorum sözünü duymaya ihtiyacım var."

Kadın farkında olmadan sanki bana bir pas atıyor ve ben adamın kalesinin önündeyim. "Bu çok güzel bir nokta. Söz Yaratıcı'dan açılmışken," diye başlıyorum. "O mutlak ilmiyle bizim kalbimizden olan gizli saklı her şeyi bildiği halde, bunları söze de dökmemizi istiyor. Namazı düşünün. Sure ve duaları içimizden değil kendimiz duyacağımız şekilde okumamız isteniyor. Yine *Kur'an*, Yaratıcı'nın kelamı yani konuşmasıdır. Düşünsenize O bizimle konuşuyor. Bizi sevdiğini söylüyor. Sonsuz merhametini ve şefkatini sözle aktarıyor."

Kadının gözleri sevinçle parlıyor. Sözün gücüne dair ikna edici birkaç şey daha söyleseniz der gibi de bakarak. Okuduğumda çok etkilendiğim bir olayı naklediyorum. "Bir sahabi, Efendimiz'e gelir ve şu giden sahabiyi çok seviyorum der ve Efendimiz'den 'Ona sevdiğini söyledin mi?' karşılığını alır almaz bir koşu gider, yetişir o sahabiye. 'Ben seni çok seviyorum,' der. 'Ben de seni ve beni sana sevdiren Rabbimi seviyorum.'"

"Seni seviyorum"da eksik kalan bir şey var yine de. "Biliyor musun oğlum/kızım/karıcığım, Allah kalbime kocaman bir sevgini koymuş!" Bu daha derin ve anlamlı.

Adam dikkatle dinliyor. İkna olmuş görünüyor. Bu hemen karısına onu sevdiğini söyleyebileceği anlamına gelmiyor. Zamana ihtiyacı var. Adama eşine, çocuklarına ve başka sevdiklerine duygularını (sadece olumlu olanları değil münasip bir şekilde olumsuz olanları da) ifade etmesinin onun için belki daha fazla gerekli olduğunu anlatıyorum. Yaratıcı'nın, Kendisini sözel olarak da anmamızı istemesinin bizim ihtiyacımıza binaen olması gibi. "Bir bilsen içini ne kadar zenginleştirecek bu!" Bir bilse. Bilecek.

İyi ki ısrarcı kadın ve erkekler var. Sözün gücünün peşine düşen!

GİDERKEN

Hayatın nasıl bir başı ve sonu varsa, terapilerin de vardır. Bazen sadece tek bir saattir birlikte geçirilen zaman. Başladığı gibi biter. Kısacık süren bir hayat gibi. Doğmak ve sonra hemen ölmek gibi. Bazen onlarca görüşme, onlarca saat. Doğmak ve uzunca yaşamak gibi. Ama eninde sonunda onlarca saatin de takati kesilip durur. Eninde sonunda öldüğümüz, bir çizgide duruverdiğimiz hayat gibi.

"Bu son görüşmemiz olacak, bir daha sana gelemeyeceğim, çünkü acil bir gelişme oldu, İstanbul'dan taşınıyorum yani taşınıyoruz," dediğinde, terapist yanına yara almışçasına inciniyor.

"Seansları bitirmeye birlikte karar vereceğimizi sanıyordum," diyorum şaşkınlığın verdiği saflıkla. Yüzüme bakıyor.

"Anladım, bundan alındın ama alınacak bir şey yok ki, bu zorunlu bir bitirme," diye beni teselli etmeye çalışıyor.

"Zorunlu bitirme. Doğru ya. Zorunlu bitirme ise gururunu incitecek bir şey yok ortada," diyorum içimden. Bugün niye alınganım? "Bunlar" diyorum kendi kendime, "en zorunlu ayrılığa, ölmeye alışma sahneleri aslında."

"Senden bir şey isteyeceğim ama lütfen bu isteğimi yerine getirmede bana cimri davranma. Bu benim çok işime yarayacak. Seninle birçok görüşme yaptık. Kendimle ilgili birçok şey öğrendim. Sana bazı sorular soracağım. Bunları yanıtlarsan gerçekten çok sevinirim. Bana son bir şey vermiş olursun."

"Peki," diyorum, buna bin pişman olacağımın hiç farkında olmayarak.

"Sen, yani bir terapist olarak sen, hayatla nasıl başa çıkıyorsun, bu konuda sana neler yardımcı oluyor?"

Her terapistin canını sıkan bir soru bu. Özel hayata dair bir soru, sorgulanma. Bu kadar çok acıyı dinleyen terapist kendisini nasıl sıyırır dünyanın karanlık yüzünden? Hangi sihirli cümleleri vardır? Hangi acılar onların da yüreğini burkar? Onlar da kaygı duyar mı, endişelenirler mi, üzülürler mi, ağlarlar mı, sevinirler mi, çocuk gibi mutlu olabilirler mi? Hayatta her konuda başarılı mıdırlar? Tökezledikleri olur mu? Her şeyi başarabilirler mi? Nasıl öfkelenirler acaba? Yürüdükleri yol aydınlık mıdır, yoksa onlar da hastaları gibi el yordamıyla mı yol alırlar? Kimse bilmez ki, belki bilmek istemez ki, hepimiz bu işin -yaşama işinin- içinde birlikteyiz.

İtiraz ediyorum. "Bu sorunun yanıtı bana özgü olur. Yani her terapistin kendisi için, kendine özgü başa çıkma yolları, yöntemleri olabilir. Genel geçer şeyler olmayacak vereceğim cevap."

"Ben zaten genel geçer şeyleri değil, terapist olarak senin başa çıkma yöntemlerini merak ediyorum ve ilk sorumu soruyorum. Hayat çok zor geldiğinde ilk aklına gelen şey ne oluyor?"

Duraklıyorum. Allah'ım nasıl savuşturacağım bu soruları.

"Evlilik ne zaman? Düğününe beni çağıracak mısın?" diye takılıyorum.

"Boşa zaman harcıyorsun, düğünüme çağırmayacağım, çağırsam da gelmezsin zaten, bunu biliyorum. Şimdi nişanlımın tayini de aynı ile çıktı mı, diye soracaksın konuyu dağıtmak için. Evet, onun da tayini çıktı. Bundan önceki görüşmeye katılmaktan dolayı çok mutlu oldu ve sana çok selamı var. Önemli bir toplantısı olmasaydı bu görüşmeye o da katılacaktı. Soruma dönelim şimdi. Evet, cevap bekliyorum, hayat zor geldiğinde aklına ilk gelen şey?"

"Beled Suresinin dördüncü âyeti," diyorum. "Mealen, 'Biz insanı zorluk, sıkıntı ve meşakkat içinde yarattık,' diyor âyette" "Bu seni nasıl rahatlatıyor?" diye soruyor. Ayrıntılı anlattırıyor bana. Bir yandan not alıyor. Kendimi rahatsız hissediyorum. Sanki terapi seansında değiliz de benimle röportaj yapıyor havası esiyor odada.

"Kendini kötü hissettiğinde neler yaparsın?"

"Yürürüm. Aslında her gün yürümeye çalışırım. Gökte ayı seyrederim. Ağaçları seyrederim"

"Neden ağaçlar?" diye soruyor merakla.

"Ağaçların uzunca bir ömürleri var ve onları her mevsim gözleme imkânına sahibim. Her gün bahçedeki ağaçlara bakmam âdetimdir. İçlerinden biri favorimdir."

"Hangisi? Yani ne ağacı?"

"Bunu da sorma artık, bu da bana kalsın istersen," diyorum kızmış olarak.

"Peki," diyor, süngüsü düşmüş olarak.

"Hangi müziği dinlersin?"

"Hayır, bu kadarı fazla. Bu soruyu yanıtlamayacağım."

"Çok rica ediyorum. Lütfen en azından en son hangi şarkıyı dinledin, bunu söyle bana."

Onu kıramıyorum. Ama terapi saatini de boşa harcamak istemiyorum. Huzursuzluğum artıyor. Bana öyle bir bakıyor ki birden "Pink Floyd'un *Time* (Zaman) şarkısı" diyorum. Niye kendimi tutamıyorum bugün?

"Gerçekten mi? Çok şaşırdım. En favori şarkılarımdan biridir. Ezberimdedir benim biliyor musun bu şarkının bir dörtlüğü," diyerek önce İngilizcesini sonra Türkçesini söylüyor:

"And you run and you run to catch up with the sun, but
It's sinking And racing around to come up behind you again

The sun is the same in the relative way, but you're older
And shorter of breath and one day closer to death

Ve koşarsın koşarsın güneşi yakalamak için ama
Güneş
batmakta
ve dolanmakta tekrar sana görünmek için
Güneş aynı güneş aslında ama sen yaşlısın artık
Bir nefeslik ömrün var ve bir gün daha yakınsın ölüme"

Bir bu eksikti. Allahtan şarkının sadece sözlerini söyledi.

Şarkı zaten canımı yakmıştı, bir kere daha yanıyor canım. Bir nefeslik ömrüm var ve bir gün daha yakınım ölüme diyorum. İçimden. Sessizce. Kimseler duymasın bunu. Hele o hiç duymasın.

"Sence bir insan hayatta huzurlu yaşamak için neyi mutlaka öğrenmelidir?"

"Görüşmeyi boşa harcıyoruz gibi endişe var içimde. Lütfen görüşmeyi senin sorunlarının üzerine odaklayarak değerlendirelim."

"Benim seansım değil mi bu?" diye itiraz ediyor. "Bu saatin parasını ben veriyorsam nasıl istersem öyle değerlendirme hakkım yok mu? Ayrıca zaten bu seans benim için. Merak etme. Terapist yanının yönlendiriciliğini bırakıp senden istediklerimi yerine getirirsen sevinirim"

"Bir insan teslimiyeti, razı olabilmeyi öğrenmeli huzurlu olabilmesi için."

"Bunu hep söylersin sen," diyor. Uzun uzun bundan ne kastettiğimi soruyor. Çoğunlukla onu ben konuştururdum. Bugünse o beni konuşturuyor.

"Kendini hangi anlarda en huzurlu hissediyorsun?"

"O'nun beni duyduğunu derinden hissettiğim zamanlarda," diye yanıtlıyorum.

"Bak bu ilginç. Ben şöyle bir sorun yaşıyorum. O benim sesimi duyuyor ama bana yanıt vermiyor gibi geliyor bazen."

"Sesinin duyulduğuna odaklanmalısın. Sadece ve sadece sesinin O'nun tarafından duyulduğuna. Bu insana yeter. Sana cevap verip vermemesine odaklandığında sesinin duyulduğunun kalbine getirdiği huzuru kaçırırsın. Sen sonuca odaklanıyorsun. Hâlbuki sürecin kendisi daha değerli kanımca."

"Bak," diyor sevinçle "Yine bir şey öğrendim kendimle ilgili. Endişelenmen boşuna, gördüğün gibi seansı kendim için değerlendiriyorum." Başka sorular da soruyor ve son bir istek de bulunuyor. Kendisiyle ilgili son bir şeyler istiyor benden. Diyor ki: "Giderken bana son bir şeyler söyle."

"Giderken", "son" "bir şeyler". Yüreğimi burkuyor bu cümle. "Son", "gitmek" sözcükleri başka başka sözcüklere sıçrıyor, başka sözcüklerin üzerine konuyor, sözcüklerden sözcük türetme oyunu gibi başka sözcükler varoluyor zihnimin içinde.

"Bu yüzden çok dikkatlice seçmelisin," diye uyarıyor ve ekliyor, "O cümleyi yazacağım ve," duraksıyor, saatine bakıyor, hızlı hızlı sözünün gerisini getiriyor. "O cümleyi yazacağım ve gideceğim. Çünkü zamanımız dolmuş."

"Varolmanın değerli bir şey olduğunu hiç aklından çıkarma," diyorum, duraklıyorum, "virgül" diyorum ve ilave ediyorum. "Kimse, hiç kimse sana varolmayı bahşeden Yaratıcı kadar sevemeyecek. Kimse Onun sana verdiği gibi değer veremeyecek. Dünyanın en güzel kızı olsan da bu böyle olacak."

"Ben," diyor, "zaten dünyanın en güzel kızıyım. Artık kendimi çirkin hissetmiyorum. Neydi senin şu iki kavramın? Ya, çok yaşlı değilsin ama bazen fazlaca Osmanlıca kelimeler kullanıyorsun."

"Hüsn-i siret ve hüsn-i suret."

"Hah işte onlar. Artık güzellik kavramım suretten sirete, yani yüzümün güzelliğinden duygularımın güzelliğine, kalbimin güzelliğine kaydı. Biliyor musun, şunu fark ettirdin bana; benim gerçekten güzel duygularım var. Güzel bir kalbim var. Sonra insan davranışlarının güzel olabileceğini anladım. Ve davranışlarımın da içinde olmayanları varsa da çoğunun güzel olduğunu anladım. Ben yüzümden ibaret değilim. Ayrıca çok sevineceğin bir haberim var. Estetik ameliyatı olmaktan vazgeçtim. Bir de senden son bir ricam var."

Hayır, nedir rican diye sormayacağım. Kim bilir yine ne isteyecek? Susuyorum. Biraz alınmış gibi bakıyor. Alınsın. Bugün alışık olmadığım bir seans yaşattı bana. Bana özgü bilgileri benden söküp aldı. En sevdiğim şarkılardan birini bile öğrendi. "Kendini çirkin hisseden tüm kızlar ve erkekler için bir yazı yaz olur mu?"

"Bilmiyorum, şu sıralar yazı yazacak kıvamda hissetmiyorum kendimi, söz veremem," diyorum.

"Sen başla yazmaya, gerisi gelir," diye ısrar ediyor. Allah'ım, eskiden bu kadar ısrarcı biri değildi.

"Söz vermiyorum ama çalışırım," diyorum teslim olmuş olarak.

Seviniyor ve gidiyor. Giden her insan yanında bir şeyler alır ve gider. Giden her insan bir şeyler bırakıp öyle gider.

O bana ne bırakıyor? Bir seans ücreti mi? Onlar bir seans ücretinden çok daha fazla şeyler bırakırlar hep. Çoğu bunu bilmez.

Bana hüsn-i suret ve hüsn-i siret kavramlarını bırakıyor. Onunla çalışırken bu iki kavram üzerinden ona yardım ettiğimi gerçekten unutmuşum.

Bununla ilgili bir yazı yazmalıyım. Hanımefendinin kendileri bir de yazı ısmarladılar ya. Başlığını da "Güzellik nedir?" koymalıyım. Yok, hayır, bu iddialı başlık. "Güzel olmak nedir?" daha uygun yazacaklarıma. Ve bu yazıyı kendini çirkin hisseden tüm kızlara ve erkeklere adamalıyım. Çünkü onlar içimi en çok burkan insanlar olmuştur. Bunu o bilmiyor.

Caddeye çıkıyorum. Yürüyorum. Zihnimde şarkının iki mısrasıyla birlikte:

"Ve koşarsın koşarsın güneşi yakalamak için ama
Güneş batmakta ve dolanmakta
tekrar sana görünmek için"

"BAŞKASI OLDUĞUN YER"

Okumak istediğim dört kitap var. Karar veremiyorum. Birini tercih etsem sanki diğerleri alınacak. Ağustos sıcağının hükmü altına aldığı bu pazar günü sadece kitap okumak istiyorum. Evde yalnızım ve bunu değerlendirmeliyim.

Nihayet bir tanesinde karar kılıyorum. Roman olanını seçiyorum. Ayrıca seçtiğim kitabın bölümlemelerinde ay figürünün kullanılmış olması beni ayrıca cezbediyor. Kitap akşama doğru bitiyor. İnsan sevdiği bir kitabı bitirince ondan ayrılıyormuş gibi hüzün düşer içine. Kitabın sayfalarını tekrar karıştırıyorum. Altını çizdiğim yerleri bir kez daha okuyorum. Ondan ayrılmak istemiyorum.

Pazartesi oluyor. Bilgisayarı çantama yerleştiriyorum. Elim okuduğum kitaba gidiyor. Onu da çantama koyuyorum, bir yandan şaşırarak. "Okuduğun bir kitabın çantamda ne işi var?" diye geçiriyorum içimden. Kitabı çantamdan çıkarıyorum. Onu ofise götürmemin bir anlamı yok. Masaya koyuyorum. Sonra tekrar çantama koyuyorum. Bunu neden yaptığıma anlam veremiyorum. İşgüzarlık edip kendimle ilgili psikanalitik yorumlar yapıyorum. "Kitapla fazla özdeşleşme kurdun sen," diyorum. Terapist yanıma "Beni rahat bırak, ben senin hastan değilim," diye itiraz ediyorum. Terapist yanım kibirlice gülümsüyor.

Onunla seansa başlıyoruz. Varoluşsal acılar içinde kıvranıyor. Otuzlu yaşları devirmiş. Anlamlı bir hayat yaşamak istiyor. Doğru yaşamak istiyor.

"Yaşamın anlamını birçok şeyde bulmayı umut ettim," diyor. Evinin bahçesindeki çam ağacı en büyük arkadaşı olmuş. "O kadar muhteşem ki," derken, yüzündeki huzura insanın imrenesi geliyor. "Sanki evrenin bir dili var ve ben bu dili çözmek istiyorum. Uzun zaman bu dili nasıl çözeceğimi bilemedim. Daha doğrusu kendim çözmek istedim ama sonra bir gün dedim ki; evrenin dilini ancak onu Yaratan çözer." İşte bu noktadan sonra dinî kaynaklara yöneliyor. Kitaplar okuyor.

Görüşmenin bir anında can sıkıcı bir soru soruyor. "Dini, hayatımın merkezine almak istiyorum ama bazı şeyleri kabullenemiyorum. Örneğin camilerde kadın ve erkeklerin ayrı ayrı ibadet etmesi bana çok ters geliyor. Yan yana olunsa daha iyi olmaz mı? Sizce de öyle değil mi?"

Terapist olmak sanki her şeyi çözümlemiş olmakmış gibi benden bir yanıt bekliyor. "Ben din işleri yüksek kurulu üyesi değilim ki," diye espri yapıyorum.

Hiç gülmüyor. Soğuk soğuk bakıyor. Soruyu geçiştiremeyeceğimi anlıyorum.

Zihnim birden aydınlanıyor. "Sorunun yanıtı çantamda sanırım," diyorum, hayretle. Gerçekten şaşkınım. Gerçekten çok sevinçliyim. Gerçekten terapist olduğuma bir kez daha şükrediyorum. Garip garip bakıyor. Bir önceki gibi soğuk bir espri zannediyor bunu da. Ağırdan alıyorum. Çantayı açıyorum. Ona hiç bakmıyorum. Kitabı çıkarıyorum. Onu şaşırtmak istiyorum. Yüz elli birinci sayfayı açıyorum. Tane tane okuyorum:

"'Neden kadınlarla erkekler camide bir arada olmasınlar?' diyerek, camiye gidenleri bir çırpıda gerici ilan edenleri bilmeden onaylamıştım... Bir kadın, nasıl kadınlar tuvaletinde bir erkek kendisini görürken aynaya rahatça bakamaz ve üzerini rahatça çekiştiremezse, ibadet ederken de kendi boyutlarında bir omuza, bir kalçaya değmeyi tercih eder... İbadet eden bir kadının erkekler arasında rahatça kendi olamayacağını, Allah rızasının yerini derhal 'Nasıl görünüyorum?'

'Karnım çok mu çıktı?' gibi başkalarının rızasını alma hevesinin dolduracağını anlamıştım. Başkalarının onayı. Hele erkeklerin onayı. Bu değil miydi bir kadının nefsini en çabuk teslim alan en dünyevi tanrı?"

Gülüyor. "Cevaba bayıldım, özellikle karnım çok mu çıktı muhabbetine," diyor ve ekliyor: "Kendimi bir an o durumda hayal ettim. Gerçekten erkeklerle yan yana namaz kılmak istemem. Gerçi namaz kılmıyorum ama bir gün kılarsam da istemem."

Kitabı benden ödünç istiyor. Yok hayır! bunu kimse istememeli benden. İçimi bir sıkıntı basıyor. Bunun nedeni kitabın büyük olasılıkla geri dönmeyecek olması ile kitabın kendisinden mahrum olacak olmam değil. Üzerini çizdiğim cümleleri başkasının görecek olması. Onlar artık sadece yazarın cümleleri değil. Yazardan aldığım ve artık benim de olan cümleler. Başkasının bunu bilmesini istemiyorum. Ayrıca birisi ödünç aldığı bir kitabı geri getirmediğinde benim altını çizdiğim cümlelerimi de geri getirmemiş oluyor.

Kitabı tabii ki vermiyorum. Ona önce sabah kitabı çantama nedensiz koyduğumu, buna kendimin de şaşırdığını anlatıyorum. Sonra bir kâğıda "*Başkası Olduğun Yer*, Leyla İpekçi" yazıyorum. "Bu olay, bana evrenin bir dili olduğunu bir kez daha gösteriyor. Ayrıca bu seansı sizinle değil Leyla İpekçi ile yaptık galiba. Ben kitabı alayım ve bir güzel okuyarak seansa devam edeyim," diyerek odadan çıkıyor.

"Evrenin dili" tabirine takılmış, çok seviyor bu ifadeyi. Ben de seviyorum. Ve bir şeyler öğretirken öğreniyorum da. Belki bu da evrenin dilinin bir parçası.

Seans sonrası olan biteni bir kez daha gözden geçiyorum. Terapist yanıma söyleniyorum: "Sabahki kitabı çantaya koymak isteyişimle ilgili müthiş yorumuna ne oldu? Anladın mı şimdi kitabı neden çantaya koyduğumu, aslında koydurulduğumu." Terapist yanımın kibri sönüyor.

YAPRAKLAR

Manchester'da Christie Onkoloji Hastanesi, 3. kat. Bu katta akciğer kanserinden muzdarip hastalar kalıyor. Çılgına dönmüş kanser hücreleri intizamsız şekilde çoğalıyor, dur durak bilmeden insanların ciğerini adeta yutuyor, zamanın dişlilerine dönüşüyor.

333 numaralı odada üç haftadır kalan hastanın ismini dilerseniz Maria koyalım. Neden bu ismi koymak istedim bilmiyorum ama Maria demek istiyorum ona. Maria. Kulağa hoş geliyor.

Odada kendisine çoğunlukla annesi, bazen kız kardeşi nadiren de eşi ona uykusuz gecelerinde yoldaş oluyor. Ama kimse içini kemiren sorulara yoldaş olamıyor.

Maria yaşamının sonuna geldiğini biliyor. Zamanın yutan ağzında, hüzünlü yüreğine teselli arıyor. Ona teselli olsun diye ziyaretçileri hep rengârenk çiçekler getiriyorlar. Güller, karanfiller, lilyumlar. En sevdiği çiçek lilyumdu Maria'nın. Şimdi rengârenk ve güzel kokulu lilyumlar onun yüzünü güldürmüyor. Aksine, buruşmuş cildi, solmuş yüzü, mecali kalmamış bedeni yanında tezat teşkil eden lilyumların capcanlı halleri içini acıtıyor. Maria, gittikçe cansızlaşan ve "o an" tümüyle cansızlaşacak bedenine ne olacağını kestirebilmek için, cansız varlıklardaki yaşamın izlerini görmek istiyor. İhtiyaç duyduğu gündüzün aydınlığı değil gecenin içindeki aydınlık. Maria'yı ancak sert ve ölü kabuklu ağaçların altındaki hayatın pırıltıları teselli edebilir.

Bir gün çok uzaktan bir arkadaşı geliyor 333 numaralı odaya. Elinde rengârenk yapraklar var. Maria tam üç gün yaprakları seyrediyor. Maria'nın annesi çiçek yerine yaprak getirilmesine şaşırıyor ve galiba bu bir Türk âdeti diye düşünüyor.

Maria yaprakları kokluyor, seyrediyor, dokunuyor, kokluyor, seyrediyor, kokluyor. Yapraklar. Dalından kopmuş ama hayattan kopmamış varlığı temsil ediyor. Ölmenin kötü olmadığını anlıyor yaprak eğretilemesiyle Maria. İlk kez biraz da olsa rahatlıyor. Ölümü temsil eden yapraklar bu kadar güzelse ölüm de yapraklar kadar güzel olamaz mı?

***

Onunla yedinci görüşmemiz. Kırkına merdiven dayamış bir hanım. Onu ne zaman görsem hayalime hep ben de neşeli bir hüznün tınısını uyandıran yaprak imgesi beliriyor.

İlk kez odama girip koltuğuna oturma anını unutamıyorum. Hızlıca oturmuştu ama hantalca konuşmuştu. Güç bela şunları söyletebilmiştim: "Bir, yoruldum, iki, hayat çok monoton geliyor, üç, çok hızlı yaşıyorum, dört sürekli yiyorum ve kilo alıyorum."

Doksan kiloya yaklaşmış bedeniyle bir yemek masasında yiyecekleri birbiri ardına yutarken düşünüyorum onu. Durmaksızın yiyor, çalışırken de durmaksızın çay ve kahve içiyor. Aslında yemiyor, tıkmıyor. Zihnime bir imge geliyor. Ona anlatamam tabii ki bu imgeyi: Hızlı hızlı yiyecekleri yutarken ellerini bağlamak. Sıkıca. Onu başka nasıl durdurabilirim?

Altıncı seansa kadar debelenip duruyorum. Beni epey bir zorluyor. Koltuğuna oturup geçen haftayı özetlemeye başladığında "dur" diyorum. Lütfen biraz yavaşla. Gülüyor. Yüzünde alaycı bir ifade beliriyor. Kocam gibi konuştunuz diyor. Kocam bunu duysa o kadar parayı niye veriyorsun bak ben de aynı şeyleri söylerim diyor.

Biraz bozuluyorum. "Dün akşam ne meyvesi yedin?" diye soruyorum. "Mandalina" diye yanıt veriyor, neden sorduğumu merak eden bir ifadeyle. "Nasıl yedin?" diye soruyorum bu kez. "Soydum ve yedim işte doktor," diyerek kestirip atıyor. "Kötü" diyorum. "Çok kötü." Kim bilir o mandalinayı nasıl yutmuştur. Belki de çiğnemeden. Ona uzun uzun nesnelerle daha derin nasıl ilişki kurabileceğini anlatıyorum. "Bana örnekle anlatın," diyor. "Peki" diyorum. "Mandalinayı önce uzun uzun seyredebilirsin. Sonra onu koklayabilirsin. Sonra dokunabilirsin. Sonra eline alıp hissedebilirsin. Sonra soyabilirsin. Ama hemen yemek yok. Yine seyredecek, koklayacak ve elinde hissedeceksin. En az on beş dakika bu şekilde ilişki kuracaksın mandalina ile." Dinliyor. O hep dinler zaten. Ben sadece dinlemesin, değişsin de istiyorum.

Ona, Farkındalılık Terapisi (*Mindfullness Therapy*) uygulamaya çalışıyorum. Yapmak istediğim şey yerkenki hızını kesmek. Yutarcasına yemesinin önüne geçmek. Yemek yerken dilindeki tat goncalarını değil sadece, görme, işitme, dokunma, koklama hislerini de doyurmasını sağlamak. "Hatta," diyorum, "her seyrettiğinde, kokladığında, dokunduğunda bu mandalinayı Yaratıcı ne güzel yaratmış diye düşünüp varoluşunun değerliliğini de hissedebilirsin." Bunları yapar mı? Hiç bilmiyorum.

Yedinci görüşmemize geçiyoruz. Hemen konuya giriyor. Beni çok şaşırtıyor. İşte en sevdiğim terapi anlarından birisi. Şaşırtılmak. Hastanın bakış açısında beklenmedik bir gelişme, ilerleme. Artık çok yavaş yemek yiyor. Bırakın meyveleri yemekleri bile önce seyrediyor, kokluyor, hatta eğer tek başına ise ve yiyecekler katıysa onlara dokunuyor. Bunları yapan gerçekten o mu? Bu soruyu içimden soruyorum tabii.

Duyguları karışık biraz. Bir tarafı hüzünlü bir tarafı huzurlu. "Geçen hafta üniversiteden beri arkadaşım olan Maria kansere yakalandı ve onu Manchester'a ziyarete gittim," diye anlatıyor. "Hastane bahçesi yapraklarla doluydu. Hayatımda ilk kez yaprakları seyrettim uzun uzun. İnanır mısınız bilmiyorum, onları kokladım bile. Ve ilk kez çok güzel yaratılmışlar diye düşündüm. Bir demet topladım ve ona götürdüm." Uzun uzun Maria'yı anlatıyor. Artık terapi seanslarımızda Maria da var.

Gece şiddetli bir rüzgâr ve yağmur sesiyle uyanıyorum. Aklımda Maria, yapraklar ve o var. Pencereden dışarıya bakıyorum. Yapraklar sağa sola savruluyor. Ağaçlardan koparak. İçimden onu takdir ediyorum. Aferin ona. Yaratıcı'nın kâinatı kuşatan sonsuz merhametine şaşıyorum. İstanbul'dan bir insana, yapraklarla Manchester'daki bir kalbi teselli ettiriyor O.

Maria ölüyor. Onun ziyaretinin 3. gününde. Elinde yapraklarla. Ölmeden önce son bir kez onları kokluyor, seyrediyor, dokunuyor. Ölümün kötü bir şey olmadığını hissederek.

Gündüz olur olmaz ben de yaprak toplayacağım. Onlara dokunacağım, seyredeceğim, hatta koklayacağım. Yaprak terapisini ben de denemek istiyorum.

Yapraklar sadece ölmek üzere olan insanlara iyi gelmez. Ölmeye yüz tutmuş duygulara da iyi gelebilir belki.

BABALARI AFFETMEK

İlk seanstan son seansa kadar hep babasından bahsediyor. Kendisini sevmediğine inandığı babasından. Babası onu hep tenkit ediyor. Yaptıklarını beğenmiyor. Babası kimseyi beğenmiyor. Her insanda bir kusur buluyor.

Asabi ve gergin. Onunla ilgilenmiyor. Başka bir şehirde yaşıyor. Bir kere bile, kızım nasılsın dememiş, bir ihtiyacın var mı diye sormamış. Ona pek sarılmamış. Bayramlar hariç. "O da kısacık bir sarılmadan ibaret," diyor.

Babası kendini bildi bileli hayatının merkezinde. İşin kötüsü babasından nefret ettikçe ona benzemeye başlıyor. O da gergin bir insan. O da kolay beğenmiyor.

Takıntılı bir şekilde babasının kendisini sevmesini istiyor. Onun dikkatini çekmeye uğraşıyor. Onun gözünde iyi bir yere sahip olmak istiyor. Evlenince de aynı şeyi kocasına yapacak muhtemelen. Evde kocasıyla yapacağı kavgaları getiriyorum gözümün önüne. Hemen uzaklaşsın istiyorum bu kasvetli imgeler.

Babasına çok kızgın ve öfkeli. Ama onun tarzı babasınınkinden farklı. Ona olan öfkesini pasif bir şekilde ifade ediyor. Onun nelerin yapılmasına nelerin yapılmamasına kızacağını çok iyi biliyor. Yer ve zaman kolluyor. Ve babasının nasırına basıyor.

Karşılıklı öfke ile beslenen bir ilişki var aralarında. Her ikisinin büyüklenmeci benlikleri muhtemelen bu öfkeyle beslenip ayakta kalmaya çalışıyor. O babasının damarına basıyor, babası onun. Bir kısır döngü içindeler. Bu kısır döngünün bir yerden kırılması gerekli.

"Ben babanın seni sevmesini sağlayamam. Senin gerçek sorunun da bu değil kanımca. Ruhunu bunaltan esas mesele bu değil. Senin sorunun..."

Bir salvo gelecek mi? "Beni anlamıyorsun, sen de, sen de anlamıyorsun," diye mızmızlanacak mı?

Duruyor. Bu iyi bir gelişme. Son zamanlarda kızgınlığını frenlemeye başladığını fark ediyorum. Hemen atlamıyor cümlemin üzerine. Duruyor, bekliyor. Bu beni anlamak için bir gayretin içinde olduğunun işareti gibi. Karşısındakini anlamaya çalışan insan sessizliğe bürünür. Sürekli konuşan insan kendi söylediklerini dinler sadece. Başkasını dinleyemez.

Birkaç aydır söylemeye çalışmak için uygun zamanı kolladığım şeyi söylemenin vakti geldi mi? Bilmiyorum. Başladım bir kere. Devam etmeliyim. "Senin esas sorunun babanı hayatının merkezi haline getirmen ve ona duyduğun nefretle yaşaman."

"Çok iyi!" diyor. "Hem babam tarafından zedeleneyim hem de sorunlarımdan, hissettiklerimden, umutsuzluğumdan, kederimden, içimdeki boşluktan, yalnızlığımdan, ağlamalarımdan o değil ben sorumlu olayım öyle mi?"

"Öyle değil. İkiniz arasında takıntılı bir ilişki var. İçinizde zaman zaman nefret düzeyine varan ciddi bir kızgınlık taşıyorsunuz birbirinize karşı. Çünkü her ikinizde..."

"Her ikimiz de?..."

"Her ikiniz de..." diye devam ediyorum, "birbirinizi seviyor ve karşılıklı olarak sevilmek istiyorsunuz. Ve ben sana bugün bir şey önereceğim. Babanı affet."

"Vaaaav..." diyor alaycı bir tavırla. "Peki, bunu nasıl yapacak mışım?"

Bir insan nasıl affedilir? Yüzlerce insandan duyduğum bir soru bu ve buna hazırlıklıyım.

"Benim önerim şu," diyorum, "babana tüm haklarını helal ederek."

"Yani, şimdi babamın karşısına çıkıp sana hakkımı helal ediyorum mu diyeceğim?"

"Hayır," diye yanıtlıyorum. "Babanın karşısına çıkmayacaksın. Allah'ın huzuruna çıkacak, dua edecek ve babama hakkımı helal ediyorum, Allah'ım diyeceksin."

"Bunu niye yapacağım, mantığı ne peki?" diye karşı çıkıyor.

"Kendin için yapacaksın. Kalbindeki kızgınlığı, öfkeyi, yer yer ortaya çıkan nefreti teskin etmek için. Bu nefretin sende intikam duygularını besleyerek sana nasıl zarar verdiğini, seni haklı iken haksız konuma düşürdüğünü görmüyor musun?"

"Hayır görmüyorum. Bunu bana daha çok göster, daha çok ikna et."

"Bir şartla," diyorum. "William Shakespeare'in yazdığı bir oyundan uyarlanan *Venedik Taciri* filmini seyretmeni istiyorum. Hem en sevdiğin oyuncu oynuyor. Al Pacino. Oyunun kitabı da var. İstersen kitabı da okuyabilirsin. Ya da hem filmi seyret hem kitabı oku. Sonra bu konuya tekrar dönelim.

"Peki," diyor. Hiç itiraz etmeden ilk kez "peki," diyor. Üstelik hem kitabı okumaya hem de filmi seyretmeye "peki," diyor.

BİR DAMLA KAN AKITMADAN KESEBİLECEK MİSİN?

Çarpan bir söz, çarpan bir araba, değen bir kurşun, aldatılma, yalana maruz kalma, hakarete uğrama, iftiraya uğrama. Yaşam incitilmelerle, haksızlıklarla dolu. İyi ile kötünün çarpışma yeri burası. İnsan vicdanının istediği ise adalet. Zulme uğradıysak adaletin tecellisini, hakkımız elimizden alındıysa hakkın iadesini, incitildiysek, aşağılandıysak onarılmayı isteriz. Hepimiz adaletin peşindeyiz.

Ama aynı zamanda adaletin tam tamına tecelli etmediği bir hayatın içindeyiz. Sadece alınmamış hakların adaletsizliği değil vicdanımızı huzursuz eden. Fazlasıyla alınmış hakların adaletsizliği de insan vicdanımızı kasvete boğar.

Adalet aramanın sınırları nereye kadar uzanır? Adalet, mazlum iken zalim durumuna düşmeden nasıl sağlanır? Hayatla savaşan, kendini bir kurban gibi görüp kin ve hınçla donanan insan "ne daha fazla ne daha az"ın sınırında nasıl durabilir?

16. yüzyılın sonlarında, Venedikli tüccar Antonio mallarının denizde kalmasıyla paraya sıkışır. Çok sevdiği arkadaşı Bassonio'nun ise sevdiği kız Portia'ya kavuşabilmek için acilen nakit paraya ihtiyacı vardır.

Venedik Taciri filmi Antonio'nun Yahudi Shylock'ın yüzüne tükürme sahnesiyle başlar. Antonio, tefecilik yaptığı için Shylock'a hınç duymaktadır. Her insanın yüzü bir onur abidesidir. Rahmetin tecelli ettiği en parlak aynadır. Tükürmek insan narsisizminin doruk noktasını işaret eder. Tükürmek bir nesneyi kirletme girişimidir. Kimin yüzü olursa olsun yüz O'nun sanatıdır ve kirletilmemelidir.

Bazı hesaplar bu dünyada, bazıları da öte dünyada görülür. Antonio'nun hesabı çabuk görülecektir. Antonio, günün birinde, yüzüne tükürdüğü Yahudi Shylock'dan para istemek zorunda kalır. Shylock ise Antonio tarafından zulme uğratılmanın hıncıyla doludur. İşte, beklediği fırsat karşısına çıkmıştır. Bu, insanın yaşamdaki en büyük sınavlarından biridir. Fırsatı kullanarak incinmişliğini inciterek mi onaracak yoksa başka bir yol mu bulacaktır? Ezilenlerin, gün gelince en büyük ezen olmasının sırrı Shylock'da da tecelli eder. Fırsatı tepmez Shylock.

Antonio'ya istediği parayı faizsiz borç olarak verir. Şu şartla: Antonio parayı zamanında ödeyemezse borcunu "bedeninin herhangi bir yerinden kesilecek yarım kilo et"le ödeyecektir.

Gemileri denizde kaybolan Antonio borcunu ödeyemez. Shylock, yarım kilo et alacağını ister. Bu arada Bassonio ile Portia nişanlanırlar. Bassonio durumu haber alınca, arkadaşının yardımına koşar. Portia da avukat kılığına girerek mahkemeye katılır.

Shylock'dan merhametli olup Antonio'yu affetmesini ister, parasının kendisine Bassonio tarafından hem de üç katı olarak ödeneceği söyler. Fakat Shylock buna itiraz eder. "O beni aşağıladı, zararlarıma güldü, kazancımla alay etti, işlerimi köstekledi, dostlarımı benden soğuttu, düşmanlarımı kızıştırdı. Neden yaptı bunları peki? Ben Yahudi'yim de ondan," deyip konuşmasını şöyle noktalar: "Bir Yahudi bir Hıristiyan'a haksızlık edince karşılığında ne görür? İntikam. Peki, bir Hıristiyan bir Yahudi'ye haksızlık ederse bunun karşılığı ne olmalı? İntikam tabii. Ben hainlik etmeyi sizden öğrendim ve bunu yine size uygulayacağım. Bu işi sizden daha iyi yapacağıma inanabilirsiniz."

Portia Shylock'a şunları söyler:

"Merhamet zorla olmaz;
Gökten süzülen yağmur gibi iner düştüğü yere.
Kutsallığı iki yönlüdür:
Hem vereni kutsal kılar, hem alanı.
En yüce kişiler de en güçlüdür;
Tahtında oturan hükümdara
Tacından daha çok yaraşır.
Dünyevi gücün ilahi güce en yakın hali,
Adaletle merhametin uzlaşmasıdır."

Shylock kararlıdır. Adaletin uygulanmasını ister. Oysa Portia'nın söylediği gibi, birazdan tecelli edecek adalet merhametsiz bir adalet olacaktır. Ve merhamet duygusu zorla kazanılmaz. Gökten süzülen yağmur gibi inmelidir düştüğü yere. Shylock'ın kalbine merhamet düşmez. Kin ve hınç düşer. Taştan daha katı.

Filmin kanaatimce en kritik sahnesi, Shylock'ın bıçağı alıp Antonio'nun bedeninden yarım kilo et kesmeye başlayacağı andır.

Portia sorar:

"Eti tartmak için terazin var mı?"

"Evet," der Shylock. Portia devam eder: "Bu anlaşma sana bir damla kan dökme hakkı vermiyor. Sadece 'yarım kilo et'. O halde anlaşmayla verileni al. Yani tam tamına yarım kilo et. Ama eti keserken bir damla olsun Hıristiyan kanı akıtırsan Venedik yasaları uyarınca tüm malına el konulacak ve tüm mal varlığın Venedik devletine aktarılacak."

Bir damla kan akmayacak. Anlaşmaya sadık kalınacak. Sadece et kesilecek. Shylock sıkışır. Kendisine teklif edilen, borcun üç misli olan parayı almayı kabul eder. Bu sefer Portia "Hayır," der. "Eti kesmeye hazırlan. Ama kan akıtayım deme. Tam yarım kilo et kesmeye bak. Ne fazla ne daha az.

Yarım kilodan fazla veya az alırsan, bu fazlalık alacağın parçayı sadece bir gramın yirmide biri kadar ağırlaştırır veya hafifletirse; hatta terazinin kefesi tek bir saç telinin ağırlığı kadar oynarsa ölürsün ve tüm malına el konulur.

Shylock intikam ateşi ile hıncının peşinden gitmiş, haklı iken haksız, mazlum iken zalim, doğru iken yanlış duruma düşmüştür. İkinci seçenekten vazgeçmiştir; merhametli adaletin tecellisinden. Merhametle affetmek. Hakkını helal edebilmek. Mutlak bir Varlığa sığınabilmek: Sadece O'nun tam tamına hakkımızı alacağına teslim olmak. Ne daha fazla ne daha az. Bir damla kan akıtmadan. Bazen bu dünyada, çoğunlukla öte dünyada. Mahkeme-i kübrada.

Filmi bir kere daha seyrederken bir yandan da onu düşünmekten kendimi alamıyorum. Acaba babasını affedecek mi? Ona olan hakkını helal edebilecek mi? Yoksa... Yoksa hıncı onu yiyip bitirecek.

VERİCİ OLMAK... NEREYE KADAR?

Geriye dönüp şöyle bir bakmış. Bakmış ve telaşlanmış. Korkudan ardına dönüp dönüp bakan biri gibi sanki. Geçip gitmekte olan hayatına bakmaktan hem korkuyor hem de kendini alıkoyamıyor. Hayatımızın belli fasılalarında yaparız bunu. Genelde onarlı yıllarda. Fersiz kolları taşıyamıyor düş kırıklıklarını. "Ee, ne oldu şimdi," der gibi. Varını yoğunu ortaya koyduğu insanların vefasızlığı ile yalpalamış. Yetiştirdiği iki çocuk da hayırsız çıkıp sevilmek beklediği nazarlardan vefasızlık görünce hayat cam kırıklarıyla dolu bir kâseye dönüşmüş.

Aşırı verici bir kişiliği var. Kendini tüketecek kadar. Başkalarının ihtiyaçlarını daha fazla önemsemiş. Yoksa suçluluk hissetmiş. Hep başkalarının beklentilerini boşa çıkarmamak için yaşamış. Yakınlarına ilgi gösteren çoğunlukla o olmuş. Bir insanı severse onun için yapmayacağı şey yokmuş. Ne kadar meşgul olursa olsun başkalarına hep zaman ayırmış. Yakınlarıyla o kadar meşgulmüş ki, kendine hep çok az zaman kalmış. Hatta kalmamış. Ancak çevresindekiler mutlu olunca o da mutluymuş. Başkalarının sorunlarını dinleyen hep oymuş. O hep başkalarını düşünmüş.

"Sevdiklerim için o kadar fedakârlıkta bulundum ki küçük de olsa bir karşılığını bulamamak çok acı," diye söyleniyor. "Hep başkalarını düşündüm" ile "karşılık bulamadım" tezat teşkil etmiyor mu? Yok, ona değil kendime soruyorum. Ona ağır kaçar şimdi.

Vermek. Bir tebessüm. Bazen sadece ilgi. Hatır sorup gönül alma. Bazen ciddi maddi varlığımızı sunmak bir başkasına. Bazen zamanımızı. Bazen özenimizi. Bazen... Varımızı yoğumuzu. Verebileceğimiz neyimiz varsa artık. Her zaman verecek bir şeyimiz vardır illaki. "İhtiyacın olan şeye sahip olabilsem inan seve seve verirdim," diyebilmek kimi zamanda. Ama nasıl? Makbul bir vericilik nasıl olacak?

"Beyhude bir ömür geçirdim," diyorsa ağlaması yakındır insanın. Ağlıyor. "Bundan sonra kendim için yaşayacağım," diyor bir yandan gözyaşlarını silerken. Duraksıyorum.

Bir yanım bir açıdan zaten kendi için yaşadığını sezinliyor. Vericiliğimizin, fedakârlık ve feragatimizin karşılığını alamadığımızı hissedip, melül-mahzun bekleşmeye başlamışsak, bazı şeylerle yüzleşmenin de zamanı gelmiştir artık: Vericiliğimiz almak için miydi yoksa?

Bir noktaya dikilmiş bakışlarındaki ifadeyi yakalamak isterken, "Vermenin sınırını bir bilsem," deyiveriyor. Bir bilse. Bir bilsek. Başkası için yaşadığımızı zannederken aslında kendimiz için yaşamış olabileceğimizi de bir bilsek.

Aşırı vericiysek iki sorunla iç içeyiz gibi gelir bana. Biri vericiliğin sınırını aşarak kendi hayatımızı tüketmemiz diğeri de, başkası için tükettiğimizi düşündüğümüz hayatımızı aslında yine kendimiz için tüketmemiz.

Kocasında Alzheimer hastalığı başladığından beri adeta elini eteğini çekmiş hayattan. Varsa yoksa kocası. Kötü mü? Hayır. Kötü olan kendini hepten göz ardı etmesi. "Gittiğim arkadaş sohbetlerini bile bıraktım, bir an bile eşimi yalnız bırakmak istemiyorum." Evde yardımcı bir hanım da var. Yine de evden bir adım atmak dahi istemiyor. Ev boğuyor onu öte yandan.

İnsan ilişkilerini özlüyor. Dışarıda bir yürüyüşü özlüyor. Başını kapıdan uzatacak olsa suçluluk hissi kendinden önce adımını atıyor. "Her sabah dışarı çıkıp kısa da olsa bir yürüyüş yapmalısınız." önerimi kulak ardı edeceğini biliyorum.

Yine karşımda. Tabii ki, yürüyüş yapmamış. Bir ödevi daha vardı. Uzak bir ilde dünyaya yeni gelen torununu görmek için uçak yolculuğunu yapacağını söylediğinde hemen üzerine atlamıştım; "Uçak daha kalkmadan hosteslerin anonsları olur ya, bazı bilgiler verirler hani, onları dikkatle dinlemenizi istiyorum."

"Uçaktayken kabin basıncı düşerse ve yanınızda çocuğunuz varsa otomatik olarak açılan oksijen maskesini önce kime takarsınız?"

Yüzlerce uçak yolculuğu yapmış olanlar da dâhil olmak üzere çoğu kimse bu soruya yanlış cevap verir. Özellikle de anneler. O da hiç tereddütsüz "Çocuğuma," diyor. Hani dikkatle dinleyecekti anonsu. Bilgilendirme anonsunda maskeyi önce kendinize takın denir hâlbuki.

O da hayatta maskeyi hep başkalarına takmış önce. Takmış ve kendisi boğuluyor artık. Başkasına verecek bir şeyi kalmamış. Maskeyi önce kendimize takmak zahiren bencillik gibi dursa da verici olmanın sınırı konusunda bize bir ipucu verir. Başkaları için yaşarken kendimizi ihmal etmememiz gerektiğini anlatır bize.

Verici olmak... Nereye kadar? Bakara'nın 3. âyetini tefsir ederken vericiliğin (sadakanın) makbul bir vericilik olmasının beş şartından ilk şartının "Sadakaya muhtaç olmamak derecede sadaka vermek," olduğunu söylemez mi Nursi?

Kendilerine maske takmayanlar bencillik ederler!

NARSİSTİK YATIRIM OLARAK VERİCİLİK

Verebilmek zordur. Verince azalır korkusuyla biriktirme hastalığına yakalanıp, dur durak bilmeden hayatımızı bir yığmak haline getirmek aslında bizi azaltır. Öte yandan, biriktirme kadar vermenin de narsistik bir yönü vardır. İyilik yapıp denize atmak yerine, "ne verip ne alacağım" denklemi vermenin büyüsünü bozar. Vermek, almak içindir artık.

Bu denklem bir kez kurulunca alacağımıza dikkat kesiliriz. Beni takdir edecek mi? Karşılığını nasıl ve ne zaman alacağım? Vermek artık başkası için değil, narsistik yatırım için yalnızca bir sermayedir. Verebilecek şeylere "sahip olduğumuzun" kibri de alttan alta uğuldar. Gurur ve kibre düşmek için verebilmekten daha iyi bir fırsat var mıdır?

"Al gülüm ver gülüm"e bürünen vericilik, aylar yıllar geçer içimizde dikenlere dönüşür. Kıymetimizi kimse bilememiştir. Verdiklerimizin en ufak karşılığını alamamışızdır. Biz kendimizi başkalarına adarken, kimse bizim için kılını bile kıpırdatmamıştır. Kendimize acıyıp zavallı gibi algılarız. Verdiklerimiz boşa gitmiş gibidir. Vericiliğimizin pişmanlığı yakamıza yapışır. Peki, sorunumuz nedir?

Farkında olmadan, bize minnet edilmesini beklemişizdir. Yaptığımız iyilikleri ne denizlere atabilmiş ne de ahrete yollayabilmişizdir. "Ben size rızkı veriyorum. Benim malımdan benim abdime vermekte minnetiniz yoktur," emrine muhalif davranmışızdır. Verdiklerimizin karşılığını O'ndan değil, verdiklerimizden alma beklentisine girmişizdir.

Şunu sorsak ne iyi ederiz: İnsan neyi vermektedir? Verdiğimizi düşündüğümüz her şey O'nundur, O'na aittir. Başkasına olan ilgimiz, kalbimizde uyanan şefkat ve merhamet, içimizde uyanan yardım isteği sahiden bize mi aittir? Sevdiğimize verdiğimiz papatya kimin sanatıdır, yapraklarında kimin güzelliğinin tecellisi tebessüm etmektedir?

Hangi anne baba kalbinde şefkat olmasaydı çocuklarının başında uykusuz geceler geçirebilirdi? Bizi başkalarının yardımına koşturan her güzel duygu O'nun içimizde yarattığı bir fiil değil midir? İçimizde yaratılmış merhamet duygusu olmasa aç bir kediye sütü niye verelim ki? Acıkma hissi ile yiyeceklere yöneldiğimiz gibi, Yaratıcı'nın içimize koyduğu çeşit çeşit duygularla başkalarına yöneliriz. İçimize doluşan güzel duygular önümüze düşer, biz de onların peşi sıra gideriz. Yaptığımız yapacağımız budur. O'nun bize verdiklerini yine O'nun bize verdiği verme isteğiyle başkalarına veririz. O kadar!

Oysa verdikçe, şeytan, "Ben, benim, bana ait," sözcüklerini kullanıma sokmak ister. Şeytan fısıldar: "Seni ben büyüttüm, seni ben adam ettim, ben olmasaydım halin nice olurdu, benim sayemde..." Kimi zaman da biz kendimiz söyleriz: "Sen olmasaydın ne yapardım?" Yaratıcı bir kapıyı kapatır, başka kapıyı açar hâlbuki. Bu, vesileleri görmezden gelmek değildir. Vesile olanların da teşekkür ve kıymet verilme hakkı vardır elbet. Sorun verirken kendimizi alırken vereni ilahlaştırmamızdır.

Vermenin narsistik hazzına tutulmak bize vermenin sınırlarını da zorlatır: Sınırsızca vermek. Fütursuzca. Ancak Yaratıcı yine imdadımıza yetişir ve vermenin sınırını belirler: Makbul olan vermek "sadakaya muhtaç olmayacak derecede sadaka vermektir."

Hamile ve loğusa kadınların envai çeşit yiyeceklerle beslenmesi nasıl ki çocuklarına karşı bencilce davranmak değilse; uçakta kabin basıncı düşünce otomatik olarak açılan oksijen maskesini önce yanımızdaki çocuğa değil de kendimize takmak da bencillik değildir. Maskeyi önce çocuğumuza takarak kendimizi ona feda edelim derken, kendimizi bize muhtaç çocuğumuzdan mahrum ederiz. Beslenmeyi maddi beslenmeden öteye taşırsak; ruhsal, duygusal beslenmemiz, kendimizi çok yönlü geliştirme uğraşılarımız başkalarına vericiliğimizin devamı için elzemdir. Verecek şeylerimiz varsa verebiliriz çünkü (Elbette başkaları için veya bir ideal uğruna hayatlarımızı feda edecek kadar verici olabileceğimiz durumlar vardır ve bunlar bahsimizden hariçtir).

Verirken aklımızın bir köşesinde dursa iyi olacak diğer bir ölçüyü daha çıkarır âyetten Nursi: "Öyle adama veresin ki, nafakasına sarf etsin. Yoksa sefahate sarf edenlere sadaka makbul olmaz."

Bize verilenlerden vermek, ihtiyacımız olan diğer bir ölçüdür. Babamdan sıkça duyduğum gibi, "El kesesinden kabadayılık yapmak kolaydır." Bize verilenlerden vermekse zor.

Verdiklerimizin karşılığını O'ndan daha adil, O'ndan daha cömert kim verebilir ki? O zaman niye acele edelim! Şunun şurasında hepi topu kaç yıl yaşıyoruz şu dünyada? Az biraz beklesek O'nun için ve O'nun adına verdiklerimizin karşılığını öyle bir bulacağız ki, muhtemelen çok mahcup olacağız. Beklemeye değmez mi?

ÇABUK SIKILMAK

Annesi çayı demliyor, bardağa koyuyor, sessizce masasına bırakıyor. "Yok, daha neler, yirmi yaşındaki kızma çay servisi mi yapacak?" demeyip şimdi sıkı duralım. Bir de şekerini karıştırıyor. Yeter ki kızı ders çalışsın, okulunu bitirsin, iş sahibi olsun.

Elini sıcak sudan soğuk suya vurmuyor. Annesi vurdurmuyor. Hâlâ bir çorba karıştırmayı bilmiyor. Yatağını nadiren zahmet edip topluyor, çoğunlukla da annesi. Odasını annesi silip süpürüyor. Üniversite üçüncü sınıfa devam edecek. Edemiyor. Alttaki derslerin yarısından fazlası duruyor. "Derslerini de annen çalışsa da rahat etsen," diye takılıyorum. "Valla ne güzel olurdu," diyor. Ciddi mi?

O, bir "bitmemiş işler koleksiyoncusu." Bir ara gitar çalmaya merak salmış. Yalvar yakar babasına gitar aldırmış. Sadece dört ders almış. Beşincisinde hoca moca istememiş. Bir ara resim kurslarına gitmiş. Topu topu üç kez. Sonra İngilizce kursuna yazılmış. Tam hatırlamıyor, galiba yedi ya da sekiz kereden sonra ona da havlu atmış.

"Başka?"

"Sıkıştırmayın beni, utanıyorum söylemeye... Tamam, bir de..."

Öylesine rahatına düşkün ki, bıraksalar da bir iş yapmadan oturduğu yerde otursa. Terlemese, yorulmasa, hastalanmasa, yürümese, otobüs yolculuğu yapmasa, annesi "Evde şu bu kalmadı kızım, bir koşu markete git," demese, güneş daraltmasa, hocalar ödev vermese.

Tamam, biraz abarttım, bu kadar da değil ama buna yakın bir rahatlık arzuluyor. Zahmetsiz, külfetsiz bir hayat. O otursa, her şey ayağına gelse. Herkes annesi gibi olsa keşke. Herkes, annesi gibi değil. Hayat hiç değil. Üniversitedeki hocaları hiç mi hiç değil.

"Benim sorunum her şeyden çabuk sıkılmam," diyor.

Hayır, onun sorunu her şeyden çabuk sıkılması değil. Hepimiz bir iş yaparken çabucak sıkılabiliriz.

"Gitar çalmayı öğrenmekten nasıl vazgeçtiğini biraz daha ayrıntılı anlatır mısın?"

"Ayrıntılı ne anlatabilirim ki! Hocanın verdiği ödevleri çalışırken sıkılıyordum."

"Ee, sıkılabilirsin, ne var ki sıkılmakta?"

Yüzüme bakıyor. Ciddi miyim diye. Gayet ciddiyim. Sıkılmakta ne var!

"Öğrenmeye karar verirken neler hayal etmiştin?"

"Çok zevk alacağımı düşünmüştüm. İlk başlarda öyleydi de. Gitarın tellerine dokunmak inanılmaz keyifliydi. İlk iki dersten sonra zorlanmaya başladım. Hocanın istediği gibi çakmıyordum. Defalarca denemem gerekiyordu. Zevk vermiyordu çalışmak. Ben zevk almadan bir şeyi yapamam. İnanılmaz sıkıldım, ben de bıraktım."

"Sence çabuk sıkıldığın için mi vazgeçtin öğrenmekten?"

"Öyle değil mi?"

Öyle değil.

Bir işe yelteniriz. Faaliyet zevk verir. Bazen de sıkıntı. İlerlemenin, gelişmenin bedeli vardır: Külfet ve zahmet. Defalarca denemek zorunda olabiliriz yapacağımız işi. Her denemenin bedeli de içimize dolup taşan sıkıntı hissidir. Sıkıntı hissini düşman belleyenler bunu engel olarak görüp yılgınlığa düşerler. Sorun çabuk sıkılmak değil, sıkıntı hissini yaşamamalıyım diye yapılan işten vazgeçmektir.

Bazen de uzun vadeli bir işe koyulup kolları sıvamaya kalktığımızda bazı zevklerimizden fedakârlık etmek zorundayızdır. Üniversite sınavına girecek öğrencilerin daha az film seyretmesi, arkadaşlarıyla daha az buluşup sohbet etmesi gibi. İşe koyulduğumuzda içimiz içimizi yer. İşin başından kalkıp televizyonu açar bir filme takılır, internet başında saatlerce vakit öldürürüz. Çünkü televizyon ve internet bizden enerji talep etmez. Dünyanın en kolay yapılan eylemlerindendir her ikisi de.

Oysa bir kitabın başına otururuz. Kitap bizi zorlar. Anlamak zahmetlidir. Düşündürür. Enerji sarf ettirir. Anlamadığımız yerleri bir kere, bir kere daha okumak zorunda kalırız. Hafakanlar basmaya başlar. Oflarız puflarız. Kitabın kapağını kapatmak an meselesidir. Sıkıntı hissini yaşamaktan kaçınanlar ya uykuya dalar ya da yeniden televizyon veya internet başına çöker.

Hâlbuki birçok işte işin sonunda zevk alırız. Bir ev hanımı evini silip süpürürken hiç de zevk almayabilir. Lâkin evi tertemiz yapıp şöyle karşıdan bir evine bakınca aldığı zevki neyle ölçebiliriz. Bir romanı yazarken sıkıntıdan patlayan bir yazar, ancak yazmayı bitirip de romanını kitapçı raflarında gördüğünde ücretini-hazzını alabilir (genelde öyle olur). Bu biraz dünya-ahiret denklemine benzer. Burada çalışır, orada ücret alırız. Dünyadaki ücretlerin bazıları, belki de çoğu, işin sonunda verilir.

Bir işin sonunu getirmek sabır gerektirir. En çok da sıkıntı yaşamaya sabır. Tamam, eğlenceli aktivitelere de ihtiyacımız vardır. Ama yaptığımız işlerin bize anında zevk ve haz sunma zorunluluğu yoktur.

Çalışırken "anında" ücret talep edenler yarı yolda kalmazlar, sıkça yan yoldan dönerler. Oysa bu daha zahmetli değil midir?

Nasıl karşılar acaba bunu? Saygısızlık olarak mı addeder yoksa bir terapi tekniği olarak mı? Terapi tekniği olduğunu fark ederse etkisi az olur mu? Bu kadar soru bir an fazla geliyor. Her ikimizin de samimiyetine güvenmekten başka bir seçeneğim yok.

"Evet, ben de senin yetersiz bir insan olduğuna katılıyorum. Hatta senden daha ileri giderek mutlak yetersiz olduğuna inanıyorum," deyiveriyorum.

"Neden böyle düşündüğünü açıklamak zorundasın."

"Çok basit. Şu duvarın arkasını göremiyorsan ki göremezsin, yetersiz bir insansındır."

"Duvarın arkasını bütün insanlar göremez ama!"

"Bütün insanlar neler yapamaz başka?"

Uzun bir liste yapıyoruz.

"Duvarın ötesini neden göremiyorum diye hiç kendine kızdın mı?"

"Saçma bir soru değil mi bu! Tabii ki kızmadım, bu kendime haksızlık olurdu. Sen bana bir şeyler anlatmaya çalışıyorsun ama neden bunu böyle dolaylı bir yolla yapıyorsun? İllaki bir tekniğin mi olmak zorunda! Gerçi terapistlerin de farkı bu olmalı. Eğer bunu sadece bir fark oluşturmak için yapıyorsan, bana anlatmak istediğini doğrudan söylersen daha çok memnun olurum."

İlk görüşmemizde içinde bulunduğu ruh halini anlatmak için yaptığı teşbihle büyülenmiştim: "Hani baharda kışlıkların kaldırılması sırasında dolaplarda ne var ne yok hepsini odaya dökersiniz ya, toplamak için. Birazını katlayıp raflara yerleştirirsiniz ama sonra yorulursunuz, bıkarsınız da 'Aman' deyip hepsini tortop edip dolaba yeniden tıkıştırırsınız ya..." Bir anda dünyasının içinde bulmuştum kendimi. Bundan daha güzel bir benzetme olabilir miydi? Oysa söze o çok bildik girişle başlamıştı: "Hayatımda bir şeyler ters gidiyor, bir şeyler eksik ama ne olduğunu tam olarak çözemiyorum."

Ruh hali çökkünleşmiş insanların başına gelen onun da başına gelmişti. Kimse ona ne olduğunu anlayamıyordu. Neden anlaşılamadığını anlamak için zihnimde sorular biriktiriyordum ki, bekleyip sabretmemin ödülünü almıştım.

"Çünkü oda tertemiz, bütün fazlalıklar dolaba tıkıştırılmış. Dağınıklık yok, her şey mükemmel gibi görünüyor. Ama ben bir şey lazım olduğunda, elimi dolaba her attığımda her şeyin odaya saçılmasından ve onları yeniden tıkıştırmaya çalışmaktan yoruldum."

İkinci kez büyülenmiştim. Tertemiz ve düzenli bir oda ile karmakarışık dolap imgesi zihnime öylesine kazınmıştı ki bir daha unutacağımı sanmıyordum.

Takıntı haline gelmişçesine hayatı sorguluyordu. "Aslında cevabı biliyorum ama bir türlü içselleştiremiyorum," diyordu. Bildiği cevapların kendisine yetmediğine de kızıyordu. "Bir yerde hata yapıyorum, ama ne bu?" sorusu etrafında dönme dolap gibi dolanan zihninin enerjisi tükendi tükenecekti. Evet, bir yerde hata yapıyordu. Hepimiz bir yerlerde hata yaparız çoğunlukla. Hayatımızın tümü hata ile geçmez. Ama hata bazen öylesine önemli bir yerde yapılır ki o hata küçücük de olsa hayatla bağımızı koparma noktasına getirebilir bizi.

Kendini göçebe gibi hissediyor, birazdan "hadi kalk, gidiyoruz" diyecekler gibi yaşıyordu son birkaç aydır. "Evet, tam öyle diyecekler. Ama birazdan, ama yıllar sonra. Ama bir gün mutlaka ama mutlaka diyecekler." Yok hayır, bunları ona söylemiyorum, içimden söylüyorum, kendime mi ona mı söylediğimi bilmeyerek.

Genel olarak hayatında başarılı bir insan olduğunu söylemişti altını çize çize. Sınavlara hep düzenli çalışırmış. İstediği yerleri hep kazanmış. İşyerinde hep çalışkan biri olarak bilinmiş. Titiz, mükemmeliyetçi. Yaptıklarını en iyi şekilde yapmalıyım diye didinenlerden o. Ama, evet bir ama var işte.

"İnsanların çabalarımı takdir etmesini 'alçakgönüllülükle' kabul ederdim."

İkimiz de suskunlaşıyoruz.

"Ne?"

"Ne ne?"

"Niye baktın öyle?"

"Ne demek istediğini bilmiyorum inan."

"Hadi canım, bal gibi biliyorsun; sol kaşının hafifçe yukarı doğru kalktığını, 'Alçakgönüllülükle kabul ediyordum'a takıldığını neden söylemiyorsun açık açık?"

Haklıydı, "alçakgönüllülük" kelimesine takılmıştım. Neden takıldığımı ise hikâyesinin gerisini dinleyince birlikte anlayacaktık. İlk seansın sonunda "Benden istediğin nedir?" dediğimde: "Karmakarışık dolabımı düzenlememe lütfen yardım et," diye cevap vermişti. Elimden geleni yapacağıma söz vermiştim ben de.

***

İnsanın gerçek benliği ancak istekleri, arzuları gerçekleşmediğinde ve başarısızlık durumlarında belirir. Sonsuz İrade şöyle bir dokunur hayatlarımıza. Varoluş, apaçık gerçekleriyle yolumuza dikilir. Biz, varolmayı unutmuş, sıradan hayat olaylarına kaptırmış giderken. İstenir ki hayat kimindir, kimin için yaşanıyordur, anlayalım. Ve istenir ki gerçekten bize verilenlere alçakgönüllülükle mi mukabele ediyoruz, bilelim. Elimizden alınanlara alçakgönüllülükle mukabele edemiyorsak verilenlere de alçakgönüllü davranmıyoruzdur.

Son derece gelişmiş sezgileriyle, güvendiği aklıyla geçirdiği başarılı yılların ardından tökezlemişti. "Sonra" demişti, önemli bir şey söyleyeceğini ima eden bir ses tonuyla, "bir ayrıntıyı atlayınca önemli bir işi bağlayamadım." İlk kez başına geliyormuş. Kendine güveni sarsılmış, neredeyse tüm çalışma isteğini kaybetmiş. Arkasından, "Elimden hiçbir şeyin gelmediği, olmasını çok istediğim ama ne yaparsam yapayım olmasını sağlayamadığım," diye tanımladığı başka bir sorun da, birincinin zamanını kolluyormuşçasına, "Ben de buradayım," demiş. Ne olduğunu sormadım, o da anlatmadı. Merakımı mı körüklüyordu? Belki de o dolabın kapağını açmak istemiyordu henüz.

"Bunu nasıl göremedim!" diye dövünüp duruyordu. Kendini güçlü, yeterli biri olarak kabul eden sistemi çökmüştü. O hiç hata yapmazsa, yaptığı her işte en iyi olursa, istediklerini elde ederse "yeterli, güçlü" bir insandı. Böyle kurgulamıştı kendini. Şimdi kurgusu çatırdıyordu. Beceriksiz, yetersiz bir insan olduğuna inanmaya başlamıştı. Bu kadar yetersiz ve beceriksiz biri nasıl olup da birçok işi kotarabilmişti.

O önemli işi bağlasaydı, "Nasıl da atlamadım ve bunu da başardım," diye kendini yücelteceğini hissetmiş, bunu onunla paylaşmış fakat hiçbir tepki almamıştım. Ama o beni bir kez daha şaşırtmıştı. Bir sonraki görüşmede, "Kaşının hafifçe yukarı kalkışı işe yaradı," diye söze başlamıştı. "Alçakgönüllülük üzerine çok düşündüm. Şimdiye kadar başımdan geçen olumlu, başarılı şeyleri Allah takdir/nasip ettiği için yaşayabildiğimi göz ardı etmişim. Tamam, gösterdiğim başarılarda iademi tümden yok sayamam ama yapıp ettiklerimin bir hak ediş değil, lütuf olduğunu anlıyorum şimdi. Aslında bu yaşadığım dönem de Allah'ın bir lütfü olsa gerek, yoksa ben hâlâ 'Ben yaptım, ben başardım' diyerek ortalıkta gezecektim, aslında her sancı bir doğumun habercisi gibi belki de. Belki de Allah, bu yanlışımı fark etmemi istedi."

Soluğumu tutmuş dinliyordum ki, "Şimdi soru şu," deyip bir süre sustu. Ben de biraz soluklanıp bütün dikkatimi ona verdim. "Hayatta bana verilen olumlu şeyleri memnuniyetle kabul ediyorsam, olumsuzlukları nasıl tevekkülle kabul edebilirim? Yani nasıl sonsuz teslimiyet içinde olabilirim?"

Gerçekte tahammül edemediği, teslim olamadığı, yaşadığı olumsuzluklar mıydı? İnsan benliğinin başarısızlıklara ya da isteklerinin gerçekleşmemesine duyduğu tahammülsüzlüğünün, büyük ekseriyetle aslında bu durumların bize hissettirdiği "acizlik, yetersizlik" hissine yönelik olduğunu biliyordum. Ve onun da başının "acizlik, yetersizlik" hissiyle iki şekilde dertte olduğunu fark etmiştim (aslında her iki yetersizlik hali birbiriyle iç içedir, anlaşılması için zoraki ayırıyorum). Birincisi; varoluşsal olarak hepimiz mutlak yetersiziz. Bu her insana özgüdür. Yani yetersizlik, acizlik özü itibariyle kötü bir şey değildir. Çünkü yetersizlik, acizlik bizim özümüzdür. Böyleyiz biz. Ölümünün önüne geçemeyen güçlü kuvvetli olduğundan bahsetmemeli değil mi?

İşte duvarın ötesini göremeyeceğini fark etmesini bu yüzden istemiştim. Hepimizin özündeki o insani mutlak yetersizliği, acziyeti görmesini, bunu kabullenmesini istiyordum.

İkincisi: "başarısızlık" diye tanımladığı olay, gerçekten işiyle ilgili bir yetersizliğine dayanıyor olabilirdi. Ama o, tek bir olay için yaşadığı yetersizliği bütün kimliğine yaymış ve "yetersizim" kabulüne bulanmıştı. Bu kabulle ne yaparsa yapsın yetersiz bir kişi olarak algılıyordu kendini. Bu genelleştirici bakıştan kurtulmasını istiyordum. "Yetersiz biriyim," yerine, "şu olayda yetersizlik gösterdim," ya da "hesaplarda bir şeyi atladım, o an yetersiz davrandım," şeklindeki adil değerlendirmeyi yapabilsin istiyordum.

Seans bittiğinde yakınlarda okuduğum şu satırları hatırladım nedense: "Ey insan! Kendini kendine Malik sayma, sen kendini idare edemezsin, o yük ağırdır. Öyle ise beyhude ıstıraba düşüp azap çekme, mülk başkasınındır. Dehşet aldığın zaman 'Mevla'm görelim neyler, neylerse güzel eyler' de, pencerelerden seyret, içlerine girme."

Belki onun sorunlarıyla doğrudan bir ilgisi yoktu bu cümlelerin ama zihnimi okusaydı "Pencereden seyret, içlerine girme ne demek?" diye soracağına o kadar emindim ki. Onun yerine ben sordum.

MÜTEVAZI NARSİSİZM: KENDİMİZİ HAKİR GÖRMEK

Kara kuru bir çubuğun ucuna tutturulmuş üzüm taneleri gibiyiz. Bir kara kuru çubuğa, bir üzüm tanesine bakarız. Bir kara kuru çubuk hükmündeki kendimize, bir elimize konmuş/ tutturulmuş başarılara. Üzüm tanesine baktıkça gurura kapılasımız gelir, kara kuru çubuğa baktıkça gururu hak edecek "hiçbir şeyimiz olmadığına" hükmederiz.

"Ben yaptım!" ne cazip bir sözdür. "Ben yetiştirdim, ben yazdım, ben akıl ettim, ben başardım, ben büyüttüm." Bir ben sarmalında dolanıp dururuz. Benliğimiz kurum kurum kurulmak, "ben yaptım"ın narsistik hazzıyla dolup taşmak ister. Bütün bakışlar üzerimize toplansın, tüm takdirler bizde biriksin ister. Hayranlık dolu birkaç söz iştahımızı kabartır. Egomuz övgü dolu birkaç sözle biraz daha şişmek, genişlemek ister.

Vicdanımızsa içerde, taa derinlerde huzursuzlaşmaya başlar. "Hadi canım sen de, gururlanmaya hakkın yok, takdir edilmesi gereken sen değilsin," diyen sesini duyurmak ister. Ruhumuzun, vicdanımızın yüzü kızarıp mahcup olur. Övgü ve hayranlığı hak edecek şeylere sahip olmadığımıza, mütevazı olmamız gerektiğine inandırmak için dürtükler durur bizi.

Onu dinlerken zihnimde kara kuru bir çubuğa tutturulmuş üzüm taneleri imgesi vardı. Narsisizmle mütevazılık arasında arafta sıkışıp kalmıştı. Çözümü kendini hakir görmekte bulmuştu. Ne yapsa kendini küçümseyecek bir gerekçe buluyordu. İyi bir not mu aldı, bildiği sorular denk geldiği içindi. Bir arkadaşı onu övdü mü, ona acıdığındandı. "Yaptım, başardım" demeye ödü patlıyordu. Gurura kapıldığını düşünerek karalar bağlıyordu. Öte yandan benliğinin narsistleşmemesi için geliştirdiği hakir görme yöntemi de başka bir marazı üretiyor, kendini aşağılayarak varoluşunu incitiyordu.

Kendini hakir görerek mütevazı olma projesi öylesine kasvetli idi ki, kimi zaman onu silkeleyip, "Kendini bu kadar hakir görmeye hakkın yok, kendine zulmetmemelisin, bu adaletsizlik, yeter!" demek istiyordum. Zihnimi işgal etmiş üzüm çubuğu imgesini bir kenara koyarak başka bir yöntem denemiştim.

"Birisi senin için son derece güzel bir elbise dikip onu sana hediye etse; elbiseyi giyince gerçekten çok hoş ve güzel görünsen ve görenler de, 'Aaa çok güzel olmuşsun!' dese ne hissedersin?" "Çok utanırım bana böyle söylenmesine. Sanırım, 'Yok canım, nereden çıkardınız güzel göründüğümü,' derim."

"Yani mütevazı olmaya çalışırsın."

"Evet, bunun çok sık başvurduğum bir yöntem olduğunu anlattım sana. Kendimi hakir görürüm."

"Emin misin? Hakir gördüğün gerçekten sen mi olursun?"

"Ben olurum tabii ki, başka kim olacak ki!"

Sorunu buydu. Hakir gördüğünün kendisi olduğunu sanıyordu çünkü kendini güzelleştiren şeyin elbise olduğunu unutup güzelliği sahiplenerek bizzat güzel olduğu vehmine kapılıyor, içinde uyanan gurur ve kibirden uzak durmak için de kendini hakir görmeye sığmıyordu.

"'Yok canım, nereden çıkardınız güzel göründüğümü,' dediğinde elbiseyi senin için diken ne hisseder sence?"

"Bilmem, üzülür ve incinir sanırım."

İşte sahici olmayan tevazunun sorunlu yönü tam da burada belirir. Bize verilenlere tevazu ile karşılık vereyim derken verilenleri inkâra varırız bilmeden.

"'Evet, çok haklısınız, çok güzelim' mi demeliyim peki? Bunu söyleyemem. Çok mahcup olurum, suçluluk hissederim böyle söylersem."

"Güzel bir elbise ile güzelleşir miyiz yoksa güzel mi görünürüz?"

"Hımm, anladım sanırım ne demeye çalıştığını; 'Evet, güzel görünüyorum fakat bu güzellik bana değil elbiseye daha doğrusu elbiseyi benim için dikene aittir,' demeye getiriyorsun lafı. Ben de gösterdiğim başarıları hakir gördüğümde onların bana verildiği gerçeğini ihmal edip onları bana veren Yaratıcı'nın vericiliğini de inkâr etmiş gibi oluyorum."

Seansın bitimine yakın "Harika bir iş çıkardın," demişti. Ondan ilk kez seanslara ilişkin olumlu ya da olumsuz bir yorum duyduğumdan şaşırmıştım. Beni mi sınıyordu?

"'Evet, harika bir iş çıkardım,' diye düşünsem bu narsistik bir tutum olur. 'Yok canım, ben ne yaptım ki,' desem bu da O'nun nimetini inkâr olur, doğrusu 'Evet güzel bir seans oldu ve bu O'nun ikramı,' demek sanırım."

Muzipçe gülümseyince, "Sınavı geçtim mi?" diye sormuştum. "Bu bir sınav değildi, minnacık bir testti sadece," demiş ve ilave etmişti: "'Evet, bu güzel bir seans oldu ve O'nun ikramıydı,' diye düşünebilmek de O'nun başka bir ikramı olsa gerek,' diye de düşünmelisin ayrıca." Haklıydı.

YA ONU KIRDIYSAM

Odayı saran havanın yirmi iki derecelik sıcaklığından bunalmıştım. Köy evleri öyle miydi hâlbuki. Dışarının ayazı illa da duvardan ya da pencere pervazından bir çatlak bulup içeriye sızardı.

Pencereyi sonuna kadar açıp içeri hücum eden sert havaya yüzümü verdim. Kışları babaannemin köydeki evinde pencerenin pervazından içeri sızan havanın uğultularına dalmıştım. Uyuşuk bedenime canlılık gelmişti. Onun buyurgan sesi pencereyi kapatmamı istedi. Demek ki odaya gelip koltuğa oturmuştu. Pencereyi yarı açık bırakarak koltuğuma çöktüm. Bir on dakika pencerenin açık kalmasına izin verirse çok memnun olacağımı söyledim. Anlaştık.

Sorular soruyorum. Doğru zamanda doğru sorular gibisi yoktur, çünkü onlar iyi cevapların anahtarıdır. Cevapları kısa kısa, kesik kesik. Kısa menzilli silahtan çıkan mermi gibi pat diye önüme düşüyor sözcükleri.

Derdi insanları kırmaktan aşırı korkması. İnce eleyip sık dokuyor. Konuşurken kelimeleri cımbızla seçiyor. Bin düşünüp bir söylüyor. Hassas kuyumcu terazileri gibi. İnsan sesinin titreşimlerini radar hassasiyetiyle ölçüp biçiyor. En ufak ses değişikliklerinin neye karşılık geleceğine dair fikirler üretiyor.

Sesler kadar mimikleri de yorumlamada uzmanlaşmış. Öyle söylüyor. Üzerimde bir huzursuzluk var. Onun algı alanındayım. Hareketlerimin izlenmesi en rahatsız olduğum şeylerden.

Yakınlarda bir arkadaşıyla telefonda görüşmüş. Telefonu kapattıktan sonra üzüntüden kahrolmuş. Arkadaşımı kırdım mı diye iki saat gözüne uyku girmemiş. Bir ara dalsa da kesik kesik uyumuş. Sabah olur olmaz eline telefonu almış bırakmış, almış bırakmış. Sabahın köründe aramak garip gelmiş. Bu sefer de arkadaşının, "Ne oluyor bu kıza, neyi var, niye sabahın köründe aradı?" deyip hakkında kötü düşünmesinden endişelenmiş. Bu cümleyi not ediyorum. "Hakkında kötü düşünmesinden endişelenmiş"in altını çiziyorum. Dikkatlice, kalemi elime alışıma bakıyor. Ne yazdığımı merak ediyor olmalı. Onun hakkında ne düşünüyorum acaba?

"Anladığım kadarıyla senin esas meselen insanları kırmaktan aşırı derecede korkmak," diye bir özet yapıyorum. On dakikayı aştık. Kalkıp pencereyi kapatıyorum. Kim bilir hakkımda ne düşünüyordur şimdi?

"Evet," diyor, başını sallayarak, "benim sorunum tam tamına bu." Ekliyor: "Bunun hayatıma getirdiği maliyeti bir bilsen." Ne var yüzümde, niye yüzüme dikkatlice bakıyor. Bir ayna olsa da ben de baksam. Yoksa gerçekten kötü mü görünüyorum? Ya da ona inanmadığımı mı düşünüyor? Ona inandım mı?

Zihin okumak, yani suizan kötü bir haslettir. İnsanların sözlerini esas almak gerektiğine inanırım. Ben de onun söylediklerini esas aldım ve evet, insanları kırmamak için kılı kırk yararken asıl derdinin insanları kırmaktan kaçınmak olduğuna inanmadım. Hayır, zihnini falan okumadım. Bunu o söyledi ya. Not aldığım cümleyle! Acele etmeyip etraflıca soruşturmaya girişiyorum.

Telefonda söylediklerinden dolayı arkadaşını kırdığını düşündükten sonra hayalinde neler canlandığından bahseder miydi? Arkadaşı telefonu kapatıyor. Onun ne kadar düşüncesiz ve kaba olduğunu düşünüyor. Sonra onu terk ediyor. Bir arkadaş topluluğunda karşılaşıyorlar, yüzüne bile bakmıyor, onu dışlıyor. Sakin sakin anlatıyor. Sorularla daha fazla bilgi alıyorum. İnsanların istediklerini yapmalarına izin veren, hayır demekte inanılmaz zorlanan biri o, çünkü hayır dediğinde doğacak sonuçlardan korkuyor. Diğer insanların isteklerine uymaktan başka çaresi olmadığını hissediyor, çünkü reddedilmekten ödü kopuyor. İlişkilerinde, diğer kişinin yönlendirici olmasına izin veriyor. İnsanlarla çatışmamak için her çareye başvurabilir. Dışlanmamak için, başkalarını memnun etmek için yapmadığı kalmıyor. Kırmamak için kırılıyor.

"İnsanları kırmamak için kılı kırk yardığını söyledin ama sanki telefonu kapattıktan sonra esas dert ettiğin başkaymış gibi geldi bana."

"Evet," diye atlıyor, "insanların hakkımda kötü düşünmelerinden çok kaygılanırım." Duralıyor. Ağzından çıkanlara şaşırıyor.

"Yani, esas derdim insanları kırmak, incinmelerinden endişe ve üzüntü duymak değil, hakkımda kötü düşünüp beni terk etmelerinden korkmak, öyle mi düşünüyorsun?"

"Tüm konuştuklarımızı bir araya getirirsek bunu sen söyledin aslında değil mi, ben sadece bunu sana göstermeye çalıştım."

"Bugün sende bir tuhaflık var. Aksi ve huzursuzsun ama ilginç olanı şimdiye kadarki en iyi seanstı."

Lewis Carroll'un "Alice Aynanın İçinde" öyküsünü okumasını öneriyorum. Okuyacağına söz veriyor. Üzgün bir ifadeyle odadan çıkıyor. Yoksa onu kırdım mı?

Pencereyi yeniden açıp soğuk havayı hissetmek istiyorum. Sıra kendimde. Bir saat önce arkadaşımla telefonda konuştuktan sonra onu kırdım diye mi üzülmüştüm yoksa derdim onu kırıp kırmamak değildi de hakkımda olumsuz düşünüp düşünmediği miydi? Yüzüme soğuk hava çarptığında sert bir soru daha benliğime çarpıyor: Seansta onu kırdım diye mi yoksa hakkımda kötü düşündü diye mi endişeleniyorum?

BAŞKASININ RÜYASINDA VAROLMAK

Seansa daha epey bir zaman var. Açık pencereden yüzüme değen ayaz bile hayalhanemden çıkaramıyor beni. Geçen seansı düşünüyorum. Anlattıklarına bakılırsa sorunu, insanların hakkında olumsuz düşünmesinden endişelenmek de değildi. Esas sorunu, insanların hakkındaki düşüncelerini önemsemesiydi. İnsanların hakkımızda olumlu düşünmesini ne kadar önemsersek, olumsuz düşünmelerinden de o kadar endişe duyarız.

Ben karşıdaki ağaca dalıp gitmişken, hayalhaneme bir insan ilişiyor. Şehrin karanlığında insanlar mışıl mışıl uyurken, o, uyanmış, pencereden sessizlik havuzunda ağır ağır yüzen aya salmış nazarlarını.

Hayalhanemde beliren bu insana, her insan gibi bir varoluş verilmiş. Sonsuz Varlığın kudret elinden çıkmış bir varoluş. Başka hiçbir varlığın onaylamasına, teveccühüne, takdirine, övgüsüne, hakkında olumlu da olumsuz da düşünmesine gerek duyulmayacak değerde bir varoluş bu aslında. O'nun sonsuz rahmetiyle yoğrulmuş bir varoluş. Her an üzerinde tecelli eden sonsuz şefkat pırıltıları tüm dünyevi pırıltıları söndürüyor. "Ben size yetmez miyim?" diyor O.

Hayalhanemde iki ayrı sahneye böldüğüm kurguyu ilerletiyorum. Birinci sahnede, şehrin yarısı bu insanın mükellef bir sofrada, sıcak bir odada, rahat içinde olduğu rüyalar görüyor. Bu rüyaların bu insana o anki varoluşuna zerre kadar katkısı var denilebilir mi? Bu insan bu milyonlarca insanın o anki şahane rüyasından zerre kadar nasiplenebilir mi?

Başkalarından akıp gelen teveccüh, hakkımızda insanların sınırsız iyi düşünmesi, bizi taktir etmeleri, bizi beğenmeleri, bizi övmeleri başkalarının şahane rüyasındaki varoluşa benzer. Rüyadaki varoluş, insanın ruhunu ısıtmaz, insanın ruhuna nur getirmez. İnsanın ruhunu doyurmaz, tatmin duygusu yaşatmaz. Geçici narsistik bir hazdan öte insanın ruhuna hakiki teselli sunamaz.

Hayalhanemdeki ikinci sahnede; kahramanımız gerçek hayatta ayı seyre devam ederken şehrin yarısının onu, mutsuz, aç sefil, perme perişan bir halde rüyasında gördüğünü kurguluyorum. Milyonlarca insanın rüyasındaki kötü imgelere sahip olması onun öz varlığını ne kadar etkileyebilir? Onun öz varlığından ne alıp koparabilir? Onun sonsuz varoluşsal değerinden ne azaltabilir? Başkalarının rüyasında kötü bir insan olmamız ile başkalarının hakkımızda kötü düşünmeleriyle hemen hemen aynı şey. Başkalarının düşüncelerinde olumsuz bir imgeye sahip olmamız; arzu ettiğimiz teveccühü, övgüyü, ilgiyi, takdiri bulamamamız onların rüyalarında varolmaktan öte nedir ki?

Birkaç gün önce okumuştum o paragrafı. "Bütün onların teveccühü, iltifatı, tesellileri yakınımda olan kabir kapısına kadar gelebilir, orada söner. Ve şöhretperestlerin bir gaye-i hayali olan şan ü şerefin süslü perdesi altında sakil bir riya, soğuk bir hodfüruşluk, muvakkat bir sersemlik suretinde gördüğümden anladım ki; beni şimdiye kadar aldatan bu işler, hiçbir teselli veremez ve onlarda hiçbir nur yok." Biraz teselli buluyorum, benzer sorunları o da yaşamış diye.

Odaya girdiğinde elinde Lewis Carroll'un *Aynanın İçinden- Alice Harikalar Ülkesinde-2*'yi (Can Yay.) tutuyor. Seviniyorum. Demek ki, bir önceki seanstaki önerimi ciddiye alıp bu kitabı okumuş.

"İnsanları kırmaktan korkmamın asıl nedeninin, hakkımda kötü düşünmelerinden endişelenmem olduğu tespiti çok yerindeydi. Bu ağır gelse de. Evet, insanların hakkımdaki düşüncelerini çok önemsiyorum. Niye böyleyim peki?"

Niye böyle? Niye böyleyiz?

"Sence insanların hakkındaki olumsuz düşüncelerini mi yoksa olumlularını mı daha çok önemsiyorsun?" Duraksıyor. "Diyorsun ki, insanların hakkımda olumlu düşünmelerini çok önemsediğim için olumsuz düşünmelerinden korkuyorum."

Elinde sıkı sıkıya kitabın öyküsü kısaca şöyle: Alice kedisinin yavrusu Kitty'yi de yanına alıp evindeki kocaman aynanın içine, Ayna-Ev'e girer. Kendini satranç taşlarının doldurduğu bir

Ayna-Dünya'da bulur. Bu dünyanın her yeri satranç tahtasına benzemektedir. Orada Eciş ve Bücüş'le karşılaşır. Sonra üçü birlikte Kızıl Kral'ı görürler. Kızıl Kral homurtularla uyumaktadır.

Kitabın 60. sayfasını açıp okuyabilir mi?

Okuyor.

"Düş görüyor," dedi Bücüş, "sence ne düşlüyor?"

"Bunu kimse kestiremez," dedi Alice.

"Seni tabii ki!" diye haykırdı Eciş. Utkuyla el çırptı. "Ya seni düşlemekten vazgeçseydi, nerede olurdun dersin?"

"Şu anda olduğum yerde elbet," dedi Alice.

"Sen, sen olmazdın ki!" diye tersledi Bücüş küçümsercesine. "Sen hiçbir yerde olmazdın. Onun düşündeki bir şeysin sen yalnızca!"

"Kral uyanacak olsaydı," diye ekledi Eciş, "sen püff, diye sönerdin mum gibi!"

"Hiç de değil!" diye bağırdı Alice içerleyerek. "Hem ben yalnızca onun düşündeki bir şeysem, siz nesiniz sorabilir miyim?"

"Tıpkısı," dedi Eciş.

"Aynen, tıpkısı!" diye haykırdı Bücüş.

Öylesine bağırmıştı ki Alice, "Suss! Böyle gürültü edersen kralı uyandıracaksın," dedi.

"Onu uyandırmaktan söz etmenin yararı yok," dedi Eciş, "Sadece onun düşündeki şeylerden biri olduğuna göre. Sen de gerçek olmadığını biliyorsun."

"Gerçeğim ben!" dedi Alice, ağlamaya başladı.

Biz de Alice gibi gerçeğiz. Bütün dünya hakkımızda olumlu da olumsuz da düşünse, hakikatimizi değiştirebilir mi? Biz neysek oyuz. Sonsuz Kudret Sahibi'nin dünya misafirhanesinde aziz bir yolcuyuz! "Teveccüh, ilgi, övgü" talep ettiğimiz "insanlar" gibi. Tuhaf olan da bu değil mi zaten!

ASİL BİR KORKU

Dünyası ikiye bölünmüş, dünyanın kendisi gibi. Durumunu bir şehrin nehirle ikiye bölünmesine benzetmişti. Ortasından nehir geçen şehirlerin iki yakası vardır. Onun da iki yakası var. İki yakasını bir araya getirmeye uğraşıyor. Onu ikiye ayıran neydi?

Postacı (II Postino/ Yön. Michael Radford) filminde Şair Pablo Neruda'nın bir dizesinden söz edilir: "İnsan olmaktan yoruldum." İnsan olmanın zorluğunun büyülü bir anlatımıdır bu. Bir şaire yakışan! İkiye bölünmüş olmak en yorucu insan deneyimidir belki de. İnsan olmanın en yorucu hali.

Hepimizin zayıf anları, dönemleri vardır. Her zamanki insan değilizdir sanki. Sanki başka biri kendimizle aramıza girmiş, bizi ele geçirmeye çalışmaktadır. Kendimize şaşarız. "Bu, ben miyim?" diye. Yapıp ettiklerimize bakarız. Davranışlarımıza akıl sır erdiremeyiz. Kendimizi bizi ele geçirmeye çalışan arzularımıza, benliğimize teslim etmek istemeyiz. Çünkü vicdanımız, ruhumuz, kalbimiz ve aklımız çok iyi bilir ki arzularımıza kurban edilmeyecek kadar sonsuz değerliyizdir. Dünyaya, dünyanın cazibelerine kapılarak berhava olmayacak kadar önemli bir varlığızdır.

Zor zamanlardır bunlar. İki arada bir derede sıkışıp kalırız. Çekiştirip durur her bir yanımız. Vicdanımız "Yapma!" der. Nefis ve şeytan ise dünyanın içine çeker bizi. Belki de şeytanın bizi kıskanmasındandır bu.

O'nun istemediklerini yapmama, istediklerini yapma konusunda zorlandığını anlatmıştı. Dünya bütün cazibesiyle üzerine saldırıyordu. Her türlü oyunu oynuyor, her türlü cilveyi yapıyor, her türlü numarayı çekiyordu. Kalbi ve vicdanı "Hayır!" diyordu. Dünyanın envai çeşit numaralarıyla, "bir oyun ve eğlencenin" içine çekilmek istendiğini fark ediyor, bu oyunda sadece bir figüran olacağını, her şey olup bittikten sonra şöhreti sönen ünlü oyuncular gibi, bir kenara fırlatılacağını iyi biliyordu. Emily Dickinson'ın bir şiirini okumuştu: "Şöhret bir andır/ Bir şarkısı var/ Bir iğnesi var/ Ah, bir de, kanadı var." Şöhretin yerine dünyayı koyarak bir kere daha okumuştu şiiri. Bir kere daha dinlemiştim o haliyle. Her iki hali de hikmet doluydu.

"Dayanmak çok zor. İçim lime lime sanki. Çok korkuyorum. O'nun istemediği şeyleri yapmaktan. Gece gündüz tedirginlik içindeyim."

Hayran kalmıştım. "Ne asil bir korku bu," demiştim. "Ama" diye itiraz etmişti, "bu çok acı veriyor, çok zor bu. İnsanın nefsinin arzulan ile vicdanı arasında kalması çok acı veriyor."

Daha da asil olan, bu acı çekiş, bu ıstıraptı. Meleklerin bile yaşayamadığı bir deneyimdi bu. "İnsan olmanın zorluğu bu. İnsan olmanın yorgunluğu. "Seni tüm varlıklardan daha üstün kılan bu değil mi? Daha ne istiyorsun kendinden, daha ne bekliyorsun," demiştim hayranlık dolu bir ses tonuyla.

İtirazını sürdürmüştü: "Ben Yusuf (as) gibi hiç arzu duymamak, hiç meyil taşımamak, dünyaya ve dünyanın cazibesine aldanmamak istiyorum. O'nun istemediği şeyleri yapmak istemiyorum."

Bir eksiklik vardı Yusuf (as) hakkındaki bilgisinde. İnternete girip Yusuf'un izini sürmüştük birlikte. Yanılıyordu. Züleyha onu elde etmeye çalıştığında, Yusuf'a ne olmuştu?

"Kadın ona meyletmişti. Ve Rabbinin delilini görmeseydi o da ona meyletmişti..." (Yusuf Suresi, 24. âyet)

Bir insan olarak Yusuf yaratılışının gereği olan meyline rağmen, onda tasarruf ederek hissiyatına hâkim olmuştu.

Yine ne demişti Yusuf: "Hâlbuki nefsimi temize çıkarmıyorum. Muhakkak ki nefis, daima kötülüğü emredicidir; ancak Rabbimin merhamet ettiği müstesna." (Yusuf Suresi, 53. âyet)

Dahası da vardı.

Dahası Züleyha kendi aleyhinde konuşan bir grup kadını evine ziyafete çağırdığında, onlar da Yusuf'u görünce büyülenip ellerini kestiklerinde: "Beni hakkında kınadığınız adam işte budur. And olsun, ben onu elde etmeye çalıştım. Fakat o korundu, bulaşmadı. Eğer ona emrettiğimizi yapmazsa ya hapsedilecek veya (makamca) alçaklardan olacaktır." (Yusuf Suresi, 32. âyet) demişti. Yusuf ise çaresizlikle asaletin zirvesinde, Rabbine seslenmişti: "Ey Rabbim! Benim için hapis, onların beni çağırdıkları şeyden daha sevimlidir. Eğer onların tuzağını benden alıkoymazsan, ben onlara meyleder ve cahillerden olurum." (Yusuf Suresi, 33. âyet) O da zorlanmıştı anlaşılan. O da aman dilemişti Rabbinden.

Yüzyıllar öncesinden çıkagelmişti sanki Hz. Yusuf ve onun elinden tutmuştu. İçindeki çatışmalara direniyor, direnmek istiyor ve bu direnmenin bedeli olan acıyı, bunalımı sonuna kadar hissediyordu. Korkuyordu. Dünyanın en asil korkusuyla korkuyordu.

"O DA BENİ DÜŞÜNÜYOR MU?"

"Boşluğun yanına bir de..." diyor ve susuyor. İçimden yarım kalmış cümlesini tamamlamaya çalışıyorum. Vazgeçiyorum. Bu ona haksızlık olacak. Kim, kimin cümlelerini tamamlayabilir ki! Yarım cümleleri, yarım cümlelerin sahibi tamamlamalı. Yalnızca yarım cümleler mi? Yarım kalmış hayatları da başkası tamamlayabilir mi? İçimdeki sesleri zar zor bastırıp suskunluğunu dinliyorum. Hava ağırlaşıyor.

Ağlaması kesilince, "Ne diyordum ben?" der gibi bakıyor. "Boşluğun yanına bir de..." diye hatırlatıyorum. "Bir de öyle bir yokluk eşlik ediyor ki; kendi varlığıma tahammülüm kalmadı."

Daha üç beş ay önce, "Aşk" demişti, "kendi benliğinden vazgeçmek, bir başkasında yok olmaktır." İnandığım hakikatler değildi bunlar. Ben de inanmak isterdim aşkın büyüsüne. Kapılıp gitmek, yok olmak, kendinden vazgeçerek hiçliğin içinde varoluşun yüklerinden sıyrılmak ne de güzel olurdu. Suç bende değildi. Dinlediğim hikâyelerdi büyü bozucu olan. Sesimi çıkarmamıştım. Büyülenmişti. Mutluydu. Birbirlerini çok sevdiklerini anlatırken gözlerinden parıltılar dökülüyordu. Birden canlanmış, depresyonu iyileşmişti. Aşk, ilacı olmuştu. Sesimi çıkarmamıştım, çünkü aşk zaten zamanı gelince konuşacaktı. Zamanı gelmişti ve ağlayarak konuşuyordu aşk.

"Her şey iyi gidiyordu. Tâ ki, ailesi karşı çıkana dek." Gözlerinde kızgınlık okunuyor. "Ben 'mücadele edelim' dedim, ama o pes etti."

"Senden ayrılmasına oldukça şaşırmış görünüyorsun," diyorum. "Nasıl şaşırmam. 'Sen benim her şeyimsin,' diyen oydu."

Nasıl ilerlesem? Aklımdaki sorular uçuyor. Âşıkların yanılsamalı dünyalarının yanılsamalı cümlelerinden biri daha işte. Ne çok duydum bu sözü. Kim, kimin her şeyi olabilir!

"Onu merak ediyor musun?"

Hem de nasıl. Ama sadece onu değil. Ondaki kendini. "Bensizlik nasıl bir duygu acaba? O da elinde telefon bekliyor mu ki? Görüşmek isteyip de kendini frenlemek böyle bir şey mi?" Hasret çekiyor, özlüyor. Hislerinin alışkanlıktan olmadığından çok emin. "Şimdi bir kamera olsa da izlesem onu. Düşüncelerini okusam. O da 'özledim, dayanamıyorum' diyor mu? Bunların yanıtını bilememek o kadar kötü ki!"

"Anladığım kadarıyla 'O da beni düşünüyor mu?' esas dert ettiğin şey."

"Evet, her âşık bunu düşünmez mi?"

"Tabii ki düşünür! Hatta âşıklar özellikle bunu düşünür."

"Ne demek istiyorsun?"

"Birkaç ay önce aşkın insanın benliğinden vazgeçerek bir başkasının varlığında yok olma olduğunu söylemiştin, hatırlıyor musun? Ama şimdi, hatta ayrılıktan önce bile, onun da seni, senin onun düşündüğün kadar düşünüp düşünmediğini, özleyip özlemediğini merak edip duruyorsun."

"Bu neden anormal bir şey olsun ki," diyerek itiraz ediyor. "Anormaldir demiyorum. Bir başkasının bizi düşünmesi, bize değer vermesi varoluşsal bir ihtiyacımız. Yalnızca aşkı tarif ederken dürüst olalım diye bunu fark etmeni istedim. Çünkü yanılsamalarla yanılsamalı ilişkiler kurulabilir ancak. Ayrıca; aşkın sevme ihtiyacımıza mı, yoksa sevilme ihtiyacımıza mı daha denk geldiğini düşünerek; aşka düşmenin aslında sevilme ve değer görme ihtiyacına yönelik olduğunu anlayarak varoluşunun gerçekliğini ve kendini tanımanı istiyorum.

Şu an, aşkın tarifinin umurunda olmadığını biliyorum. Umurunda olan önemsenmek, unutulmamak, sevilmeye, düşünülmeye devam etmek."

Aşk benliğimizden vazgeçmek değil, aksine bir başkasında varolma çabamızdır. Kendimizden, benliğimizden vazgeçtiğimiz yegâne hâl şefkattir, merhamettir. Öyle olmasaydı âşıklar ayrıldıklarında veyahut karşılık bulamadıklarında, "Boşluğun yanına bir de öyle bir yokluk eşlik ediyor ki; kendi varlığıma tahammülüm kalmadı," derler miydi?

Aşkı yücelterek bari aşka ihanet etmemeli. "Sen her şeyimsin" diyerek hem sevdiğimize hem kendimize.

İSYAN EDENLE ETMEYEN ARASINDAKİ TEMEL BİR FARK

"İsyan edenle, etmeyen insanların en temel farkı ya da farkları nedir?" diye düşünüyordum. Güneş ışınlarının kara bulutların ardından zar zor yol bularak yeryüzüne ulaşmaya çalıştığı bir günün hengâmesi daha bitecekken, yürürsem belki açılırım, diye geçirdim içimden. Derken onu hatırladım. Yerimden kalkıp yürümeye koyulursam, belleğimde uyanan hikâye de yürüyüp gidecek diye korktuğumdan, kımıldamadım yerimden. Ben kalkmayınca hikâye de kendi yerinde sakin sakin dinlenip bilincimin önüne dökülüverdi.

Hikâyelerimiz başımıza gelenlerin hikâyesidir bir bakıma. Onun da başına gelen, babasının ölümüydü. Babası vefat edince isyan edişini ve gerekçelerini anlatmıştı uzun uzun.

"Çünkü gerçekten çok farklı ve özel bir insandı. Hem benim için hem de çevresindeki insanlar için," dediğinde "farklı ve özel" kelimelerinin altını çizmiştim zihnimde, kalınca. "Herkese karşı çok sıcak, esprili ve pozitif ışık yayan bir kişiydi. Bana göre diğer insanlardan bir o kadar da farklı biriydi," dediğinde, ona inanıp inanmadığımdan şüpheye düştüğünü de sezinlemiştim. İnanmamam için bir neden görünmüyordu. Derken esas düşüncesi sökün etmişti. "Bilgisi, kültürü, zekâsı ve yetenekleriyle... Çevresine bu kadar pozitif enerji veren, mutlu eden, sevilen ve sayılan babamın bu kadar erken gitmesine isyan ettim."

Ona göre, dünya, gereksiz, faydasız bir sürü insanla doluyken o gitmemeliydi. Bir süre çevresindeki ve sokaktaki insanlarla babasını kıyaslamış. "Bu adamın gitmesi gerekirken niye babam gitti?" diye düşünmeye başlamış.

Yeni bir cümlesi yine "bana göre" diye başlayınca ancak o zaman daha önceki "bana göre"lerin farkına varabilmiştim. "Ona göre" sokaklarda kaba tabirle sayısız "maganda" cirit atıyordu. "En kötüsü, anneannemle kıyasladım. O, 81 yaşında evdeyken, babam bu halde olmamalıydı, dedim. Ve her şeyden, hepsinden öte o benim babamdı ve belki de dünyanın en özel ve en iyi babasıydı."

Yok, hayır, babasının öleceğine dair korkusu yeni değildi. Çocukluğundan beri korksa da bir gün başına geleceğini bilse de, bu kadar erken olacağını beklememişti. İşte bu yüzden de isyan etmişti: "Niye bu kadar erken?" Başkalarının babalarına bakmış ve gene kıyaslamıştı. Herkese kendi anne babası en özel, problemleri en büyük gelir. Ama o "en özelinin" kendi babası olduğuna inanıyordu ve bu konuda iddialıydı.

Babasının ölümünü haksız buluşunun başka bir gerekçesini daha sıraladı. "Ve baktım, insanlar babalarını benim kadar umursamazken ve babamı sağlığında ne kadar sevdiğim ve buna her gün ne kadar şükrettiğim aklıma gelince, bunun çok büyük bir haksızlık olduğunu düşündüm."

Dünyada babasını ilk kaybeden o değildi elbet, böyle bir iddiası yoktu, son olmayacağını da biliyordu. Ama sanki en acı çekeni oymuş gibi hissediyordu. Daha sonra kendini telkin etmeye çalışmıştı. Bu dünyada zaten herkesin bir kaderi olduğunu, herkesin bir gün gideceğini sadece boyut değiştirdiğini düşünmeye çalışarak. İsyanı biraz gerileyince rahatladığını, hafiflediğini hissetmeye başlamış. Sadece hayat boyu onu bir daha göremeyecek olmayı kabullenmekte zorluk çekmiş bu sefer de.

Benliği rahat durmamış, başka bir şeyi daha kabullenememiş. Babası hep sağlıklıymış ölmeden az evveline dek. Sağlıklı yaşamak ve özellikle de kanser konusundaki bilgisi tabipleri bile geçermiş. "Bu kadar bilinçliydi de dikkat etti de ne oldu? Her sabah zeytinyağı yedi, kanserojen olan her şeyden hem kaçındı hem bu konuda bizleri dahi tembihledi, egzoz dumanından kaçtı, ne oldu?" diye sorarken şaşkınlığı yüzünden okunuyordu.

Gene kıyaslamış tabii. Bir yanda sürekli sigara içen tiryakiler, bir yanda bilinçli, sigara kullanmayan babası! Bu muydu adalet? Şimdiye kadar hiçbir ciddi sağlık problemi olmayan, güçlü kuvvetli babası. Beynindeki küçük bir ura yenik düşmüştü. Yavaş ve zor biçimde. Başkalarını rahatsız etmekten çekinen babası yürüyememiş, insanlar taşımıştı onu hastaneye. Yatalak olup en nefret ettiği ortam olan hastanede ölmüş...

Sonra, hikâye bellekteki yerine geri döndü. Ben de yürümeye başladım. İsyan eden insanlarla etmeyenler arasındaki en ayırt edici vasfın, edenlerin isyanı bir hak olarak görmesi olduğunu düşünerek.

HAK İDDİASI MI, YÜKÜMLÜLÜK MÜ?

Adımları küçülmüş yaşlılar gibiydi hayat. Güneş, yaza göre daha geç doğup daha erken batıyordu. Mevsim yaşlanmaya yüz tutmuştu. Arabaların tersi istikamette yürürken, önüme düşen sarı yapraktan fark ettim bir de bunu. Yaprakların hışırtısına sinmiş zaman, ağır ağır iniyordu yere.

Dalgın ve düşünceli zihnimle, dinlediğim hikâyelerin üzerinden geçerken, sessiz ufukta aniden yırtılan bulutun sesiyle durdum. Rüzgârın haşin sesi ortalığı birbirine katarken, çekip gidenlerin arkalarında bıraktıklarına daldım bir süre. Ağaçlar kışa hazırlanırken, arkalarında meyveler bırakmıştı. Hayat hikâyelerini de meyvelerin kalbine emanet ederek. Bizim de yaşlanırken, aslında arkada bıraktığımızı sandığımız geçmişimizin bir meyveye dönüşüyor olması içime sevinç saldı.

Derken, yine o aklıma geldi. Babasının ölümüne isyan etmeye hakkı olduğunu düşünen ve bunun (önceki yazımda söz ettiğim) kendince onlarca gerekçesini sıralayan hikâyenin sahibi.

Onlarca yaprak yere düşerken dikkatimi çekmek için ellerinden geleni yapıyorlardı. Onların itirazsız dallarından kopup yere düşüşlerine imrendim. İçimden itiraz eden ses haklı geldi ilkin: "Ama onların ne benliği var ne iradeleri, itiraz edemezler ki!" İnsan olmanın zorluğu bir kez daha önüme dikildi. Benliğimiz ve seçebilme özgürlüğümüz bizi biz yapan en önemli unsurdu.

Cansız varlıkların, evet, iradeleri ve benlikleri yoktu. Kaderin onlara çizdiği yolda eksiksiz yolculuklarının kâinatı düzen içinde tutması, kadere teslimiyetin hayata kattığı intizamın bariz bir delili diye düşündüğüm an, ayağım bir su birikintisine dalıp çıkmıştı. Şarıl şarıl yağan yağmurdan geriye kalan su birikintisi bir süre sonra buharlaşıp uçacaktı. Kendi kaderine doğru! Tam bir teslimiyetle, itirazsız, kendini Yoktan Var Edene mutlak bir bırakmışlıkla.

"Yirmi Dördüncü Sözün Beşinci Dalının İkinci Meyvesi" imdadıma geldi, karışık zihnim bir yanıyla da narsisizm kavramıyla meşgulken. Yakınlarda *Asrın Vebası: Narsisizm İlleti* kitabını okumuştum. "Hak iddia etme"nin narsisizmin en temel özelliklerinden biri olduğu psikiyatride ve psikolojide bildik bir meseledir. Bu kitaptan ödünç alırsam, hak iddia etme, "Kişinin özel muamele, başarı ve daha fazla şey hak ettiğine dair duyduğu inançtır." Dünya, hayat, insanlar sanki kişiye borçludur, hak ettiklerini hayat ona vermemiştir. O hep mağdurdur. Kıymeti bilinmemiştir. Öyle midir?

Narsisizm konusunu ne zaman düşünmeye dalsam, "Ey nefis! Ubudiyet, mukaddeme-i mükâfat-ı lâhika (sonradan verilecek mükâfatın başlangıcı) değil, belki netice-i nimet-i sâbıkadır (geçmişte verilen nimetin sonucu). Evet biz ücretimizi almışız. Ona göre hizmetle ve ubudiyetle muvazzafız," cümlesi belleğimden zıplayarak bilincime akar. İzleyen cümlelerde insana bahşedilen nimetler genişleyen daireler halinde insanın nazarına sunulur. Anlarız ki, dünya bize borçlu değildir. Yaratıcı sonsuz nimetlerini zaten insana sunmuştur. Hak iddia edecek hiçbir gerekçesi yoktur insanın. Sonsuz nimetlere karşı şükür ve kullukla mukabele etmek gibi bir yükümlülüğü vardır sadece ve sadece.

Güneş de batmaya meylederken aslında kendi kaderine gidiyordu, mutlak bir teslimiyetle. Bu yüzden kazasız belasız yolculuğuna devam ediyordu. Onun hikâyesinin unuttuğum bir ayrıntısını hatırladım güneşin son parıltılarına bakarken. "Babamın iyileşmesi için o kadar da dua ettim, neden duamı kabul etmedi O," demişti. Ben de Zamanın Bedii'nin şu sözünü hatırladım: "...güya eski ücretleri kâfi gelmiyormuş gibi, çok büyük şeyleri mütehakkimane istiyorsun. Ve hem, 'Niçin duam kabul olmadı?' diye nazlanıyorsun. Evet, senin hakkın naz değil, niyazdır..."

Yürüyordum. Caddede. Hüzünlü düşünceler uğulduyordu sağdan soldan. Bir yaprak tam önüme düştüğünde "Yaprakların hışırtısı bizim de acımız Ey Rabbimiz!" diye geçirdim içimden. Yazın gidişi bizim de gidişimizdi. Hep birlikte ayrılıyorduk. Üzerine bindiğimiz fena ve zeval gemisiyle. Sonbahar kalbimizde titriyordu. Melekler de dua ediyordu gidenlerin ardından.

Ölüm aslında ruhun uyanışı mıydı? Güzden sonra gelen kışın hemen ardından gelen bahar gibi. Güz mevsimi hüzün mevsimiyse, eğilmeliyiz benliğimizin karanlığı üstüne. Sonbaharın mırıldanışına birazcık da olsa kulak vermek, benlik davasından vazgeçmekte belki biraz işimize yarar. Gecenin karanlığında açılır sonsuzluğun kapısı çünkü. Sonsuzluğun en büyük kapısıysa huzurlu bir hüzündür. İsyansız bir hüzün bize kim olduğumuzu anlatır. Hiçliğimizi. Hayatın bize değil, bizim Mutlak Varlığa sonsuz borçlu olduğumuzu.

ÜZÜNTÜYÜ ÇOĞALTMAK

Üzüntüye gark olmuş. İnsanların arasına karışmaktan olabildiğince kaçıyor. Gecesi gündüzüne karışmış. Geç yatıp geç kalkıyor. Alıp başını gitse. Gitse ve uzun uzadıya düşünse.

"Sorunlar her zaman düşünerek çözülmez ki!" diyeceğim tutuyor, kendimi tutuyorum.

Gece birkaç kez uyanıyor. Gözünü açar açmaz hemen aklıma gelen, o söz. Sabah uyandığında da, o sözle güne başlıyor. Gün boyu başka bir şey düşünemiyor, ne kadar uğraşsa da. O sözü aklımdan atmak, hiç duymamış olmak için neler vermezdi ki. Başka neyi düşünmeye çabalarsa çabalasın, tüm düşünceler, nedense, yine o sözü hatırlatıyor, sanki aralarında gizli bir bağlantı varmışçasına.

O söz, bir yakınının kendisi hakkında sarf ettiği bir cümleden ibaret. İncinmiş, kırılmış, hayata küsecek kadar. "Nasıl hakkımda böyle konuşur?" diye, dört dönüyor zihni. "Ona ne yaptım ki?"

"Başımıza gelenler için illa da bir şey yapmış olmamız gerekir mi?" sorumu görmezlikten geliyor. Beni duymadı ki sorumu dikkate alsın. Çünkü sadece benliğini dinliyor. Yine başa dönüyor. Varsa da yoksa da, o söz. Dünya bir söz olmuş, tüm diğer sözcüklerin üstünü örtmüş.

Bir şey fark ediyorum birden.

"Diyelim ki, sen, bu yaşadığın olaydan dolayı otuz birim üzüntü hissediyorsun. Sence bu üzüntünün sebebi kim?"

Ben yarım saattir derdimi buna mı anlatıyorum, der gibi bakıyor suratıma. Benimse vazgeçmeye niyetim yok.

En korktuğum şeylerden biri, sorularıma soruyla cevap verilmesi. Korktuğum başıma geliyor:

"Sence kim?"

Aynısını yapıyorum ben de.

"Sence?"

"Bu kadar üzüntümün sebebi ben miyim yani?" diye karşılık veriyor soğuk bir sesle. "Arkadaşlarımın düşündüğü gibi düşünüyorsunuz anlaşılan," diye sitem ediyor, kırık bir tonla.

"Arkadaşların nasıl düşünüyor?"

"Kendi kendimi üzüyormuşum. Gereksiz yere kafama takıyormuşum çünkü." Arkadaşlarıyla aramda paralellik kurması canımı sıkıyor. Ona fark ettirmek istediğim şeyi fark etmesini engelleyebilir bu.

"Öncelikle, yakınının senin hakkında söylediği söz üzüntü verici. Kimse aksini iddia edemez. Ancak hakkında söylenen sözü bu denli kabul edemeyişinin başka bir yönünün daha olduğu kanaatindeyim."

Dikkatini biraz çekebildiğimi görüp seviniyorum. Meraklı gözlerini üzerime dikiyor.

"Hoparlör sistemini düşünelim. Bir insan üç birim sesle konuşurken ses yükseltici sistem bunu otuz birime çıkarsın. Bizim içimizde de işte böyle üzüntü yükseltici bir sistem var."

"Yani ben kendi kendimi üzüyorum. İstersem hiç üzmezdim, öyle mi?"

"Hayır, tam olarak öyle değil. Yakınının o sözünün ortalama üzme etkisi üç birimken içindeki üzüntü yükseltici sistemi harekete geçirerek bunu otuz birime çıkarıyorsun."

"Neymiş o üzüntü yükseltici sistem?" diye soruyor, dudak bükerek.

"O sistem, başımıza gelenleri kabul etmeyip isyan etmek. "Niye başıma geldi!" demek. Başımıza gelen musibetlere, olaylara rıza göstersek dahi, belli bir miktar yine de üzülürüz. İsyan etmekse üzüntümüzü katbekat artırır. Ama benim dikkatini çekmek istediğim başka bir mesele."

Susuyor, ben onun "Neymiş o başka mesele?" diye sormasını beklerken.

"Razı olsak üç birim üzüntü yaşayacakken, isyan edip otuz birim üzüntü yaşıyoruz. İsyanımızın, razı olamayışımızın bu üzüntü artırıcı etkisini fark etmeyince, tüm üzüntümüzden başımıza gelen olayı sorumlu tutuyoruz. Bu ise, başımıza gelen olayı kabulümüzü daha da zorlaştırıyor. Kendimizi bir kısır döngünün içine sokuyoruz."

"Pek bir şey anlamadım," diyor. "Ben de bir şey anladım sayılmam," diyorum. Bunu öylesine söylemiyorum. İlk kez fark ettiğim bir tespit bu çünkü. Bir kere daha anlatmayı deneyerek ben de daha iyi anlamak istiyorum. Göz ucuyla gerginliğinin yatıştığını fark ediyorum beri yandan.

"Yakınının sözünden şimdiki gibi otuz birim değil de, onda biri kadar üzüntü duysaydın, bu lafı niye söyledi diye bu kadar dert eder miydin?"

"Etmezdim sanırım," diye yanıtlıyor.

"İşte demek istediğim tam da bu. Başımıza gelen olayları kabul etmekte zorlanışımızın bir nedeni de bize verdiği üzüntü miktarı. Ancak görmezlikten geldiğimiz şey, isyan halinde yaşadığımız üzüntünün çoğundan başımıza gelen olaylar değil, içimizdeki üzüntü yükseltici sistem, yani isyan edip kabul edemememiz sorumlu. Kendi isyanımızın sorumluluğunu yaşadığımız olaya mal etmemiz, yaşadıklarımıza rıza göstermemizi zorlaştırıyor."

Nedense, o gittikten sonra "sorumluluk" kelimesi kalıyor geriye bende. "İnsan olmanın zorluklarından biri daha," diye, not düşüyorum zihnimin bir kenarına.

AKTİF BİR EYLEM OLARAK TEVEKKÜL VE TESLİMİYET

"Başıma gelenlere razı olup onları kabullenirsem, o zaman mücadele edemem ki. Olumsuz şeyler hep olmaya devam ederler," dediğinde uyanıyorum ancak. Tevekkül etmekten korkuyor. Teslimiyet ürkütüyor. Başına gelenlere razı olup onları kabullenmek tehlikeli geliyor ona. Olan bitene razı olduğunda, kendini salıp ya hiçbir şeyi değiştiremezse. Ya her şey olduğu gibi devam ederse...

"Yaşadığın olayın üzüntüsünü yaşamaya razı olursan üzüntün hafifleyecek aslında," deyip durmuş, ama bir milimetre yol kat edememiştim. Nuh diyor peygamber demiyor, "Üzüntü yaşamayı kabul etmenin neresi güzel!" diye itiraz ediyordu. Sahi, üzüntü hissetmenin neresi güzel!

Üzüntü yaşamaktan kaçınmasının gerçek nedenini anlamıştım nihayet. Üzüntü hissedişine razı olduğunda, bunun sonsuza dek süreceğini, hiç bitmeyeceğini sanıyordu. Başına gelen olay için "niye" demeyi bırakırsa, olayın çözümü için gerekenleri yapmayı bırakacağını da düşünüyordu.

"Bir sürücü toprak yolda giderken arabasının çamura saplandığını farz edelim. Şimdi bu insan bu olayı nasıl ele alır?" diye soruyorum.

"Tevekkül eder," diyerek şaka yapıyor, bana nazire yaparak. Ciddi bir ifade takınmış yüzüm tam bir diplomat suratını andırıyor olmalı. Hiç gülmüyorum.

Yok, hayır, şakasından alınmış değilim. Sadece "anlatmak istediğimi anlatabilecek miyim"in gerginliği var üzerimde.

Kurmaya çalıştığım analoji dikkatini pek çekmedi gibi.

"Şimdi bu sürücü için, yaşadığı bu olayla ilgili üç farklı tutum söz konusu olabilir. Birinci ihtimal..."

"İsyan eder," diye atlıyor.

"Evet, isyan eder, Allah kahretsin, bu yola niye girdim, salak aklım işte, diyerek kendini heder eder."

"Bence daha çok öfkelenir."

"Öfkelenir ve..."

Suskunluğuna yeniden dönüyor.

"Öfkelenir, belki bu yüzden iyice gaza basar, çamura daha çok saplanır. Arabadan çıkar. Kapıyı sertçe çarpar. Yanında birileri varsa onlara sataşır. Hatta iyi bir eş kavgası nedenidir çamura saplanmak. 'Niye bu yoldan gelmek için ısrar ettin?' diye çıkışır. Belki arabayı çamurdan çıkarmak için çabalar. Ama yeni sorunlara sebep olarak. Genelde de öfkesi ve kızgınlığı enerjisini tüketir, sorun çözme yeteneklerini dondurur, felç eder. "

"İkinci ihtimal de tevekkül mü?" diye soruyor.

"Hayır, tevekkülü üçüncü ihtimal olarak en sona saklıyorum, merakını celbetmek için," diyerek, ikinci ihtimale geçiyorum:

"Sürücü, başına gelen şeye tevekkül edeceğim zannıyla arabanın çamurdan kurtulması için hiçbir şey yapmayabilir. Arabanın içinde bekleyip durur. Bir nevi boş vermişlik hali yaşar. Yapabileceği şeyleri yapmaktan kaçınır. Bu da tevekkül değil tembelliktir, desek yanlış bir şey söylemiş olmayız sanırım."

Üçüncüye sıra gelse diyor sanki bakışları.

"Üçüncü seçenek de öncelikle arabanın çamura saplanmışlığına isyan etmemek, bu hali kabullenip ona razı olmak. Yani olmuş olan olayı, durumu, hali kabullenmek. Sonra da yapılabilecek şeyleri yapmaya çalışmak. Sakince araba..."

"Önce bir lahavle çekerek," diyerek araya giriyor.

"Peki, öyle olsun," deyip devam ediyorum: "Adam olmuş olana razı olur, sakinliğini ve metin halini koruyarak arabayı çamurdan çıkarmanın yollarını düşünmeye başlar. Sonra da uygun olacağını düşündüğünü uygulamaya koyulur." Biraz soluklanıp devam ediyorum.

"Gördüğün gibi, olmuş olana razı olmak sorunların çözümünün önüne geçmiyor. Aksine insanı metin bir halde tutup enerjisini ve motivasyonunu koruyarak, kişinin fiilî çözüm arayışını kolaylaştırıyor..."

"Tamam," diyerek sözümü kesiyor. "Seni çok iyi anladığımı sanıyorum. Peki, tevekkül etmeyi nasıl başarabileceğim ben?"

"Şimdilik sorunun cevabını tam olarak bilmiyorum," dememem onu hiç mutlu etmiyor. "Ama çok iyi bildiğim bir şey varsa, o da; dışarıdan çok kolay gibi görünse de, tevekkül etmenin dünyanın en zor işlerinden biri olduğu."

***

Sanki hava, sararmış yapraklar kendini iyice belli etsin diye, iyice griye çalmıştı. Usul usul yağan yağmurun altında yaprakların yanında ayaklarımın ıslanmasının hiç önemi yoktu. Hatta bu bir ihsandı. Şemsiyenin sapını sol elimden sağ elime geçirdiğimde, "ne zor bir iş bu" dedim, içimden.

İyi ki Hayes'in o kitabını (*Acceptance and Commitment Therapy)* okumuşum diye sevinirken, aniden esen rüzgâr ağaçları eğip büktü. Dalların rüzgârla dansı hızlanmıştı ki, yeniden "kabullenme, rıza gösterme"nin tanımına kaydı zihnim.

Gösterişli bir mağazanın önünde durdum. Kapitalizmin bilinen markasını pazarlayan mallar albenili vitrinden "Gel beni al!" uyarısı yayıyordu etrafa. Cadde benzer uyanların istilası altındaydı. İyi ki ağaçlar vardı caddeye nefes veren. Bir de görülebildiği kadarıyla gökyüzü. Yağmur caddeyi yıkıyordu kirlerinden. Kalplerimiz kir ve paslarından nasıl arınacaktı?

Mağazanın vitrinine dalıp gitmişken, şu soru geçiyordu zihnimin içinden: "Kanaat edin, israf etmeyin, en büyük kazanç kanaat ve israftan kaçınmadır," sözlerini en son nerede duyduk? Üç beş arkadaş bir araya gelip okuduğumuz bize hayattan, ahiretten bahseden kitaplar dışında bu sözcüklerin kapitalizmin dünyasında yeri olabilir miydi? İşimiz bayağı zordu.

Kapitalizmin esas düşmanlarından biri tevekkül ve teslimiyet, rıza ve kanaat etmektir desek yanlış bir şey söylemiş olmayız diye içimden geçirirken, buna sosyalizmi de dâhil edip edemeyeceğimizi düşündüm.

Narsistik arzu çağı, tevekkül ve teslimiyeti lakaytlık, vurdumduymazlık, kendini şartlara teslim etme, mücadele etmeme, kendini bırakma, iradesini ortaya koymama gibi olumsuz anlamlar yükledi. Enaniyet asrında narsistik benlikler kendini teşhir edip övgü toplamak için, bilhassa başarılarını, birincil malzeme olarak kullanır. "Ben yaptım," demenin narsistik hazzıyla kendinden geçmek için çetin bir mücadele, tırnaklarıyla kazıma önem kazanır. Bu yüzden de, narsisizmin yayılma politikaları karşısına çıkan tevekkül ve teslimiyeti, kanaat ve rızayı, kendine büyük bir engel gördü.

Hayes'in kitabındaki tanım tevekkül ve teslimiyetle ilgili önemli bir ayrıntıya işaret ediyordu. Not defterimi çıkarıp bir kere daha okudum, karşıdan karşıya geçmek için ışıklarda beklerken: "Kabullenme insanın kendisine verileni kabul etmesidir. Psikolojik olarak teslimiyet bir durumun ya da olayın olduğu haliyle aktif şekilde kabulüdür. Teslimiyet sadece olay ya da durumun kendisini aktif bir şekilde kabul etmek değil, bu olay ya da durumun kişi de uyandırdığı tüm içsel yaşantıları -duygusal, bedensel, düşünsel, davranışsal- uyaranları da kabul etmesidir." Bu tanıma göre teslimiyet zorunlu olarak kendimizi bırakmışlık hali değil, "aktif olarak" verdiğimiz bir karardı. Kabul etmenin, rıza göstermenin kendisi de bir eylemdi çünkü. Çünkü teslimiyet bir karar vermeydi: "O'nun emrine teslim olmaya karar veriyorum!"

Bazı kararlarımızın sonuçları zahirî olarak davranışlarımıza da hemen yansır. Örneğin, sigarayı bırakmaya karar verdim, deriz. Bunun zahirî sonucu bir daha sigara içmemektir. Bazı kararlarımızın sonuçları ise öncelikle duygularımıza tesir eder. "Başıma gelene razı olacağım," demek de bir karardır, hem de çok ciddi ve benliğimizin rağmına olduğu için, zor bir karardır. O halde, teslimiyet, kadere rızaya karar vermekte bir eylemdir. İsyan etmemekte bir eylemdir. İlk tesirini kalbe gösterir. Kalp isyanın kasvetinden, eleminden kurtulur, nurla dolar, ferah bulup aydınlanır.

Vitrinin ışıltıları ruhumu bunaltmıştı. Başımı yeniden yağan yağmurla ıslanan yapraklara çevirdiğimde, hayalim Roma'da yaşadığım bir ana taşıdı beni. Bir yandan Vatikan'ı geziyor bir yandan da kulaklıkla *Mesnevi-i Nuriye*'yi dinliyordum. Yalnız sayılmazdım anlayacağınız. Tam Papa'nın konuşmasını yaptığı balkona gözlerimi diktiğimde şu cümle dikkatimi çekmiş ve bir kenara not etmiştim: "İman ise, kasden ve bizzat takib ve kabul edilmekle kalbin içine bırakılır."

Şöyle yapsam yanlış olur mu, diye sordum kendime, ışıklar yeşile dönüp karşıya geçtiğimde. Bu cümledeki "iman" yerine "tevekkül ve teslimiyeti" koyup öyle okusam. Okudum: "Tevekkül ve teslimiyet, kasden ve bizzat takib ve kabul edilmekle kalbin içine bırakılır." Hayes'in tanımını daha iyi anlamış oldum böylelikle.

Yağmur şiddetlenip ben de yürümemi hızlandırdığımda, zaten dedim, "İman tevhidi, tevhid teslimi, teslim tevekkülü, tevekkül ise saadet-i dareyni iktizâ eder," demiyor mu, Zamanın Garibi.

KENDİMİZİ SUÇLAMAK

Benim başıma gelen onun da başına gelmişti, bir farkla. Evvel zamanın birinde bir arkadaşıma, onun bir yakınının hakkında aklımdan geçen gıybet özelliği de taşımayan bir düşünceyi aktarır aktarmaz, okkalı bir zılgıt yemiştim. "Onun hakkında böyle bir düşünceyi aklından bile geçiremezsin!" demişti, o sessiz sakin duruşlu arkadaşım.

Gayr-i iradi geçmişti aklımdan o düşünce işte. Bilerek ve kasten değil. Bir an aklıma gelmişti. Öylesine. Dalıp gittiğim bir an. Bir hüküm bile değildi. Bir olasılık cümlesiydi. "Şöyle olabilir mi?" cinsinden, "bu böyle!" cinsinden değil.

Kendi hatıralarım içinde buldum kendimi, elim böğrümde, onu dinlerken. İnsanız işte, neleri dert edinebiliyoruz, diye içimden konuşurken, ona nasıl yardım edeceğim konusunda hiçbir fikrim yoktu. İhsan edilecek fikirden habersiz, nâçâr, bir sağa kaykıldım bir sola. Hayalimden sıyrılarak yeniden ona döndüm. O, hayalhanemde gezinen düşüncelerden habersiz anlatıyordu. Gözleri üzerimde. Benim de onun üzerinde. Her biri diğerine bakan iki ayna gibiyiz.

Benimkiyle onunki arasında fark,"Böyle bir düşünceye aklımdan bile geçirmemeliydin!" diyen de dediği de kendisiydi. Ona, insanız işte, böyle bir düşüncenin zihninden geçmesi seni kötü bir insan yapmaz dememin bir faydasının dokunacağını hiç zannetmiyordum. En iyisi bir analoji kurmaktı. Ama nasıl?

Titiz insanları andırıyordu. Her şeyin simetrik, hatta milimetrik olmasını isteyen insanlara benziyordu. Halının üzerine minnacık bir çöpün bile olmasına tahammül edemeyenlere. Perdeler dümdüz olacak, koltuk minderleri kabarık olacak diyenler gibi.

Yok, evde öyle titiz mi titiz biri değildi. Derli toplu olduğunu ama takıntılı olmadığını söylüyordu. Onun titizliği başka bir konuda. Herkesin titizliği kendine has. Hepimiz bir şeyleri takmış gidiyoruz işte. Bu da bir nimet aslında. Ya hepimiz, tek bir şeye takıntılı olsaydık, nice olurdu hayat diye geçirdim içimden.

Yaptığımız kötülüklerin farkına varmamak, varsak bile bir özür bile dilememek, tövbe etmemek ne kadar sorunluysa, her şeyimizle ama her şeyimizle temiz pak olma iddiası da o nedenli sorunludur. Bazılarımız hep başkasını suçlar bazılarımızsa hep kendini. O ikinci guruptandı. Aklımdan kötü bir düşünce dahi geçmemeliydi. Kimsenin hakkında olumsuz düşünmemeliydi. Tüm olumsuz düşüncelerden, hislerden, fikirlerden, hayallerden arınmış olmalıydı. Yoksa kötü bir insan olurdu. Halıya düşen bir çöple halının kirli olduğunu düşünen biri gibiydi.

Bütün oklarını kendine yöneltmişti. Yakın bir zamanda bir arkadaşı hakkında aklımdan geçen olumsuz bir düşünce yüzünden. Bu onun kalbi bozuk bir insan olduğunun bariz bir göstergesiydi.

Oturuşu kalkışı tam bir hanımefendiydi. Her şeyiyle bir ölçü abidesi. Temiz pak giyinmişti. Hikâyesinin bir yerinde, "Temiz pak giyinmeyi severim," dediğinde hayalime düşen o imge, günün en güzel hediyesiydi. Allah'tan başka ne isterdim!

"Bir insanın banyo yaparak temizlendiğini, yeni yıkanmış ütülenmiş giysilerini giydiğini düşünelim," dedim. "Hatta" diyerek ilave ettim, "bir de abdestli olsun. Bu kişinin temiz bir insan olduğu konusunda sanırım hemfikir oluruz."

"Eh," der gibi baktı, sessiz.

"Peki, pak temiz bu insanın bağırsaklarında gaita olması onu pis, kirli bir insan yapar mı?" diye sordum mutlu mesut.

"Yapmaz," dedi en alçak ses tonuyla.

"İşte..." diye devam ettim, "Bizim de hayalimize gelen olumsuz düşünceler, imgeler hatta hisler kalbimizi, aklımızı kirletmez ve bizi kötü bir insan yapmaz aynı şekilde."

"İlginç olanı..." diyerek, söze katıldı, "namaz kılarken bile bağırsağımızda gaita taşıyoruz ama Rabbimiz bizi temiz kabul ediyor. Hiç böyle düşünmemiştim kendimi."

Günün sonuna doğru caddeye çıktım. Yürüyordum. "Hayat ince bir çizgide akıp gidiyor," diye düşünüyordum bir yandan da. Bir de şunu düşünüyordum: "Olmadık şeyleri dert etmek bir insan zafiyeti gibi görünse de aslında insan denilen varlığın ne kadar muhteşem yaratıldığının bir göstergesi." İyi ki insan olarak yaratılmışız dedim. Kime mi?

Derken, bakışlarımı gökyüzüne diktim, belki Yaratıcısı onu yine orada asılı tutmaktadır da hilalimsi bir gülümseme yollar diye. Henüz ortalıkta görünmüyordu. Demek ki daha vakti gelmemişti. Her şeyin bir vakti var işte, her şeyin bir kaderi, dedim kendi kendime. Hilal şeklini alacağı gündü. Öyle söylüyordu takvimler.

Ben de bir grup kuşu seyre daldım. Alçalıp yükseliyor, kendilerine biçilen kaderde kanat çırpıyordular semada. Bir bulut kümesinin üzerine yuvasına gitmek üzere olan güneşin son kızılımsı ziyası düşmüştü. Sadece bir bulut kümesinin. Yeniden yeryüzüne döndüm.

Bazı ağaçların dalları yemyeşil yapraklarla el eleyken, bazılarının kollarında mecal kalmamış, sararmış yapraklarını yere bırakmıştılar, usulca. Kollarında uykuya dalmış yavrularını tutmaktan bitap düşmüş annelerin, özenle onları yatağa bırakışları gibi. Usulca.

Cadde, yüzlerce belki binlerce âlemi bağrına basmış, diye düşünürken ya insan diye sordum, bir yandan da "ne kadar kötü bir insanım!" diyen hikâyelerin hüznünü semaya salmayı hayal ederken. Hüzünler, acılar toprağa gömülemiyordu çünkü. Ellerin semaya açılması gibi hüzünler ve acılar da semaya açılıyordu. Biz içimizi toprağa değil semaya dökeriz.

Cadde o an gözüme bir saray gibi göründü. Aslında, insanı bir saray gibi tarif ediyordu Zamanın Bedii. Hafızamdan o paragrafı çekip çıkarmaya uğraştım. İnsanı bir saraya benzeten paragrafı. Nafile! Ne başını hatırladım ne sonunu. Bir yerinde şu cümle geçiyordu ama: "O saray ehli ise; insandaki göz, kulak, kalb, sır, ruh, akıl gibi letaif ve nefs ve heva ve kuvve-i şeheviye ve kuvve-i gazabiye gibi şeylerdir."

Bazı kelimelerin kullanımdan kalkmasının bedeli ağırdır. Hiçbir kelime boşa değildir ama bazıları derin bir insani hakikate işaret eder. Güneş ziyasını caddeden iyice çekip bizi karanlığa emanet ettiğinde şu soru düştü aklıma: Caddede yüz tane insanı çevirsek ve nefis kelimesinden ne anladığını sorsak ne cevap verirler acaba? Azımsanmayacak sayıda insanın artık "nefis" kelimesinden haberdar bile olmadığına emin gibiydim. Nefsin ne olduğunu bilmiyorsak kendimizi bilebilir miydik? Kendini bilemeyen artık neyi bildiğini iddia edebilirdi?

Nefis kelimesinin yürürlükten kalkmasa da daha az aklımıza gelmesinde psikoloji biliminin de rolü var, diye hayıflandım.

Her duyduğumda beni afallatan o cümle, aklımdan bir türlü çıkmıyor şu günlerde: "Ne kadar kötü bir insanım ben!" Dinlediğim binlerce hikâyenin ana kurgusuydu bu. Binlerce ruhu, binlerce sırrı, binlerce şuuru, binlerce aklı rencide eden haksız bir hükümdü.

"Âdem unuttu ve meyveden yedi. Zürriyeti de unuttu. Âdem hata işledi, zürriyeti de hata işledi," dememiş miydi Kâinatın En Değerli Varlığı. "Hem insanda madem nefs, heva ve vehim ve şeytan hükmediyorlardı. İnsan olmanın ağır yüküydü bu."

"Ben kötü bir insanım demek," üzücü ve haksız bir cümledir. Tam da şeytanın istediği bir hükümdür. Davranışlarımız, hâl ve hareketlerimiz kötü, yanlış, hatalı olabilir. Biz nefs-i emmâre taşırız içimizde ayrıca. Nefis ve şeytan bizi günahlara, yanlışlara, kötülüklere sürükler. Kötü olan nefs-i emmâremizdir, ondan kaynaklanan davranışımız, günahımızdır. "Ben ne kadar kötüyüm," diyerek insan kendi sarayının tüm sakinlerini kötülemeye hakkı var mıdır, diye sordum kendime, elindeki telefonla bağıra çağıra konuşup hakaretler yağdıran kadını gördüğümde.

Nefsini sigaya çekmek, nefsini terbiye etmek, modern hayat algısında "kendini sigaya çekmeye", "kendini düzeltme"ye dönüştü. Bu anlayış işimizi zorlaştırdı. Kendini düzeltmek muğlâk bir hedef olarak önümüzde durur çünkü. "Kendi" dediğimiz kavramın ise içi boştur. Kendini düzeltmeye karar veren bir insan nereden başlayacağını bilemez. "Nefsini" terbiye etmekse belirgin bir hedeftir.

"Zamanın Bedii'nin şu sözleri hafızamdan seslendi:

Herkeste nefs-i emmâre bulunur. Bazan da hissiyat-ı nefsiye damarlara ilişir. Bir derece hükmünü; kalb, akıl ve ruhun ramına olarak icra eder. Sizlerin kalb ve ruh ve aklınızı itham etmem." Buradan şunu anlayabilir miyiz demiştim içimden, bir aralık soluklanmak için bir banka oturduğumda: Ben ne kadar kötü bir insanım derken kalp ve aklımızı, ruhumuzu da itham ediyoruz. Hâlbuki itham edilecek nefs-i emaremizdir. Çünkü "nefs ve heva ve his ve vehim bazan aldatıyorlar."

Derken, onu gördüm. Hilalimsi tebessümünü görünce gevşeyip rahatladım. İçimizde nefs-i emmâre taşısak da sarayımızda başkaca nice değerli sakinler vardı. Biri aklımız, biri kalbimiz, biri de şuurumuzdu. Bir de sır vardı. Sır neydi? Adı üstünde "sır"dı.

PERDE

EKA ÜLKESİNE, YUSUF RABBİ'NE DÖNDÜ

Ağır aksak adımlarla çıkıyorsun hapishaneden. Tam on yılını geçirdiğin soğuk duvarlarla çevrili, nemli odalardan. Artık hayatla aranda tel örgüler, duvarlar olmayacak. Artık hayatla aranda bir tek ölüm kaldı. Önceden ölümle aranda hayat vardı. Baksana, artık hayatın aradan çekilmek üzere yavaşça. Günbatımı kadar sakin, huzurlu bir çekiliş olacak bu. Günbatımı kadar ahenkli başka bir varoluşa devşirileceksin. Az kaldı Yusuf, pek az kaldı.

Ne bir sevinç var yüzünde ne de keder. Beni korkutan da bu ya zaten. Yüzünde derin bir kederin izlerini görseydim endişelenmezdim bu kadar. Yüzün donuk; donuk olduğu kadar soluk Yusuf (Onur Saylak), çok soluk. İflas etmiş akciğerlerinden, çökmüş sosyalizmden, kaybolan umutlarından mı yüzünün solgunluğu?

Köyüne dönüyorsun. Yavaşça kapıyı açıp içeri giriyorsun. Pencereden uzaklara dalıp gitmiş anneni seyrediyorsun kısa bir süreliğine. Annen (Raife Yenigül), filmin sonunda o pencereden bir kez daha bakacak. Sarılıyorsunuz birbirinize. Sana yemekler, kahvaltılar hazırlıyor. Ballı süt yapıyor. Anneler başka ne yapar ki Yusuf. Annelerin en iyi bildikleri şey annelik değil midir?

Konu komşu geliyor ziyaretine. Sana F tipi cezaevlerini soruyorlar. Sen odada değilsin. Dalıp gidiyorsun. Sert postalların, silahların gürültüsüne dalıp gidiyorsun. Zihninde cezaevinde yaşadıkların sahneleniyor bir kere daha, bin kere daha (flashback).

Aradaki gelişmeleri atlıyorum Yusuf. Esas hikâyeye gelmek istiyorum bir an evvel. Kasabaya iniyorsun. Kitapçıdasın. Ruhlarınız o an birbirine dokunuyor. Oysa daha birbirinizin yüzünü bile görmediniz. Ama çoktan bağlandınız. Senin gibi içine gömülmüş o da. Senin gibi kederli, senin gibi suskun ve acı dolu. Rusça roman arıyor. Raftan bulup Rusça bir roman uzatıyorsun ona. İçinde bir şeyler kıpırdanmaya başlıyor. Kesik kesik öksürsen de, yüzün sararıp solsa da, iş âşık olmaya gelince hiçbir şey önüne geçemiyor, değil mi?

Çocukluk arkadaşın Mikail seni bir eğlence mekânına götürüyor. Orada Eka (Megi Kobaladze) ile karşılaşıyorsun yeniden. Eka, para karşılığı erkeklerle beraber olan bir kadın. Sen para karşılığı bir kadınla beraber olmak istemiyorsun. Ona kalbini vermek istiyorsun. Bu Eka'nın ilk kez başına geliyor. Eka zaten hayat şaşkını. Daha da şaşkınlaşıyor seninle. İnsan kalan umutları seninle yeniden yeşeriyor. Sosyalizmle kendi halkına yapmak istediğini, Gürcü bir kız için yapıyorsun. Kaderin cilvesi işte. Kaderin hep böyle garip cilveleri vardır.

Bence de Yusuf bence de; tamam, geliyorum esas sahneye. Sen evindesin, Eka otel odasında. İkiniz de televizyon seyrediyorsunuz: "Vanya Dayı." Biliyorsun, *Vanya Dayı* Anton Çehov'un bir oyunu. Daha sonra Laurence Olivier tarafından sinemaya uyarlandı. İşte bu film gösteriliyor televizyonda. Vanya Dayı, Sonya'ya soruyor, "Ne yapabiliriz?" diye. Sonya'nın cevabı ikinizi de teselli ediyor.

> "Ne yapabiliriz? Yaşamak gerek! (Bir sessizlik) Yaşayacağız Vanya Dayı. Çok uzun günler, boğucu akşamlar geçireceğiz. Alınyazımızın bütün sınavlarına sabırla katlanacağız. Bugün de, yaşlılığımızda da, dinlenmek bilmeden, başkaları için çalışıp didineceğiz. Ecel saati gelip çatınca da, uysalca öleceğiz ve orada, mezarın

ötesinde, çok acı çektik, gözyaşı döktük, çok acı şeyler yaşadık diyeceğiz... Ve Yaratıcı acıyacak bize ve biz seninle, canım dayıcığım, parlak, güzel, sevimli bir hayata kavuşacağız ve buradaki mutsuzluklarımıza sevecenlikle, hoşgörüyle gülümseyeceğiz ve dinleneceğiz... İnanıyorum buna dayıcığım, bütün kalbimle, tutkuyla inanıyorum... (Voynitski'nin önünde diz çöker ve başını onun avuçlarına koyar. Yorgun bir sesle tekrar eder.) Dinleneceğiz! Dinleneceğiz! Melekleri dinleyeceğiz, elmaslar gibi yıldızlarla kaplı gökleri göreceğiz. Dünyanın tüm kötülüklerinin, tüm acılarımızın, dünyayı baştanbaşa kaplayacak olan merhametin önünde silinip gittiğini göreceğiz ve hayatımız bir okşayış gibi dingin, yumuşak, tatlı olacak. İnanıyorum, inanıyorum buna. (Mendiliyle, dayısının gözyaşlarını kurular.) Zavallı, zavallı Vanya Dayı, ağlıyorsun... (Gözyaşları arasından) Hayatında mutluluğu tadamadın, ama bekle Vanya Dayı, bekle... Dinleneceğiz.... (Kucaklar onu.) Dinleneceğiz! Dinleneceğiz!"

Ne umut verici, değil mi Yusuf? Ölüm saati gelince uysalca ölmek. Orada Yaratıcı'nın merhametinin sonsuz tecelli edeceğine, sevimli bir hayata kavuşulacağına, buradaki mutsuzluklara sevecenlikle gülümseyeceğimize inanmak.

Sen de dinleneceksin Yusuf. Az kaldı. Melekleri dinleyeceksin. Elmas gibi yıldızlarla kaplı gökleri göreceksin. Sosyalizmle yaşamak istediğin adaleti, refahı orada göreceksin. Dünyanın tüm kötülüklerini, acılarını sosyalizm ile yok edemedin. Bunları kim yok edebilir ki Yusuf! Ama orada merhametin önünde her şey silinip gidecek. Biraz daha bekle. Biraz daha. Az kaldı.

Artık âşıksın. Aklın fikrin hep Eka'da. Eka'nınki de sende. Artık birbirinizin içindesiniz. Sen onda çoğaldın, o da sende.

Eka'nın vizesi bitti. Ülkesine gitmek zorunda. Sen de gitmek istiyorsun. Halini Mikail'e (Serkan Keskin) açıyorsun. Mikail sana, pasaport için gereken parayı veriyor. Hemen pasaport hazırlığına başlıyorsun. Daha bilmiyorsun ama bu ecelinin pasaportu olacak Yusuf. Gidemeyeceksin Batum'a. Sen başka bir yere gideceksin.

Eka, minibüsün içinde. Gidiyor. Kalbini sende bırakarak gidiyor. Sessizce de ağlıyor. Ne güzel bir an bu. Sessiz sessiz ağlayan insanlara sonsuz bir saygı uyanır içimde. Sen görmüyorsun Eka'nın bu sessiz ağlayışını. Görsen sen de çok etkilenirdin eminim. Koşar adım otele geliyorsun. Eka'nın gittiği söyleniyor. Deniz kenarına gidiyorsun sen de. Buluştuğunuz iskeleye. Dev dalgalar seni alıp yutacak diye kaygılanıyorum bir an. Görüntüler müthiş Yusuf. Görüntü yönetmeni (Feza Çaldıran) gerçekten güzel iş çıkarmış.

Eka, Sarp sınır kapısından gerçek memleketine ayak basıyor. Artık ülkesinde. Senaryonun en zekice kurgulanmış yerlerinden biri değil mi?

Sen de evindesin. Tulum çalıyorsun. İşte, yönetmen ve senaristin (Özcan Alper) bence en iyi iş çıkardığı sahneye geldik. Annen yavaşça yerinden kalkıyor. Camdan dışarı bakıyor.

Cam. Katı bir madde. Katılığıyla iki mekânı birbirinden ayırır.

Cam. Şeffaf ve geçirgen. Şeffaflığıyla ayırdığı iki mekân arasındaki iletişimi devam ettirir. Katı maddeler içinden geçemez camın. Ama güneş ışıkları gibi latif maddeler süzülür içinden.

Yönetmeni ayakta alkışladığım ana geldik. Kamera, camın içinden yavaşça dışarıya odaklanıyor. O sırada ruhun bedeninde ayrılıyor, ölümün içinden geçiyorsun işte Yusuf.

Cenazen tabutun içinde, insanların omzunda taşmıyor karlı bir kış günü. Birazdan mezara konacak. Ruhunsa berzah âlemine alınacak. Ve bir ağıt sesi duyuyoruz. Hemşince bir ağıt bu. Ben Hemşince bilmiyorum Yusuf. İçinde Yusuf sözcüğü geçtiği için senin için yakılan ağıt olduğunu anlıyorum. Bazen bir sözcük birçok şeyi anlamımıza yol açıyor baksana.

Eka ülkesine, sen de Rabbine dönüyorsun.

Biliyor musun, bu filmi (*Sonbahar*) iki kere izledim. Her ikisinin de bitiminde kendimi senin için bir Fatiha okuma arzusuyla dolu buldum. Bu halime hem gülümsedim (sonunda beni gülümsettin işte) hem de filmin bir başarısı olarak yorumladım.

Güle güle Yusuf, güle güle.

ÖZGÜR OLAYIM DERKEN ÖLÜMÜN TUTSAĞI OLMAK

An gelir, hayat ayaklarımıza dolanır. İstemeden, beklenmedik bir anda. Bir kaza, beyin kanaması ya da kilitlenme sendromu nedeniyle beden hareketliliğini yitirir, yığıntıya dönüşür. Kimi zaman süreç tersine işler. Önce ruh, enerjisini yitirir, hayat anlamını kaybeder, beden tonlarca ağırlıkta külçeye dönüşür. Beden bizi değil, biz bedeni taşıyoruzdur artık. İşte o an, insan bir bedenin içine kilitlendiğini hisseder. Tek hücreli bir odada, tek başına, yalnız, kimsesiz. Acı olan, tek hücreli bu odanın kendi boyunda ve kendi eninde olmasıdır. İnsan kendi içinde boğulurken, ölme arzusu kıpırdanmaya başlar.

Ölmeyi istemek, kendini öldürmek, ölmek için başkasından yardım istemek deyince aklıma üç film gelir hemen.

Kirazın Tadı (Yönetmen: Âbbas Kiyarüstemi)

Orta yaşlarını süren Bedii'ye hayat, bir nedene bağlı olmaksızın anlamsız gelmektedir. Bir kutu uyku ilacı içtikten sonra kazdığı mezara yatacak ve sonra gelip birisi onun üzerini toprakla örtecektir. Ama kim?

Arabasıyla bu kişiyi aramaya koyulur. Yolu bir asker, bir ilahiyatçı ve bir tahnitçiyle kesişir. İlk ikisi onu anlayamazlar, genel geçer sözlerle niyetinden vazgeçirmek isterler. "Fakat insanın daha fazla devam edemeyeceği bir an gelir. Allah'ın takdirini bekleyemez ve kendisi harekete geçmek ister," diyerek içinde bulunduğu durumun anlaşılmasını ister.

O an, intihar denilen şeyin akla geldiği andır. Dayanılmaz gelen bir hayattan kurtulmaya karar verilen an.

Tahnitçi anlayışlıdır, kavrayışı derindir. Bedii ile yolculuk ederken "Bu yol biraz daha uzundur ama daha rahat ve güzeldir," diyerek onun yolunu değiştirir. Yolda kendi öyküsünden parçalar anlatır. Tahnitçi yeni evlendiğinde başına bir sürü bela gelmiştir. Hayattan öylesine bıkmıştır ki bir gün her şeyi sonlandırmaya karar verir. Bir sabah, şafaktan önce yanına bir ip alır. Dut ağaçları ile dolu bir bahçeye varır. Hava hâlâ karanlıktır. İpi ağaca fırlatır ama tutturamaz. Birkaç kez daha dener. Olmaz. Ağaca tırmanır, ipi sımsıkı düğümler. Sonra elinin altında yumuşacık bir şey hisseder. Duttur bu. Lezzet küpü dutlar. Birini ağzına atar. Sonra İkincisini, üçüncüsünü... Sonra güneşin dağların ardından yükseldiğinin farkına varır. Ama ne güneştir! Ne manzaradır karşısındaki! Gün ağarır. Okula giden çocukların sesini duyar. Çocuklar ona bakmak için dururlar. Sonra ağacı sallayarak dutları düşürmesini isterler. Tahnitçi, çocuklar dutları yerken kendini çok mutlu hisseder. Eve götürmek için de bir miktar dut toplar. Eve gelir. Karısı hâlâ uyuyordur. Uyandığında o da dutlardan yer, bayılır onlara. Kendini öldürmek için çıktığı eve dutlarla dönmüştür. "Dutlar hayatımı kurtardı," der.

Bedii, "Her şey düzeldi mi yani dutlardan sonra," diye sorar, inanmaz gözlerle. Tahnitçi "Her şey düzelmedi tabii ki. Ama bakış açım, düşüncelerim düzeldi," diye yanıtlar. Sonra da, Bedii'ye sabah erkenden kazdığı mezara geleceğine, eğer öldüyse üzerini toprakla örteceğine söz verir.

Hayat, dosdoğru ilerleyen bir tren gibidir. Raylar bittiğinde son durağa gelinmiştir. Ölüm son durakta bekler. Erken inmeye gerek yoktur.

Bedii, biraz daha uzun ama daha güzel bir yolu tercih eder; yaşamayı. Tren hareket halindeyken atlamayacak, son durakta zamanı geldiğinde zaten inecektir.

İçimdeki Deniz **(Yönetmen: Alejandro Amenabar)**

Ramon Sampedro, yirmi altı yaşında iken kayalıktan denize atlar. Deniz çekilmiştir. Boynu kırılır. Kolları, bacakları tutmaz olur. Tek hayali, ölüp özgürlüğe kavuşmaktır. Ancak kendini öldüremeyecek hâldedir: yerinden kalkamaz, ellerini oynatamaz, ilaç içemez, başkasına muhtaçtır.

Julia, ötenazi hakkını elde etmek için ona yardım eden bir avukattır. "Neden ölümü seçiyorsun?" diye sorar Ramon'a. "Çünkü" der Ramon, "bu şekilde yaşamak onursuz bir şey. Diğer tetraplejik hastalar bana kızabilir. Bunun onursuz bir yaşam olduğunu söylememe alınabilirler. Bunu anlarım ama ben kimseyi yargılamaya çalışmıyorum. Ben kimim ki yaşamayı seçenleri yargılayayım! Siz de beni yargılamayın. Ne beni, ne ölmeme yardım etmek isteyenleri."

"Sonra," diye ilave eder Ramon, "Bu çok da önemli bir mesele değil. Ölüm hep bizimleydi ve bizimle olacak. Sonunda hepimizi yakalayacak. Bizim bir parçamız o. Öyleyse ölmeyi seçtiğim için neden dehşete düşüyorlar."

Bizi dehşete düşüren, Ramon'un ölümü tercih etmesi değil, hayatı reddetmesidir. Ruhunu zehirleyen isyanı, olan bitene nefreti, içindeki kızgınlığı, öfkesidir. Tekerlekli koltuğu neden reddettiği sorulduğunda, "Onu kabul etmek, kaybettiğim özgürlüğün artıklarını kabul etmek olurdu. Şunu düşün: Orada oturuyorsun. Üç adım uzakta. Üç adım nedir ki... Herkes için anlamsız bir uzaklık. Ama benim için o üç adım sana ulaşmamı engelleyen imkânsız bir yolculuk. Sadece bir hayal. Bir fantezi. O yüzden ölmek istiyorum. Hepsi bu," diye yanıtlar.

Filmin öyle bir sahnesi vardır ki; olan biteni en çok ele verir. Ramon, abisinin evinde yaşamaktadır; bakımını yengesi üstlenmiştir. Yeğeni Javi bir gün, büyükbabası için, "Bütün gün evde oturuyor. Ona kimin ihtiyacı var ki!" der. Javi'nin sözleri bir ok gibi ruhunu deler geçer Ramon'un. Onun derin yarası tam da budur işte: bir işe yaramamak. İşe yaramayı, Mutlak Bir Varlıkla ilişkilendiren anlam bağlarından kopuk bir insan için, yatalak olarak geçirilen bir hayat sadece bir lanet, bir gereksizlik, bir hiçliktir. Ramon, Javi'yi "Bir gün ama bir gün, yıllar sonra bu sözlerin için çok pişman olacaksın. Kendinden nefret edeceksin," diye uyarır. Javi bir şey anlamaz.

Ramon ölümle özgür olacağına inanır. Unuttuğu şudur: Bauman'ın ifadesiyle, hiçbir özgürlük mutlak, her şeyi kapsayıcı, sınırsız değildir. Bir bağımlılıktan kurtulmanın tek yolu, başka bir bağımlılığı kaldıraç olarak kullanmaktır. Kutlanan her özgürlük, en çok korkulan bağımlılıktan kurtulmaktır. Bizatihi bağımlılıktan değil.

Ramon hiçbir uzvunun tutmamasından dolayı özgürlüğünden olduğunu düşünür. Tutsak gibi hisseder kendini. Özgürlüğe, ölmekle kanat çırpacaktır. Farkında değildir ki, ölüm olmadan yapamayacağı sonucuna vararak ölümün tutsağı olmuştur. Olmazsa olmaz haline getirdiğimiz her neyse onun tutsağıyızdır çünkü.

Ramon, arkadaşlarının yardımıyla isteğine kavuşur: Hayattan özgürleşir ama ölümün tutsağı olur. Son durakta inmeyi beklemek yerine, hareket halindeki trenden atlar.

Kelebek ve Dalgıç Giysisi (Yönetmen: Julian Schnabel)

Jean-Dominique, Elle dergisinin editörüdür. Bir gün kilitlenir kalır. Bedeninin içine. Tıkalı kaldığı bedeninden bir anahtar deliğinden bakar gibi bakar hayata. Kilitlenme sendromuna yakalanmıştır. Bilinç bozukluğu olmaksızın el ve ayakları, alt kafa sinirleri felç olmuştur. Konuşamaz. Sağ gözü görmüyordur.

Uzun süre kaldığı komadan çıkarken hastanede olduğunu fark eder. Odadaki çiçekleri görür. "Bu çiçekleri kim getirdi? Bir şey mi oldu acaba?" diye sorar. Çıkmayan sesi, iç ses olarak içindeki duvarda yankılanır.

Evet, bir şey olmuştur.

Durumu kavradıkça "Hayat bu mudur?" diye hayıflanır. Bedenin içine kilitlenmiş bir hayat nasıl bir hayat olabilir?

"Bugün tüm varoluşumun, küçük ıskalamalardan ibaret olduğunu fark ediyorum. Sevemediğim kadınlar. Kaçırdığım fırsatlar. Boşa giden mutluluk anları," diye düşünür. Ruhu uyanışın eşiğindedir. Hayatı, sonucunu bildiği bir ders gibi görmeye başlar. Buna rağmen sınavı geçemeyecek kadar beceriksiz addeder kendini.

Her musibet bir ışık yakabilir. Eğer insan isterse.

Bunun olmazsa olmaz koşulu, insanın kendine acımaması, kendisini bir zavallı, kurban gibi görmemesidir. Jean kendine acımayı reddeder ve ona iki yönünü keşfetme yeteneği bahşedilir: Hayal gücü ve hafıza. Bunlar, onu ayakta tutan iki kaleye dönüşür. Tüm uzuvları felç olsa da, hayal gücü ve hafızası felç olmamıştır. İstediği şeyi, kişiyi, yeri hayal eder. İstediği yere gider, gelir.

Yaşadığı musibet, Jean-Dominique'in içinde bir ışık yakmıştır. Varoluşsal mutlak acizliğinin farkına varmıştır. İnsan olmanın tam içine düşmüştür. Durumunu kabul etmiş, olan bitene teslim olmuştur. Artık hayatın peşini bırakmaz. Ölüm ara ara aklına gelir ama onun tutsağı olmaz.

Yalnızlık kıyılarında hareketsiz yolculuğunu yazmaya karar verir. Öyle bir yazacaktır ki, çaresizliğin dilini çözecektir. Ama nasıl yazacaktır? Elleri ve konuşma sinirleri felç olmuştur ama bir gözü hâlâ çalışıyordur.

Konuşma terapisti, onun için bir yöntem geliştirir. Alfabe harfleri sık kullanımlarına göre sıralanır. Jean "Ölmek istiyorum" mu diyecek? Konuşma terapisti harfleri teker teker söyler. Uygun harfe gelince Jean gözünü kırpar. Bu, kelimelerin her harfi için tekrarlanır. "Ölmek istiyorum," ilk cümlesi olur. Terapist, "Bu edepsizce, ahlaksızca. Hayattasınız ve ölmek istiyorsunuz. Sizi sevenler, size saygı duyanlar var," diye çıkışır.

Bu cümleyi bir daha ağzına almaz Jean. Güvelerin yediği yıpranmış perdelerin arkasında, süt beyaz aydınlığın, sabahın gelişini haber verişine odaklanır. Topuklarında bir sızı vardır. Kafası davul gibidir. Tüm bedeni dalgıç giysisiyle kaplıdır sanki. Ama o hareketsiz yolculuğunun detaylarını not ettiriyordur artık. Yalnızlık nehirlerinde salınan bedenini takip ederek.

Deniz köpüğünden seyrine doyum olmaz manzaralar dikkatini çeker. Ama onun favorisi deniz feneridir. Tek gözüyle gördüğü güzellikleri, yine tek gözüyle yazan ilk insan olur.

Jean da, Bedii gibi hareket halindeki trenden inmeye kalkmaz. Zamanı gelir, tren son durakta durur ve yavaşça trenden iner. En azından ruhunu parçalamaz. Ölümün tutsağı da olmamıştır.

MUHARREMİN TAKVASI

Çok alametler belirdi Vakit tamamdır Haram helal oldu
Helal haramdır.
"Kendi kendimizle yarışmaktayız gülüm
Ya ölü yıldızlara götüreceğiz hayatı
Ya da dünyamıza inecek ölüm"

Nazım Hikmet Ran

Güneşten önce uyanıyordun Muharrem. Ezan sesleri baba yadigârı evinin içini doldurduğunda, sen buz gibi soğuk suyla abdest alıp O'na secdeye varıyordun. Terliklerini yan yana düzgünce koyuyordun. Titiz bir insandın. Temizdin, paktın. Ve yalnızdın Muharrem. Tek başına yaşıyordun, mutluydun, huzurluydun.

Bir işin vardı, başını sokacak bir evin, bir de haftada bir zikre gittiğin dergâhın. Bir yol tutturmuş gidiyordun. Başka yollar sana yabancı bile değildi. Çünkü başkaca yolları hiç bilmiyordun. Şiirini ezberlemiş çocuk gibi sen de yolunu ezberlemiştin.

Büyük Yeni Han'da çuval satan bir dükkânda çıraktın. Baban da aynı işyerinde çalışmıştı. Dükkânı açıyor ve kapatıyordun.

Yerleri süpürüyor, patronun Ali Bey'e (Settar Tanrıöğen) çay kahve getiriyor, çuvalları tartıyordun. Geri kalan zamanlarda tespihin elinde şeyhinin verdiği ödevleri yapıyordun.

Kadınlardan uzaktın. Hayattan da uzaktın Muharrem. Kadınlar sadece senin rüyalarında vardı. Gördüğün rüyalar bile seni tedirgin edip korkutuyordu. Gece yarısı telaşla kalkıyor, gusül abdestini alıp tekrar yatıyordun.

Genel olarak böyleydi hayatın. Bir takva hattında yürüyordun. Engebesiz düz bir yolda. Namazında niyazında salih bir mü'min olarak yaşayıp gidiyordun. Ne dünya sana bulaşıyordu ne de sen dünyaya.

Ama bu böyle gidemezdi Muharrem. Bu çok dengeli bir hayattı. Bu kolay bir hayattı. Filmde (*Takva*) geçmişine dair pek bilgi bulamıyoruz. Belki birçok kere sınandın ama yine sınanacaksın. Dışında olduğun sosyal hayatın içine çekilecek ve orada imtihandan imtihana tabi tutulacaksın. Ölene kadar bu böyle olacak Muharrem. Farklı farklı sınamadan geçmeden ölmek yok. Çünkü cennet ucuz değil Muharrem.

Sen dükkânda sessiz sedasız çalışırken savaş tamtamları çalıyordu. Ben filmi baştan sona birkaç kez izlediğim için biliyorum. Ama sen bilmiyorsun daha. Birazdan hava griye dönecek. Fırtınalar kopacak. Şimşekler çakacak. Yeni bir dönem başlayacak hayatında. Bir kez daha sınanacaksın. İçin dışına çıkacak. Yüreğin kor ateşte dağlanacak. Hataların içine düşeceksin. Yenileceksin. Nefsine. Ve işte o an ne yapacaksın? Bütün mesele bunun etrafında dönecek. Sen şu anki temiz halinle son kez çuvallarını tart Muharrem. Bugün de huzurlu huzurlu çalış dükkânında. Yakında huzurun kaçacak çünkü. Yakında içindeki tartının dengesi feci şekilde bozulacak. Evden işe, işten eve, evden dergâha giden yolun dışında başka yollar hazırlanıyor senin için sessizce. Birazdan yönetmen (Önder Kızıltan) senin için yeni bir sahne çekecek.

Baksana Şeyh (Meray Ülgen) ve en yakın müridi ve gelecekte halifesi olacak olan Rauf Kardeşin (Güven Kıraç) senin hakkında konuşuyorlar. Konuştukları sen değilsin aslında. Senin yazgın konuşuluyor. Senin dergâhın gelirlerini toplamak için en uygun kişi olduğunu söylüyor Şeyh.

"Gönlü açık imanı tamdır. Lâkin ilmi zayıftır. Dünya işlerini yapmak gönül açıklığını gerektirir zihin açıklığını değil. Zihin açıklığı ile yapılan işlere şeytan karışır. Senin aklın onun yapacaklarına yeter," diyor Şeyh, Rauf Kardeşine. Sonra da uygulayacakları stratejiyi açıklıyor Rauf'a: "Ona sıradanlığın sıra dışı olduğunu öğretmelisin"

Şeyhin bu cümlesi beni çok korkuttu Muharrem. Senin adına, senin hayatın adına korktum biliyor musun? İşte dedim. Muharrem'in sınavı bu cümle etrafında dönecek.

Son huzurlu akşamındı. Evinde yine tek başına yemeğini yedin. Pek seçemedim ama galiba etli taze fasulyeydi. Tabağını sünnetledin. Bulaşığını yıkadın. Çayını demledin. İsa'nın son akşam yemeği gibiydi yemeğin. Tek farkı sen yalnızdın. Sonra zil çaldı. Şaşırdın. Bu saatte yalnızlığının kapısını çalan pek olmazdı. Gelen Rauf Kardeşindi. Seni dergâha çağırdı. O akşam zikir günü değildi. Ankara'dan gelen misafirler için özel bir zikir düzenlenmişti. Sen de davet edilmiştin. Sıradanlığın bozulduğunu ilk o an hissettin. Neden senin de bu özel zikre çağrıldığına bir anlam veremedin. Rauf Kardeşinle yola koyuldun. Dergâhın kapısından girerken esas haber kalbinde patladı.

"Efendi hazretleri zikrullahdan sonunda seninle hasbihal etmek istiyor. Destur vermeden kalkma emi?" dedi Rauf Kardeşin.

Durdun (Erkan Can'ın oyunculuğunun zirvede olduğu sahnelerden biri). Şaşırdın. Kısaca "Olur," dedin ve dergâhın kapısından girdiğinde başkaca bir yolun kapısından giriyordun.

Zikir sonrası şeyh seninle ilgili niyetini açıkladı. Dergâhın gelirlerini senin toplama işini üstelenmem istedi. Ulemanın dünya işleri ile uğraşmasının pek hayırlı olmadığını söyledi. Sen ulema değildin. Sıradan bir insandın işte.

"Bilmem yapabilir miyim efendi hazretleri, size mahcup olmak istemem," dedin. Şeyhin yapacağına dair sana teminat verdi. Uyarısını da yaptı, "Unutma ne yöne dönersen dön orada Allah'ı bulursun."

Dergâhtan çıkarken artık başka bir Muharrem'din. Şeyh ile özel görüşmen diğer müritlerce hemen fark edildi. Sana olan tavırlarıyla o akşam etrafında hâlelenen saygıyı sezinledin. Şaşkındın ama nefsinin de hoşuna gitti, hadi itiraf et. Ama bence daha çok şaşkındın Muharrem. Hakkında kötü düşünmek istemiyorum. Sıradanlığın sıra dışı olduğu öğretiliyordu sana. Şu ana kadar sıradanlığının parçalandığı sahnelerdeyiz. Bundan sonra ise sıra dışı olduğun hissettirilecek. Az bekle. Birkaç gün sonra bir Cuma günü olacak bu.

İşte geldi Cuma günü. İşyerine Şeyh Efendi uğradı. Ali Bey karşıladı onu.

"Hem sizi hem Muharrem Efendi'yi ziyaret edelim dedik," dedi Şeyh.

Artık efendi oldun Muharrem. Hayırlı olsun. Hayırlısı olsun. Ne yapacağını şaşırdın. Şeyhini görünce elindeki süpürgeyi düşürdün, sonra onun elini öptün. Şeyh sebeb-i ziyaretini "Nasılsın Muharrem Efendi oğlum? Bugün kısmetse Cuma'yı Fatih Camii'nde kılayım dedim. Sonra birden aklıma düştün, şu Muharrem'i de bir ziyaret edeyim, halini hatırını sorayım," diye açıkladı. Bir şeyh tarafından ziyaret edildin. Halin hatırın soruldu. Onun ilgisine muhatap oldun. Şaşkınlığın katlandı. Bir şeylerin döndüğünü hissediyorsun. Ama bir anlam veremiyorsun. Neler oluyor Muharrem, neler olacak daha Muharrem?

Sonra... Sonra dükkândan çıktınız. Şeyh en önde yürüyordu, arkasında ise Rauf Kardeşin. Sen en gerideydin. Şeyh sana seslendi: "Gel geride kalma." Birden itibarın arttı. Rauf Kardeşinle birlikte şeyhin arkasındaydın artık. Patronun Ali Bey'in ise önünde. Camiye gittiniz. Şeyhin sağ yanında namaz kıldın. Ali Bey iki sıra arkadaydı. Yeni durumuna alışık değildin. Tedirginliğin yüzünden okunuyordu, bir an arkana dönüp Ali Bey'le yüz yüze geldiniz. Mahcup mahcup baktın ona.

Namaz bitince şeyhin patronundan her gün öğleden sonra dergâh için çalışman için izin istedi. Patronun, tamam dedi. Dükkâna geldiniz onunla. Yeni durumun onun da kafasını karıştırdı. Sana, "Kahve söylesene Muharrem yani Muharrem Efendi. Tövbe Ya Rabbi şimdi günaha mı giriyoruz acaba, kahve söyle falan." "Hayır, olur mu öyle şey, siz benim velinimetimsiniz," dedin.

Tuzsuz aşım, ağrısız başım misali öylece yaşayıp gidiyordun. O akşam evine Rauf Kardeşin geldi. Ona kahve yaptın. Köpüğü tutturamadım, diye kendi kendine söylendin. Rauf Kardeşin dergâha taşınmanı istedi. Sana aslan hikâyesini anlattı. Muharrem, bak yavaş yavaş hayatın değişiyor. Bu daha ne ki Muharrem!

Taşındın. Rauf Kardeşin sana yardım etti. Yeni odanı yabancıladın. İlk geceyi zor geçirdin. "Beceremezsem, şeyhe mahcup olurum," diye kaygılıydın. Dua ettin Allah'ım beni utandırma, bana yardım et, beni koru, diye.

Ertesi gün dükkâna geldin. Sen yarım gününü dergâh için ayırdığın için Ali Bey yeni bir çırak almıştı. Muhittin (Erman Saban) idi ismi. Ona işi anlattın. Artık çırak değil ustaydın. Muhittin işe koyulacakken, "Oldu mu şimdi bu, önce ustana bir çay söyle bakalım," deyiverdin. Muharrem zor biliyorum. Her şey çok hızlı gelişti. Alışık olmayan durumlar yaşadın. Hem dergâhta hem işyerinde konumun değişti. Elin ayaklarına dolaştı. Kime nasıl davranacağını sen de tam bilmiyordun. Ama ilk bu sahnede konumundan hoşnut olmaya başladığını fark ettim Muharrem. Bana kızma. Belki öyle değil. Ben seyrettiklerimi yorumluyorum.

43 daire, 35 dükkân, 7 tane arsanın, vakitleri gelince kiralarını toplamaktı görevin. Rauf Kardeşine, "Sen niye yapmıyorsun bu işi?" diye sordun. Rauf Kardeşinin cevabı yine sıra dışılığını hissettirdi sana: "Efendi Hazretleri seni seçti." Anlam veremediğin buydu işte. Neden sen seçilmiştin? Se-

çilmek için bir neden bulamıyordun kendinde. Kimse sana bunun gerçek sebebini söylemedi. Seçilmişliğinin nedeni sadece ve sadece senin dürüstlüğün, kalbinin temizliğiydi. Kira gelirlerini cebine iç etmeyeceğindi. Keşke bunu direkt sana söyleselerdi de şaşkınlığın bir nebze yatışsaydı.

İlk gün alnının akıyla hesapları teslim ettin. Şeyhin huzuruna vardın. Sana bazı uyarılarda bulundu, hayatının ilk cep telefonunu verdi. Sonra Rauf Kardeşin, marka bir kalem, bir gâvur saati ve olta taşından bir tesbih verdi. "Bunlara şeyhim bile el sürmezken bana yakışık kalmaz," dedin. Daha bitmedi Muharrem. Bekle birazcık. Sana bir araba bir de Mahmut isimli bir şoför tahsis edildi. "Gel gel, git git," tüm emirlerine uyacaktı özel şoförün. Öyle şaşkındın ki, ağzından iki kere "Allahü Ekber..." sözcükleri döküldü. Tüm korkularımız için Allahü Ekber dışında ne diyebiliriz, nereye sığınabiliriz başka Muharrem. Korkmakta haklıydın. Ben bile korktum Muharrem. Sadece bir seyirci olarak benim korkumun yanında bütün bunları yaşarken senin korkunu ölçemiyorum bile.

Giyimin kuşamın bile değişti. Değiştirildi. Ceket giymeye başladın. Başındaki bereyi çıkardın. İstanbul sokaklarında bilmediğin yerlere ayak bastın. Alışveriş merkezlerine gittin. Çıplak mankenleri gördün. Bunlar korkularını tetikledi. Cinsel rüyalarının şiddeti arttı. Rüyayla amel edilmezdi. Sen ettin. Hayattan ürküyordun. Rüyalarından da ürkmen normaldi.

Bir araba tamircisine kira için gittin. Çalışanlar içki içiyordu. Korktun. Rauf Kardeşine yemekte durumu aktardın.

"Adam ikindi vakti içiyordu ne yapacağız," diye sordun.

"Hiç, hiçbir şey. Allah onu ıslah etsin. Allah onu affetsin," diye cevapladı Rauf Kardeşin.

"Ama adam içiyordu ya onun kirası," diye ısrar ettin.

"Adam kirasını günü gününe ödüyor. İçiyorsa onun günahı. İçiyorsa Allah onu ıslah etsin."

"Şu elektrik, hava, su paralarını bankadan ödesek. Tak, otomatik ödüyorlar hemen," diye başka bir konuya girdin.

"Olmaz," dedi Rauf Kardeşin. "Hem bankalar faizcilik yapıyor. Hem onlar bizim yatırdığımız elektrik, su paralarını bir gün sonra yatırıp bizim sırtımızdan faizle para kazanıyorlar."

"O zaman ben kuyruğa gireyim. Çünkü başkalarının hakkına şey gibi oluyor. Biliyorsun Rauf Kardeş kul hakkı."

"O da olmaz. Senin vaktin değerli. Sen vaktini..." diye devam etti Rauf Kardeşinin açıklaması. Sonunda içki içen kiracıyı çıkarmana karar verildi. Kafan iyice karışmıştı Muharrem. Güvenin ilk bu sahnede sarsıldı. Bağlandığın dergâha, şeyhine, Rauf Kardeşine güvenin sarsıldı. Sosyal hayatın içinde yapayalnızdın.

Bir gecekondu evine gittin kira için. Evin erkeği hastaydı. Kadın, "Çocuklarıma bakmak için temizliğe de gidemiyorum, ne elde kaldı ne avuçta," dedi. "Sen bilirsin Muharrem Efendi," diye senin merhametine bakındı. Muharrem biliyorum kalbin sızladı. Ama filmin senaristi (Önder Çakar) bence burada tökezledi. Kira artışını bu aile için yapmamalıyım dedin Rauf Kardeşine. Aynı odada bulunan şeyhin bunu duydu. Senarist ısrarla kira artışının gerekliliğini şeyhe söyletiverdi. Bence Muharrem filmin en zayıf kısmı burası oldu. Senarist sende bir ikircikli durum oluşturmaya çalıştı ve şeyhe, "Bir kirayı almaman gerekiyorsa alma amma bu kirayı almadığımızda buradan bir talebenin gitmesi gerekiyorsa bunu seç," dedirterek seni kötü bir seçimin ortasına fırlattı. Fırlattı fırlatmasına ama bu kadarını da bir şeyh yapmaz bu toplumda hissini uyandırdı bende. Belki sende de uyandı bu his.

Artık gergin bir insandın. Kâbuslu rüyalar görüyordun. Gündüzlerin de gecelerin de kâbusluydu artık. Tahammül gücün tükendi. İşyerinde çaycı arkadaşına bağırdın. Vücut kimyan bozulmaya yüz tuttu. Rüyanı anlatmak için şeyhinle görüşmeye gittin. Heyhat! Şeyhin halvete girmişti. Kırk gün orada kalacaktı. Sen ne yapacaktın şimdi. "Rüyanı sır yapacaksın ki rüyanın sırrı çıksın," dedi Rauf Kardeşin. Kırk gün rüyanı sır yapamayacağını biliyordun.

Psikiyatrik rahatsızlığının gelişmesine az kaldı Muharrem. Bir müddet sonra psikotik bir depresyona gireceksin. Beynin iyice rahatsızlanacak. Ama başka bir olay daha var yaşayacağın.

Bir gün dükkâna bir yabancı geldi. İnşaat işleriyle uğraştığını, beş yüz kilo çuval almak istediğini söyledi. Hesapladın. Hesap makinesinde üç milyon yazıyordu. Sen şaşkınlıkla dokuz milyon, dedin. Müşteri tamam, dedi. Dolar olarak ödemeyi kabul etti. Garip bir müşteri idi. "Sizinle tanışmak bir şerefti," dedi.

"Ben ne halt yedim, ben ne halt işledim," diye içine bir ateş düştü. Olay üstüne olay. Karışıklık üstüne karışıklık. Şaşkınlık üstüne şaşkınlık. Göklerde şimşekler çakıyor artık. O bildik hayatın yok artık. Patronun geldi. Ona dokuz milyon yerine yedi milyonluk alışveriş yaptığını söyledin. Yedi milyon bile fazlaydı. Bunu söyledin Ali Bey'e. Patronun fazla değil, dedi. Aradaki iki milyon farkı ne yapacağını bilemedin. İlk kez dürüstlüğünden sıyrıldın Muharrem. "Aklıma mukayyet ol," diye yalvardın.

Bu yaptığın sana çok yabancıydı. Bunu yapanın sen olduğuna inanasın gelmedi. İşte tam burada kendine merhametli davranmalıydın. Şefkat etmeliydin kendine. Üst üste yalanlar söyledin. Kendine, "Sakin olmalıyım," dedin. Sakin olamadın. Bu kendin değildi. Bu sen değildin. Doğru. Ama senin işlediğin bir günahtı. Günahına sahip çıkmadın Muharrem. Sorumluluğunu almadın. Reddettin. Günahın ağır geldi. Yaptığın yanlışlığı o an müşterine itiraf etseydin durumu kurtaracaktın. Belki yanlış anlaşılırım, diye endişe ettin. Günahın sana ağır geldi. Ama unuttuğun bir şey vardı Muharrem. Günahın Sonsuz Merhametli Rabbine ağır gelmeyecekti. Sen tövbe ettiğini sandın. Ama yaptığın tövbe değildi. Sen, "Bunu nasıl yapabilirim?" diye hayıflandın. Kendine günahı yakıştıramadın, Tövbe etmenin ilk şartı günahın sorumluluğunu almaktı ve bunun şartı, bunu nasıl yapabilirim, dememekti.

Yoruldum artık Muharrem. Seni dinlemekten, yaşadıklarına tanıklık etmekten, hikâyenden, hikâyeni anlatmaktan yoruldum. Senin gibi. Filmin sonuna doğru geldik artık. Artık iyice kendinle savaş halindesin. Beyninin kimyası artık iyice bozuldu. Filmin müziği (Gökçe Akçelik) hızlandı, hareketlendi, şiddeti arttı. Senin Muhittin ile aranda geçen o kritik konuşmayı yazamayacağım Muharrem. Muhittin'in de insanların zihnini en çok kurcalayan o soruyu sorduğu anı anlatmayacağım. Anlatmamı mı istiyorsun? O sorudan kaçtı derler öyle mi? Peki yazıyorum o zaman: "Savaşta çocuklar ölürken Allah neredeydi?" Allah her yerdeydi Muharrem. Çocukların yanındaydı. Ölen çocukların ruhunu alıp cennete götürmeleri için sonsuz kudretini tecelli ettiren Yaratıcı dışında kimdi dersin? Bunu ahirete inanmayanlar anlayamaz değil mi Muharrem?

Ben senin hikâyenden şunu anladım: Aramıza hoş geldin Muharrem. Ezberlenmemiş bir yolda; düşe kalka, bata çıka gittiğimiz bir yolda yürümek daha zordur. Gördün ve yaşadın işte. Bu yolda yapılan tövbeler senin önceki yolundaki ibadetler kadar değerlidir, hatta bazen daha değerlidir. Sen de Muhittin ile konuşurken dedin ya zaten: "Günahın çirkin olmayan tek yönü ona yapılan tövbedir." Sonra da dedin ya "Ben sadece iyi bir insan olmak istedim," diye. Kaçırdığın, göz ardı ettiğin şeyse şuydu: Sen iyi bir insandın ve hâlâ iyi bir insansın Muharrem. İyi olmayan günahındı sadece. İnsan sevapları, günahları ve günahları için yaptığı tövbelerle iyi bir insandır ancak.

"Ama olmuyor, olmadı," dedin Muhittin'e. İşte sadece bu olmadı Muharrem. Olmadı. Umutsuzluk olmadı. Umutsuzluk en büyük günahın oldu senin Muharrem.

BAZEN NOKTA HAYATIN KENDİSİDİR

Bir an kendimi terapi odasında zannettim. Oysa sinemada film (*Nokta*) izliyordum. Şöyle başladı film: On üçüncü yüzyılda tuza, "Af'allahü anhüm-Allah onu affetsin," lafzını yazmakla meşgul Hattat Malik Usta'nın mürekkebi "nun" harfine noktayı koyamadan biter. Çırağının benliğiyse isyan ve şüpheyle dolu lafızlarla meşguldür: "Moğollar yakında hepimizi öldürecekler... Eğer Allah her şeye kadirse onları yok etmeli. Allah, bize niye sevgisini göstermez?" Ne çok duymuştum benzer sözleri.

Düz plan çekilmiş bu başarılı filmin yönetmeni (Derviş Zaim) seni düşürdü sonra perdeye Ahmet (Mehmet Ali Nuroğlu). Hat meşk ediyordun, hapisten yeni çıkmıştın, bir atölye kurma hayalin vardı, paraya ihtiyacın. Arkadaşın Selim (Serhat Kılıç) görüşmeye çağırdı seni. Babasında on üçüncü yüzyıldan kalan Malik hatlı bir *Kur'an* vardı. Amcası Hattat Hamdullah'ın hasta olduğunu, tedavi için Amerika'ya gitmesi gerektiğini ve paraya ihtiyaçları olduğunu söyledi. Önce, bu *Kur'an*'ı kopyalamanı teklif etti. Reddettin. Sonra eve sanki hırsız girmiş, *Kur'an*'ı çalmış gibi yapıp mushafı bir milyon avroya satma planından söz etti. "Atölye kurmana yardım ederim; yirmi, yirmi beş neyse," diye de ekledi.

Nefsine ve benliğine direnemedin. Hayallerin canlandı. Evlenmişsin. Atölyeni açmışsın. Hat meşk ederek şifa buluyorsun.

İstediğin haktı, güzeldi. Hakka giden yolun da hak olması gerekmez miydi Ahmet?

Tarihî eser kaçakçısı tanıdıklarına telefon ettin. Sonra Selim bu işten vazgeçti. Ama kaçakçılar vazgeçmedi. Seni bulup, "Ya yedi sülalen ya da Malik hatlı *Kur'an* diye!" tehdit ettiler. Korktun. Selim'i çağırdın. Geldi. Onu da tehdit ettiler. Selim *Kur'an*'ın yerini söyledi. Kaçakçılardan biri Selim'in evine girip *Kur'an*'ı çaldı. Ne kadar pişmandın. Kaçakçı Cengiz (Mustafa Uzunyılmaz) bir silah eline tutuşturdu Selim'i öldürmen için. Direndin. Silah patladı, Cengiz öldü. Sonra diğer kaçakçıyı öldürdün, bu arada Selim'e de bir kurşun isabet etti, bilemedim kimin silahından çıktı. Sonra Selim'i gömdün, *Kur'an* yanında, beş parasız birkaç yıl dolaştın.

Hayattaki en büyük azabı tattın: Vicdan azabını. Cehennemden çıkagelmiş ateş gibi yaktı kavurdu seni. Hâlâ, "Af'allahü anhüm-Allah onu affetsin"de "nun"un noktası eksikti. Vicdanın o noktayı koydurmak için yollara düşürdü seni. Esaslı noktaları hep vicdan koyar, değil mi Ahmet?

Selim'in ölümünden birkaç yıl sonra amcası Sadullah Hoca'yı buldun. Selim'in kaçırıldığını ve öldürüldüğünü biliyorlardı ama meselenin esasından haberleri yoktu. Olanları hem Sadullah Hoca'ya hem de Selim'in babasına anlatarak af dilemek istiyordun. Selim'in babasının iki yıl önce öldüğünü öğrendin. Sadullah Hoca'ya konuyu nasıl açacağını bir türlü bilemedin. Cesaretini toplayıp ona, "Dünya kötü, bu da benim inanmamı engelliyor. Allah bu dünyayı daha iyi yaratabilirdi. Allah'ın gücü her şeye yeter. Allah iyi niyetlidir. Peki, öyleyse kötülük niye var Hocam? Kötülük, benim inanmamı engelliyor," dedin. Hoca, kârınca kararınca cevaplar verdi sana. Ama esas cevap içindeydi Ahmet.

Neden dürüst olmuyorsun? Yaratıcı Malik hatlı *Kur'an*'ın çalıp satılmasına yardım mı et, dedi? Ya içindeki hırsa ne demeli Ahmet? Evet, atölye kurmak, ev bark sahibi olmak istiyordun. Yaratıcı'ysa bunu helal parayla yap, demiyor muydu? Benliğine ve nefsine yenildin, tamam. Hatalarım onurla kabul edip Yaratıcı'yı suçlamasaydın; iyi şeyleri kendine kötüleri O'na mal etmeseydin. Hataların en büyüklerinden olana düşmeseydin. Doğru olan tam tersiydi hâlbuki tüm iyilikler O'ndan tüm kötülükler ise nefsimizden.

Sadullah Hoca'ya hikâyeyi anlatmaya koyulup ona kardeşinin evinden çalınmış *Kur'an*'ı gösterdiğin an bayıldı, hastaneye götürüldü. Sadullah Hoca'nın akrabası Mümin Usta'ya (Settar Tanrıöğen) anlatmak istedin bu sefer hikâyeni. O ise daha tuz havuzuna ilk geldiğinde, "Tuza baktıkça susar insan," demişti. Filmin cümlesi benim için buydu. Selim'in mezarını bildiğini söyledin. Polis çağırırken ona arkadan sopayla var gücünle vurdun. *Kur'an*'ı yanına bırakıp kaçtın. Tuz Gölü'nde Malik Usta'nın tuza yazdığı hattın peşine düşerek aklını yitirmiş eski hat öğrencisi meczubu baygın buldun. Onu sırtında taşırken Sadullah Hoca, Ali İhsan ve Mümin Usta seni yakaladılar. Onları Selim'in mezarına götürdün. Seni bir güzel patakladılar. Cezanı vermek istediler. Hâlbuki sen cezanı çoktan görmüştün. En büyük cezayı: Vicdan azabını.

Filmin sonunda senarist (Derviş Zaim) zar zor yürüttü seni. Öldün mü, bayıldın mı anlayamadım, bembeyaz bir sayfayı andıran Tuz Gölü'nde tuza yazılı "nun"un tam ortasına bir nokta gibi yığıldın. Hatalarının kefaretini ödemiştin. O an "Af'allahü anhüm"de "nun"un eksik noktası sen oldun Ahmet.

Artık biliyordun ki; bazen nokta hayatın ta kendisidir.

EN BÜYÜK DÜŞMAN BAKACAĞINIZ EN SON YERDE SAKLANIR

Filmin en sonuna yetişiyorum televizyonda. İyi de hemen tüm kitapları çalışma masamdan eksik olmayan benim sevgili meslektaşım Steven C. Hayes'in ne işi var bu filmde. Sonra başka terapistler beliriyor ekranda. Oyuncu olarak değil. Filmin sonunda yönetmen (Guy Ritchie) çeşitli terapistlere ego tarifi yaptırıyor. Parlak bir fikir. Soluğu DVD satan bir dükkânda alıyorum. Yok, filmi baştan sona seyredemem şimdi, *Revolver*'ın en sonuna atlıyorum.

"Ego," diyor Yoav Dattilo, "en kötü özgüven hilebazıdır. Egodan daha kötüsünü hayal bile edemezsiniz çünkü onu göremezsiniz." Ego, bu toprakların insanlarına yabancı bir kavram. Onun yerine "nefs ve şeytan" veya "enaniyet" kelimelerini koyarak cümleyi yeniden okuyorum. Şimdi daha iyi oldu, yerli yerine oturdu.

"Ve en büyük düzmecesi de kişinin yerini alıp 'Ben şeninim' demesidir." diyor Steven C. Hayes. İnsana öyle hükmetmeye başlar ki artık kendimizle nefs ve şeytan arasındaki sınırlar belirsizleşir. Nefs ve şeytan insanın kendisi olmuştur adeta. Peter Fonagy ise filmin en can alıcı cümlesini söylüyor: "Sorun egonun/düşmanın bakacağınız en son yerde saklanıyor olmasıdır." Aslında bu söz Julius Caesar'a ait. Lafı Leonard Jacob son alarak, "Düşüncelerini sizin düşünceleriniz gibi gösteriyor. Gerçek duygularınız gibi hissettiriyor. Siz de o olduğunuzu sanıyorsunuz," diyor.

"Egolarını koruma ihtiyacı duyan insanlar sınır tanımazlar. Yalan söyler, hile yapar, çalar ve öldürürler. Ego sınırları dediğimiz alanı korumak için her şeyi yaparlar." Bu da Andrew Samuels'in görüşleri. Artık insan nefs ve şeytanın mahkûmu haline gelmiştir. "Ama" diyor Leonard Jacobson, "İnsanlar mahkûm olduklarını bilmez. Mahkûm olduklarının ego olduğunu bilmezler, aradaki farkı asla anlamazlar." Aklıma "İblis'in en mühim bir desisesi, kendini, kendine tâbi olanlara inkâr ettirmektir," cümlesi düşüyor.

"Aklın kendi ötesinde bir şey olduğunu kabullenmek zordur. Bu kişinin ötesinde bir şeydir. Daha değerlidir ve gerçeği yorumlamada kapasitesi daha fazladır," diyor David Hawkins ama neyi söylemek istediği biraz muğlâk kalıyor.

Deepak Chopra, "Ego dinî anlamda şeytan olarak kabul görür. Tabii kimse egonun ne kadar zeki olduğunu anlamaz. Çünkü şeytanı yarattığı için suçu başkasına atmayı seçerler," diyerek ego tarifine devam ediyor. "Kafanızdaki ses size ne söylerse söylesin, dış düşman diye bir şey yoktur. Bu düşman algısı bize düşman olarak yansıyan egonun yansımasıdır," diyen Deepak Chopra'ya Peter Fonagy destek oluyor: "Bu açıdan bakarsak, yarattığımız yüzlerce düşmanı aslında kendimizin var ettiğini görürüz."

Obadiah S. Harris son noktayı koyuyor: "En büyük düşman kendi algınız, kendi cehaletiniz, kendi egonuzdur." Yok, hayır, cümleyi şöyle okumadan rahat edemiyorum: "En büyük düşmanınız kendi algınız, kendi cehaletiniz, kendi nefs ve şeytanınız, kendi enaniyetinizdir."

Film baştan sona nefs ve şeytanın, enaniyetin insana neler yaptırabileceğini anlatmakla geçiyor ama bir sahnesi var ki insanın en zayıf yanlarından birini dile getiriyor: "Sabahları uyanmanızın tek sebebi budur. Aşağılık patronunuzdan acı çekmenizin nedeni. Döktüğünüz kan, ter ve gözyaşının. Çünkü bunlar, insanların aslında sizi ne kadar iyi, çekici, cömert ve akıllı olduğunuzu bilmelerini istediğiniz içindir. Beğenilme müptelasıyız. Sırtımızın sıvazlanmasını, altın saati, alkışları isteriz. Benden ister korkun ister saygı duyun ama lütfen özel olduğumu düşünün. Bağımlılığımız aynı. Hepimiz onaylanma bağımlısı keşleriz. Ödülünü parlatan şu rozetli çocuğa bakın. Beğenilmek için yanıp tutuşan. Parılda çılgın elmas parılda! Biz sadece takım elbiseler giymiş çılgın maymunlarız."

Filmin hikâyesi mi? Nedense senaryoyu da (Guy Ritchie) oldukça başarılı bulsam da bu filmde hikâye benim için önemli olmaktan çıkıyor. Hikâye bu olur, şu olur, o olur. Önemli olan, en büyük düşmanımızın bakacağımız en son yerde, içimizde saklandığı gerçeğidir.

BEKİR'İN ÖZGÜR SEÇİMİ

Babanın senin için açtığı halı dükkânında uyuyordun Bekir. Uyanır uyanmaz bir ateşin içine düştün. Sınanmanın ateşine. Dükkâna Uğur geldi. Aklını çeldi. Yoksa gönlünü mü? Bana sorarsan heva ve hevesini. Uğur (Vildan Atasever) sefil bir yola koyulmuştu. Zagor'un güya sevgilisiydi. Ne demekse. Kahvehanede Zagor (Ozan Bilen) Cevat'ı (Engin Akyürek) bıçaklayarak öldürdü. Hiç uğruna. Kim daha üstün, kanıtlamak için. Ne garip şu insan değil mi Bekir (Ufuk Bayraktar)? Bu arada sen evlendin. Uğur Zagor'la kaçtı. Bir gün televizyonda haberlerde Zagor'un iki polisi daha öldürüp yakalandığını duydun. Uğur, dükkânına geldi. Senden para istedi. "Gerekirse metresin olurum," dedi. Verdin. Keşke karşılıksız verseydin. Uğur o cezaevi bu cezaevi dolaşan Zagor'un peşine, sen de Uğur'un peşine düştün. Yok, Bekir, peşine düştüğün aşk değildi. İlahlaştırdığın heva ve heveslerindi. Bunu bilemedin. Çünkü adeta heva ve heves olmuştun.

Seni kim tutabildi söylesene, kim Bekir? Sabahlara dek ağlayan annen mi, olan biten her şeye rağmen senden ufak bir ışık görse yine sana koşacak karın mı? İki çocuğun mu, ha söyle? Baban mı, güçlü kuvvetli baban mı? Kim engelleyebildi seni?

Hayatta özgür değildin. Ama seçimlerinde özgürdün. Kim itip kaktı seni, senden başka! Ne yapmak istediğine sen karar verdin. Sen. Ama suçu başkasına attın Bekir. O başkası kaderdi.

Uğur pavyonlarda şarkıcılık yapıyordu. Sen de onun peşindeydin. Hayatında sonsuz bir şey eksikti. Bunun Uğur olduğunu sandın. Boşluğun akıntısına kapılmış sürükleniyordun. Hazırlıksızdın. Her şey dayanılmayacak kadar fazlaydı. Yutan kumlarda geziniyordun. Bile bile. Bakma öyle. Bile bile değilse ne peki? Esrar üstüne esrar içiyor, otel odalarında sefil bir hayat sürüyordun. Çocuğun olmuştu. Eşin ince ince ağlıyordu. Annenin gözyaşları hiç durmuyordu. Sonra Uğur senden gitmeni istedi. Seni sevmediğini, istemediğini hissettirdi. Gittin. Yıllar sonra yine geldin. Sen geldin. Bu bir seçimdi Bekir.

Bir parkta Uğur'la buluştunuz. "Bekir ne istiyorsun, gerçekten ne istiyorsun, bu iş nereye gidecek," diye sordu. "Nereye giderse," diye cevapladın. Duydun değil mi? "Nereye giderse," dedin. Seçim yaptığının, her şeyin farkında olduğunun altını çizdin. Niye bunun üzerinde durduğumu soracaksın belki. Acele etme. En son sahnede ağız değiştireceksin çünkü. Sonra Uğur'a, "Evlenelim, ben ailene bakarım, bu sefalet biter," diye yalvardın. Uğur kabul etmedi. "Neden?" diye sordun. Uğur, "Nedeni yok," diye cevapladı. "Ama bu kötülük," dedin. Uğur ne dedi? "O zaman kötülük istiyorum." İşte dedim, yönetmenin (Zeki Demirkubuz) zirve yaptığı sahne benim için burası. Film (*Kader*) "Kötülük kimin eseridir?"i anlamaya yönelik bir çaba gibiydi. Biliyor musun, Nisa Suresinin 79. âyetini hatırlattın bana: "... Başınıza gelen her seyyiat nefsinizdendir." Sonra da Nursi'nin, "Evet *Kur'an*'ın dediği gibi, insan seyyiatından (günah ve kötülüklerinden) tamamen mes'uldür (sorumludur). Çünkü seyyiatı isteyen odur," cümlesini hatırlamadan edemedim. Kendi kötülüklerinin, seyyiatının sorumluluğunu üstlendi Uğur, duyduğun gibi. Sense Uğur kadar cesur olamadın. Sonra...

Sonra iyice dağıldın. Yıktın, tükettin. Kendini, aileni. Uğur'un Sinop'ta yaşadığını öğrenip soluğu orada aldın. Yine seni reddetti, sen de bileklerini kestin. Vazgeçmedin. Yıllar sonra Uğur'un Kars'ta olduğunu öğrendin. Çocuğun hastaydı. Ona aldığın ilaçlar elinde, sarhoş olarak bindiğin otobüs Kars'a geldi. Sabah ezanları okunuyordu. Dinledin. Uğur'u buldun. Konuştunuz. Uğur, "Ailene, sana, iki çocuğuna yazık," diyerek peşinde koşmaktan vazgeçirmek istedi seni. Sen ne cevap verdin? "Anla artık, başka yolu yok bunun. Yazıkmış, kılmış tüymüş, hepsi hesap edildi bunların. Her şeye hazırım diyorum sana. Herkesin inandığı bir şey vardır bu dünyada. Benimkisi de sensin, ne yapayım." Sen konuştun, Uğur ağladı. Kendine, "Yolu yok çekeceksin. İsyan etmenin faydası yok. Kaderin böyle," dediğinden bahisle, işlediğin tüm kötülükleri, seyyiatı, günahları bir çırpıda kaderin üzerine attın.

Oldu mu bu şimdi Bekir? Başka bir yol tutsaydın, zengin bir halı tüccarı olsaydın mesela, bir fabrika kursaydın yine, "Bunlar kaderimmiş, her şey O'ndandır" mı diyecektin, yoksa, "Bunların hepsini ben yaptım, ben başardım," diye kurum kurum kurulacak mıydın? En azından bu soruya dürüst cevap versen? Bir de Yusuf'un hikâyesi var Bekir, şair Yusuf'un. Kötülükleri kendinden iyilikleri, O'ndan bilen Yusuf'un hikâyesi...

YUSUF'UN KADERİ

Dönmek zordur Yusuf. Hesaplar kitaplar yapılıp bir karar verilmiştir. Tüm gücünü toplayıp yola koyulursun. Ama bir de O'nun hesabı vardır. Hani denir ya, gitmek mi zor kalmak mı, diye. Bana sorarsan dönmektir en zoru Yusuf.

Dükkândaydın, sahaf dükkânında, İstanbul'da. Döneceksin, çünkü telefon acı acı çalmış ve acilen Tire'ye gelmen söylenmiştir. Arabaya atladın, gittin. Hayır, döndün. Yıllar önce terk ettiğin taşraya. O güzelim Tire evine girdin, Yasin okunuyordu. Anladın, annen ölmüştü. "Takdir-i İlahi," dedi konu komşu. Hayat üzerine ne söylenecekse söylediler ve sustular... Takdir-i İlahi karşısında susulur Yusuf. "Olur" denir, teslim olunur. Annen defnedildi. Sen İstanbul'a dönmek istedin çarçabuk. Dur hele, o kadar kolay değil bu Yusuf (Nejat İşler).

Ayla'nın mahzun yüzü vardı, bir de annenin adağı. Ayla (Saadet Işıl Aksoy) dört senedir annenin yanında yaşayan bir akrabanızdı, üniversiteye hazırlanıyordu. "Benim yarın İstanbul'a dönmem lazım," dedin. Ayla utangaç, Ayla mahzun. Aklı sana teslim. Kalbi mi? Bana niye soruyorsun ki Yusuf, yüzüne baksana kızın, yüzüne. "Zehra annem ölmeden önce bir adak adamıştı. Yarın onu yerine getirmeniz gerekiyor. Bir koç kesmeniz gerekiyor," diyen Ayla'ya "Ben ne lazımsa sana vereyim," deyince o itiraz etti. Çünkü bunu senin yapman gerekiyordu. "Ben koç kesemem ki..." dedin. Çok komiksin Yusuf. O koçu keseceksin. Takdir-i İlahi böyle. "Ben öyle şeylere inanmıyorum," diyerek bir de efelendin. Ayla ne dedi sana hatırlasana: "Hiç hatırı yok mu annenizin, bunu bir borç gibi düşünün."

Sabah dönecektin İstanbul'a. Kalktın, banyoda aynanın karşısına geçtin. Banyoda bir diş fırçası, senin için oraya konmuş, hayalinde Ayla'nın mahzun yüzü. Kalbinde aşkın ilk kıvılcımı. İlk orada etkilendin. Neden mi? Bir diş fırçası, bir diş fırçasından ibaret değildir Yusuf. Aynanın önüne konmuş olan ilgidir, şefkattir, önemsenmektir. Takdir-i İlahi bir yola koyar bizi. Allah'ın kullarını sevk ettiği ve onlar için seçtiği her şeyde hayır vardır. Bakalım hayırlısı, neler olacak. Kahvaltıdaydınız. Ayla küçük bir çocuğa kümese gidip yumurta var mı diye bakmasını söyledi. Yoktu. Olsun. Takdir-i İlahi. Bütün yoklar da hayırlıdır değil mi Yusuf?

Şehre indin. Veraset işi için. Avukat İzmir'e gitmişti. Takdir-i İlahi. O gece evin sigortası attı. Takdir-i İlahi. Sabah oldu. Takdir-i İlahi. Karar verdin. Adağı yerine getirecektin. Arabaya bindiniz.

Yanında mahzun yüzlü Ayla. Koçun alınacağı yere gittiniz. Sürü de otlağa gitmişti. Niye sadece ölümlerde ve musibetlerde Takdir-i İlahi demeye kaldık Yusuf? Günahlarımız dışında her şey için Takdir-i İlahi demez miydi Hz. Yusuf?

Gitme dedi, gittin. Dön dedi kader. Döndün. Neden mi? Annenin adağı ne içindi sanıyorsun? Annenin dualarının kabulüydün sen. Anneni gözü gönlü Ayla'daydı. Bir de... Bir de yumurta Yusuf, yumurta. Yumurta hayatın kendisiydi. İyilikti, merhametti, şefkatti, rızıktı. Rızkın vardı. Seni bekleyen. Hepimizi güzel şeyler bekler Yusuf. Hepimizi sonsuz bir hayat bekler. Sonsuzluk bekler. Allah zulmetmez hiçbir kuluna. Zulmeden beşerdir. İnsanın nefsi ve şeytanıdır zulmeden. Bütün seyyiatlar/ günahlar nefistendir. Günahlar dışında kötülük var mıdır Yusuf sence? Musibetler kötü müdür, kötülük müdür? İnsanın başına her ne gelirse gelsin içinde saklı hayır vardır, iyilik vardır, güzellik vardır.

"Olur" demeyi seviyordun. Bir keresinde sahaf dükkânında bir müşteriye "olur" dedin. Bu ilk dikkatimi çekendi. Sonra Ayla "Çay var, içer misiniz?" diye sorduğunda yine "Olur" dedin. "Olur" ne güzel bir söz Yusuf. Olur. En güzeli de kadere olur demek: O'nun bize verdiklerine, vermediklerine, verip de aldıklarına. Musibetlere, yaşanan kırıklıklara, acılara, kayıplara, terk edilmelere. Günahlara ise hayır demek. Tersine dönmüş dünya değil mi Yusuf?

Neyse, adak işini tamamlayıp döndünüz. Ayla arabadan indi, sense İstanbul yoluna devam ettin. Artık Ayla'yla kalpleriniz birleşmişti. Kalpleri birleştiren O'ydu Yusuf. Takdir-i İlahiydi. Arabadan indin. Güneş battı, karanlık çöktü, koca çoban köpeği seni yere serdi. Gece boyu yanından ayrılmadı. Kal, dedi sana adeta. Gitme. Sen Ayla'nın da dualarının kabulüydün Yusuf. Döndün. Ayla geldi eve, sen masadayken. Bu kız çok asil Yusuf, çok asil. Baksana, sana hiçbir şey sormadı, hiçbir şey söylemedi, sanki hiçbir ara yoktu, kaldığı yerden devam ediyordu her şey. Ha, bir de elinde yumurta vardı, onu senin avucuna bıraktı. Ne güzel bir sahneydi bu. Muhteşem bir andı. Filmin doruk noktasıydı. Sonra...

Sonra film (*Yumurta*) siz masada kahvaltı yaparken en sevdiğim seslerden biri olan gök gürültüsüyle bitti. Yönetmen (Semih Kaplanoğlu) böyle takdir etmişti. Ama biz bu filmden ne öğrendik Yusuf; bütün güzel şeyler Allah'tandır ve filmin böyle bitmesi dahi Takdir-i İlahidir.

NİHİLİZM YOKSA DÜNYA AŞKI MIDIR VİNCENT?

Üzerine abanan, seni dövüp duran hayatın ağırlığı değildi Vincent. Yüreğinin aklı karmakarışıktı. Nihilizmin ayazında tir tir titriyordun. Göz kapakların açık, gözlerinin üstüne abanıyordu karanlık. Bu gecenin karanlığı değildi, bu... Sonsuza dek belirsizlik, tedirginlik içinde kalmaya mahkûm olduğuna dair boş inancındı. İçini saran, boşunalık duygusuydu. Boşluktu. Yıkıcılığın, ölümün çılgıncasına iplerinden boşandığı bir inancın içinde tutsaktın.

Dur, hemen "hayır" deme Vincent (Tom Cruise). Daha ne gece oldu ne de bitti. Olan biten tek bir geceden ibaretti. Hayat, o geceden bile daha kısaydı. Hayatın o geceden daha karanlık.

Çantanda 45 kalibrelik bir HK USP ve kendinden susturuculu Ruger MK II vardı. Bir de öldürülecek beş kişinin adları, adresleri. Mahkemede önemli bir mafya liderinin aleyhine tanıklık edecek beş muhbiri öldürme görevini üstlenmiştin. Tabii ki para karşılığında. Senin işin de buydu. Öyle dedin ya Max'e. Bir öldürme tekniğin bile vardı. Öyle ilkesiz yaşayan biri değildin yani. Bunlar önemli Vincent. Seni anlamamız için önemli. Ne yapayım, benim işim de bu. İnsanları anlamaya çalışmak ve onlara kendilerini gösterebilmek. Elimden geldiğince. Evet, haklısın, bu bana da kendimi kötü hissettiriyor bazen, ben de yaptığım işin karşılığında para alıyorum. Dur, aklımı karıştırma. Ne diyordum, öldürme tekniğin, *Mozambique Drill*'di. Önce hedefin gövdesinin ortasına iki atış, sonra bir atış da kafaya.

Metroda ölen bir insanın altı saat fark edilmediği bir kent. Los Angeles. Gece başlıyor. Şehrin karanlığını arabaların farlarından çıkan ışık huzmeleri bölmeye çalışıyor. İnsanlar yalnızlıklarına çekilmişler. Binlerce taksi şoföründen biri de Max (Jamie Foxx). Hayalinde "Ada Limuzin"leri şirketini kurmak var. Bu avuntuyla hayata tutunmaya çalışıyor. Bir gün olacak, bir gün. Bir gün gelecek mi? Ölüm gelmeden önce gelir mi o gün? Arabasına binen yolcularla kurduğu sıcak ve insani ilişkiyle gecenin ağırlığını hafifletmeye çalışıyor.

İşte onun arabasına bindin, o gece sadece senin için çalışmasını istedin. Max, "Bu yasal değil," dedi. Teklif ettiğin yedi yüz dolarla bu durum önemli olmaktan çıktı birden. Yola koyuldunuz. İlk adamı öldürdün ve Max'in ödünü patlattın. Öldürdüğün adam pencereden Max'in taksisinin üzerine düşüverdi.

İşini yaparken çok titizdin. Ancak dördüncü kişiyle birlikte bir polisi de öldürdün. Max'in kafası iyice karıştı. "Onu niye öldürdün! Ailesi vardır, şimdi çocukları onsuz büyüyecek," diye isyan etti. Cevabın netti: "Hayatımı böyle kazanıyorum." Max anlayamadı. "Sebep bu mu yani?!" diye sordu. "Gerekçe bu. Sebep yok. Yaşamak ya da ölmek için iyi ya da kötü bir sebep olamaz." "Sen nesin öyleyse?" diye sordu Max. "Kayıtsız," dedin. Filmin (*Collateral/ Tetikçinin Gecesi*) doruk noktasındayız şimdi Vincent. Yönetmeni (Michael Mann) ayakta alkışlıyorum bu sahne için. "Gerçekçi ol. Yüz milyonlarca yıldızdan oluşan milyonlarca galakside küçücük bir nokta. Biz buyuz." Sonra Max'in damarına bastın. "Temiz taksi, limuzin şirketi hayalleri. Ne kadar biriktirdin? Bir gün rüyan gerçek olacak mı? Bir gece uyanınca hiçbir şey olmadığını keşfedeceksin. Her şey ters gidecek. Aniden yaşlanacaksın. Olmadı ve olmayacak da. Zaten bunu yapamayacaktın. Hayalini anılara gömülüp geri kalan hayatını televizyonun karşısında kendini uyuşturarak geçireceksin. Hâlâ niye taksi sürüyorsun ki..."

Max ne dedi: "Çünkü hiç doğrulup da bakamadım. Yani hayatıma. Bakmalıydım. Dipten kurtulmak için kumarı bile denedim. Bu zaten zaman kaybetmeye mahkûm bir yöntemdi. Mükemmel olmalıydı, her şey mükemmel olmalıydı. Riskleri yok etmeliydim. Bunu istediğim an yapabilirim." Sonra, sana hayatının terapisini yaptı. Biz buna "hayat terapisi" deriz Vincent. Gaza bastı, hızlandı. Kırmızı ışıklarda durmadı. Virajlara son sürat girdi. Ne oluyor sana Vincent? Niye korkmaya başladın? Yüzün neden allak bullak böyle. Hani sen bir "kayıtsız"dın. Hani "hiçbir şey fark etmez"di. Max'in sözlerini ve sana yaptığı terapiyi ben en iyi terapistlerde bile görmedim. İnan bak, abartmıyorum. "Pekâlâ, dinle. Flaş haber! Ne fark eder ki! Bu koca hiçlikte hepimiz anlamsız değil miyiz zaten? Alacakaranlık kuşağı saçmalığı. Arka koltuğumdaki belalı sosyopat öyle diyor. Bak, ne diyeceğim. Sana teşekkür borçlu olduğum tek şey bu. Çünkü şimdiye kadar hiç bu şekilde bakmamıştım. Ne fark eder ki, etmiyorsa boşver gitsin. Kaybedecek neyimiz var, değil mi?"

Aa! Korkan sen misin Vincent, "Yavaşla!" diye bas bas bağıran. Max yavaşlamadı tabii ki. Onu öldüremeyeceğini biliyordu. Senin aslında hayata âşık olduğunu, sonsuza dek elinde tutmak istediğin hayatını ele geçiremediğin için onu bir hiç gibi gördüğünü anlamıştı. Seni çözmüştü Vincent. Bütün nihilistler gibiydin sen de. Bir daha, "Hepimiz sonsuz boşlukta birer hiçiz," deme Vincent. Hele hele, "Ne fark eder ki?" hiç deme. Olur mu?

YASTIK TÜYLERİ UÇUŞUYOR ETRAFIMIZDA

"Şüphe, çıplak ayaklı bir gece gibi ilerliyor içimde," demişti şair (Nazım Hikmet). Şüpheler, kuruntular çıplak ayaklı bir gece gibi ilerliyordu içinde Rahibe Aloysius. Bana kalırsa asıl sorunun suizandı. Neden mi? Kötülüğün peşine düşmüştün bir kere. Ayıp, kusur, eksik gedik arıyordun sağında solunda. Kusur ararsan bulursun değil mi, Aloysius. Çünkü biz kusurlu varlıklarız. Sağımız solumuz, önümüz arkamız kusur. Mutfakta sürahinin kapağını açık bırakan varlıklarız. Yemeğe tuz koymayı unutan, döken saçan, ütü yaparken çizgiyi tutturamayan eksik gedikle malul insanız.

Hayır, bunlar senin hakkındaki suizannım değil. Kendin söyledin ya, hatırlasana. Filmin (*Şüphe/ Doubt*) sonunda Rahibe James'le konuşurken karla kaplı bahçede: "İnsan bir kötülüğün peşine düştüğünde Tanrı'dan uzaklaşır!" Zanlarına göre hareket edip onları hakikatin kendisi kabul eden insanın kötülüğün peşine düşmesi an meselesidir Rahibe Aloysius (Meryl Streep). Eminim ki senin dininde de bu yasaklanmıştır. Benim dinimde denir ki: "...zannın çoğundan sakının... tecessüs etmeyin..." (Hucurat Suresi, 12. âyet) Tecessüs etmeyin, yani ayıp kusur, eksiklik, kötülük araştırmayın.

Bir kere karar vermiştin. Peder Flynn kötüydü ya da bir şeyler çeviriyordu. Bu zannında haklı çıkmalıydın. Gözlerin tetikteydi. Onu izlemeye başladın. Zannettiğin şeyi doğrulama peşine düştün. Müdürü olduğun Nicholas Katolik Okulu'nda pederin bir öğrenciyle konuşurken onun bileğinden tutması ilk dikkatini çekendi. Sonra...

Sonra, Rahibe James (Amy Adams) okulun tek siyahi öğrencisi David Miller'in Pederin odasına çağrıldığını, odadan çıktıktan sonra David'in ağzının alkol koktuğunu söyledi sana. Nasıl da gözlerin parladı baksana. Kötü zannını delillerle kanıtlamaya çalışıyordun. Peder Flynn'ın oğlan tacizcisi olduğunu kanıtlamak istiyordun. Bunun doğru olma ihtimali yok muydu? Vardı belki ama benim dinimde ne denir biliyor musun Rahibe Aleysius: "Bir delilden neş'et etmeyen bir ihtimalin hiç ehemmiyeti yoktur."

Sonra, Peder Flynn'a (Philip Seymour Hoffman) meseleyi açtın. Şaşırdı. David Miller sunaktaki şarabı içmişti ve Pederin amacı David'i korumaktı. Böyle açıkladı. İnanmadın. İnanmak istemedin. Zanlarının haklı çıkmasını istiyordun. Kötülüğün peşine düşmüştün. Var olduğuna dair bir kanıta sahip olduğun kötülüğün değil Rahibe, kendi zanlarında var olduğuna inandığın, inanmak istediğin bir kötülüğü kanıtlamanın peşine düşmüştün. Benim dinimde emin olmadığımız bir durum karşısında şöyle uyarılırız: "Böyle bir söylenti işittiğiniz zaman siz inanan erkek ve kadınların, birbirleri hakkında iyi zan besleyip de bu düpedüz bir iftiradır demeleri gerekmez miydi?" (Nur Suresi, 12. âyet) "Peki, siz böyle davranabiliyor musunuz?" diye sorma Rahibe, n'olur sorma.

Olaylar ilerledi. Yönetmen (John Patrick Shanley) bizi bir imtihana soktu. Filmin sonunda Peder sahiden tacizde bulundu mu bulunmadı mı tecessüsüne düşüyor muyuz, düşmüyor muyuz? "Bir delilden neş'et etmeyen ihtimalin hiç ehemmiyeti yoktur," kaidesince, madem ortada bir kanıt yok, Pederin böyle bir eylemde bulunma ihtimalinin bir ehemmiyeti de yoktur diyebiliyor muyuz diye, belki de kim bilir.

Pedere şantaj yaptın. O da istifa edip başka bir kiliseye gitti. Gitmeden önce gıybetle ilgili müthiş bir vaaz verdi değil mi Rahibe? Senin de için yandı mı? Sen de gıybet ettiğin tüm insanlarla helalleşmeyi diledin mi? Hatırlıyorsun değil mi, vaaz şöyleydi:

"Bir kadın, bir arkadaşıyla çok az tanıdığı bir adam hakkında dedikodu yapıyormuş. Kadın o gece bir rüya görmüş. Üstünde büyük bir el belirmiş ve onu işaret etmiş. Bir anda kadın büyük bir suçluluk duygusu içine gömülmüş.

Ertesi gün kiliseye koşup Peder O'Rourk'e her şeyi anlatıp, 'Dedikodu günah mıdır? Beni işaret eden Ulu Tanrı'nın eli miydi? Bağışlanmayı dilemem gerekir mi?' diye sormuş. 'Evet' diye cevap vermiş Peder. 'Komşun aleyhinde sahte tanıklık ettin. Onun saygınlığını yerle bir ettin, bundan utanmalısın.'

Kadın üzgün olduğunu söylemiş ve bağışlanmayı dilemiş. 'O kadar çabuk değil. Şimdi eve git. Çatıya bir yastık çıkar, onu bıçakla yar ve sonra bana dön.' Kadın söyleneni yapıp Pedere dönmüş. 'Yastığı bıçakla parçaladın mı?' diye sormuş Peder. 'Evet, parçaladım,' demiş kadın. 'Peki, sonuç ne oldu?' 'Tüyler' demiş kadın, 'tüyler' diye tekrar etmiş. 'Yastığın içindeki tüyler her yöne uçuştu.' Peder: 'Şimdi geri gidip rüzgârla dağılan tüylerin hepsini toplamanı istiyorum.' 'Ama' demiş kadın 'bunu yapamam. Nereye gittiklerini bilmiyorum. Rüzgâr onları her yöne savurdu.' 'İşte' demiş Peder 'bu dedikodudur.'"

Etrafımızda yastıklardan savrulan tüyler uçuşuyor Rahibe. Tüyler her yöne savruluyor.

SONSUZLUK VE BİR GÜN

Dünya seni uğurlayacakken, sen onu uğurluyordun. Giden sendin. Uğurlayan da sen oldun. Teselli edilecek sendin. Teselli eden oldun. Dediğin gibi, her şey çok çabuk oldu. Tanınmış bir yazardın. Yaşadın, yaşlandın. Hayat boyu daha çok bilmek için ısrar ettin. Şüphenin doğurduğu acıyı gidermek için uğraştın durdun. Şimdi sırada ölüm, senin ölümün var. Ölümün, imrendiğim ölümlerden. Baksana, hikâyen hafızanda yeniden çiçekleniyor. Geçmişinin üzerinden bir kez daha geçiyorsun. Kırmızı kalemle hayatının önemli anlarının altını çiziyorsun. Buna fırsat bulabilmen ne güzel!

Birkaç gün sonra kanser tedavisi için hastaneye yatacaksın Alexander (Bruno Ganz). Yıllarını geçirdiğin evinde son sabahın. Üç yıl sana hizmet etmiş Urania'yla buruk vedalaşman. Deniz kenarında gezintin. Ama esas gezintin geçmişine doğruydu. Hayalhanenin odalarında. Aslında, neyse, devam edeyim. "Tek pişmanlığım Anna oldu," diye düşündün. Sana kalbini vermiş, yıllar önce ölmüş karın Anna. "Gerçekten sadece o mu? Yoksa her şeyi yarım bırakmak mı?" diye sordun kendine. Üzülme Alexander, hepimiz hayatı yarım bırakarak ölürüz. Ölmek, hayatı yarım bırakmaktır.

Arabana bindin. Küçük bir Arnavut çocuk, üstündeki sarı montu nasıl da büyük geliyor. Yunanistan'a kaçak gelmiş. Yüzünden tedirginlik akıyor. Arabanın camlarını silmeye kalktı. Sonra siren sesleri. Onun gibi kaçak çocukların peşine düşen polisler. Onu arabana aldın. Yaşadığı yere kadar götürdün. Halletmen gereken birkaç işin var. Köpeğini bırakabileceğin birini bulmalısın. Aklına kızın geldi. Köpeğinle kızının evine gittin. Karın Anna'nın mektuplarını verdin ona. Bir süreliğine şehirden ayrılacağını söyledin. Kızın "Gidiyor musun, nereye?" diye sordu. Söylemedin. Nereye gidiyorsun Alexander?

Karın öldüğünden beri, Solomos'un "Özgür Tutsak" isimli şiirinin tamamlanmamış üçüncü taslağını tamamlamaya çalışıyordun. Kızın, senin gibi ünlü bir yazarın neden her şeyi bırakıp bitmemiş bir 19. yüzyıl şiirini tamamlamak için uğraştığını hiç anlayamıyordu. "Çalışman nasıl gidiyor?" diye sordu. "Bilmiyorum," diye cevapladın, "Belki kelimeleri bulamıyorumdur." Şiir demek, kelimeler bulmaktı. Hakikati yüklenecek en doğru kelimeleri. Hepimiz, her varlık, sonsuz bir anlam yüklenmiş bir kelime miyiz yoksa? Hayatın ağırlığıyla, "kelime olmak" arasında bir irtibat var mı?

Kızından, otuz yıl önce, hani yakın akrabalarınızın da katıldığı onun isim gününde, karının yazdığı mektubu okumasını istedin: "Uyandığımda sen hâlâ uyuyordun. Yanımda yatan sana baktım, nefes alışına. Rüya mı görüyordun Alexander? Elin beni arar gibi uzandı. Göz kapakların kıpırdadı, sonra yine uykuya daldın. Gözlerinin arasından bir damla ter yuvarlandı ve akıp gitti. Yanımızda yatan bebek hafifçe inledi. Kapı gıcırdadı. Verandaya çıkıp ağladım." Karının yanına gidip, neden ağladığını sormuştun. Söylemedi, söyleseydi de anlar mıydın? Bu kez, saf saf, "Bu elbise yeni mi Anna?" diye sordun. Zamanlaman muhteşemdi. İlgisizliğine içerleyip ağlayan karına iltifat edeyim derken mayına basmıştın. Tipik dalgın kocaydın. Seyahatlerinin birinden getirdiğini hatırlatmıştı sana. "Sadece kitabını düşünüyorsun. Kitabını yayıncıya verince biraz olsun görüşebilecek miyiz?" diye sitemde bulununca ona şefkatle sarılmıştın. O an karının içinden geçen şuydu: "Keşke bu anı durdurabilseydim. Uçup gitmesin diye, kelebek gibi iğneleyebilseydim."

Karın şunu da yazmıştı: "Gece sana baktım. Uyuyor musun, uyumuyor musun, anlamadım. Düşüncelerinden korktum. Sessizliğine müdahale etmekten korktum... Ben sadece seni seven bir kadınım, Alexander." Senin onu sevmemenden korkuyordu. Sessizliğinden. Hayalhanene dalıp gitmelerinden. Onun yanındayken, onun yanında olmamandan. Ancak sana yazdıkça seninle konuşabildiğini hissediyordu Alexander. Sana yakın olmasına karşı koyduğunu düşünüyordu. En çokta, onu senin dünyanı tehdit ediyor gibi algılamandan korkuyordu. O güne, deniz kenarında karının bu mektubu yazdığı, kızının isminin koyulduğu güne gidip geldin film (*Sonsuzluk ve Bir Gün*) boyu.

Karının bu mektubunu kaç yüz kere okudun Alexander? Yazının değeri bu işte. Biliyor musun, ben de bazen terapilerimde bana hikâyelerini anlatan insanlardan babalarına, annelerine, kızlarına, oğullarına mektup yazmalarını isterim. Benim de yazdığım bir mektup var. Ama daha vermedim.

Kızın, kocasının evde hayvan istemediğini söyledi. Ölmeden önce ona bir yuva bulman lazım. Hastaneye yatmadan önceki şu birkaç güne daha neler sığacak bakalım?

***

Arnavut çocuğun yaban ellerde yaşamasını istemiyordun. "Arnavut çocuk" diyorum, çünkü yönetmen ve senarist (Theo Angelopoulos) ona bir isim vermemiş nedense. Sınıra giden otobüse onu bindirirken bir şarkı tutturdu çocuk: "Minik sürgün kuşum/ Yabancı yerlerde üzülüyorsun/ Yabancı topraklar sana sahip olduğu için şanslı/ Ben senin için yas tutarken/ Sana ne yollayabilirim 'korfoula'?" "Küçük çiçek" anlamına gelen "Korfoula" dikkatini çekti. Yazarların, şairlerin kelimeleri hep dikkatini çeker değil mi Alexander. Çocuk otobüse bindi, az ileride indi. Sonra onu sınıra götürdün. Sana hikâyesini anlattı. Tam sınırdan geçirecekken, "Sana yalan söyledim, benim kimsem yok," dedi. Senin, "Yarın yolculuğa çıkıyorum," demene aldırmadı. Birlikte geri döndünüz.

Sonra, deniz kenarına gittiniz. Ona şiirini tamamlamaya çalıştığın Solomon'un hikâyesini anlattın. Hani, parayla kelime satın alan şairin hikâyesini. Arnavut çocuk bile seni anlamıştı: "Gülümsüyorsun, ama üzgün olduğunu biliyorum. Sana kelime satayım mı?" diye sordu, "Xenitis" diye bir kelime söyledi. Anlamını sordun. "Yabancı" ya da "sürgün" anlamına geliyormuş. Köyündeki kadınlar söylermiş.

Sonra dalıp gittin. O mektubun yazıldığı kızın "isim günü"ne. Karın Anna'nın cümlelerine bayağı üzülmüş olmalısın: "Seni iki kitabının arasında yakalamaya çalışıyorum. Kızının ve benim yanımdasın. Ama kendi hayatını yaşıyorsun. Biliyorum, bir gün bizi bırakacaksın. Rüzgâr gözlerini uzaklara götürüyor, ama bugünü bana hediye et. Son günümüzmüş gibi olsun. Bugün benim olsun."

O gün, onun günü olmadı. Karını yalnız başına bırakıp o kayalığa çıkman gerçekten yürek burkucuydu.

Derken, Arnavut çocuğun arkadaşı Selim öldü. Araba çarpmıştı... Ona bir tören düzenlediler. Arnavut çocuk dokunaklı bir konuşma yaptı, sen de bir kenarda dinledin: "Ne yazık ki bu gece bizimle gelemeyeceksin. Korkuyorum ey Selim. Denizler çok büyük. Nereye gittin Selim, nereye? Biz nasıl bir yere gideceğiz? Ya orada da dağlar, polisler varsa? Biz asla geri çekilmedik. Şimdi karşında denizler var, ama yine de geri çekilme... Keşke bize eskisi gibi limanlardan bahsetseydin, Marsilya'dan, Napoli'den. Şu koca dünyadan. Ey Selim anlat, şu koca dünyayı! Ey Selim konuş, konuş bizimle!" Selim'den ses seda çıkmadı. Cennetteydi çünkü. Buluğ çağından önce ölen çocukların cennetin çocukları olduğuna inanırız biz Alexander.

Annene gittin, bakım yurdundaki annene. Yine daldın gittin hayalhanene. O gün, aniden yağmur bastırmıştı. Anna yalnız başına, yağmurun altında, deniz kenarındaydı. Yazmış ki: "Senin adan denizde, çok uzaklarda duruyor. Gömleklerinden biri balkonda kalmış, rüzgârda uçuşuyor. Odanın gölgelik yerine sığınmış yatarken, gecenin gürültüleri uykumu bozuyor. Gözlerim kapalı sana bakıyorum. Kulaklarım mühürlü seni dinliyorum. Ağzım mühürlü ama sana yalvarıyorum."

Annen bunamış, gümüş takımlarını, çeyizini sayıklıyor: "Daha dün buralardaydı, nerede?" Hepimiz bir şeyler sayıklıyoruz işte, Alexander. "Neden anne, neden hiçbir şey beklediğimiz gibi olmuyor. Neden çaresizce çürümek zorundayız?" diye sordun bilinci yitik annene. "Neden hayatım sürgünde geçti? Neden sadece ana dilimi konuşabildiğim nadir anlarda mutlu olabildim? Neden, kayıp sözcükleri ya da insanların unuttukları sözcükleri bulup çıkardıkları nadir anlarda mutlu olabildim? Neden sadece o anlarda evde yankılanan kendi ayak seslerimi duyabildim? Neden, neden? Söylesene anne, neden sevmeyi bilemedik?" Yapma Alexander, lütfen yapma. İşte bu son cümlen olmadı, gerçekten olmadı.

Sonunda, Arnavut çocuk bir tırın içinde gemiye bindi; ülkesine gitmek için. Sen peşi sıra deniz kenarındaki o eve gittin, aslında o güne. Kulaklarında karının mektubu yankılanıyor: "Sana deniz kenarından yazıyorum. Sana yazıyorum. Seninle konuşuyorum. Sen bugünü hatırladığında, hatırla; ona gözden ibaretmişim gibi baktım. Ona elden ibaretmişim gibi dokundum. Burada durup seni bekledim titreyerek. Bugünü bana hediye et." Bir de, "Neden sevmeyi bilemedik anne!" diyorsun. Eğri oturup doğru konuşalım, "Sevmeyi bilemedim," demen gerekmez miydi Alexander? Sevmeyi bilebilmek için, göz ucuyla dahi olsa karına bakman yeterliydi hâlbuki.

Sonra kendi kendine konuştun, karşında karın varmış gibi: "Anna, yarın hastaneye gitmeyeceğim. Yarın için bir plan yapalım. O yabancı bana hep aynı müzikle cevap verecek. Ve bana kelime satacak biri her zaman olacak. Yarın nedir

Anna? Bir seferinde 'Yarın ne kadar uzun?' diye sormuştum. Sen demiştin ki: 'Sonsuzluk ve bir gün kadar'. Anna, bu gece ben de öbür tarafa geçiyorum. Sana geri getirdiğim sözcükle birlikte geleceğim Anna. Her şey gerçek... Her şey bekliyor."

Güle güle Alexander, güle güle. Bu arada, deniz kenarında yazdığın o son şiir de gerçekten dokunaklıydı. Hani, "küçük çiçeğin"in sana verdiği kelimelerle yazdığın şiir.

KÜÇÜK IVAN'IN BABALIKLA İLGİLİ BÜYÜK LAFI

Öyle bir laf ettin ki Ivan, bu son zamanlarda ana babalıkla ilgili duyduğum en etkileyici sözdü. Ağabeyin Andrey'le (Vladimir Garin) ikinizin hikâyesini anlatmış yönetmen (Andrey Zvyagintsev) ama ben seni daha çok sevdim. Hırçınlığını, samimiyetini, direkt sözlülüğünü, keçi gibi inatçılığını...

Deniz feneri kulesine yakın tahtadan yapılmış kuleden denize atlayamadın. Andrey, atlayamayan hem ödlek hem domuzdur, dedi, sonra da iki çocukla seni yalnız bırakıp gitti. Derken, annen çıkageldi. Annelerin şefkati de olmasaydı ne yapardık Ivan. O yüksek kuleden seni indirdi, senin inemediğini kimseye söylemeyeceği sözünü de vererek.

Sonra virane bir binada ağabeyin başka çocuklarla top oynarken seni aralarına almadılar, sana hem ödlek hem domuz deyip inciterek. Dışlandın. Ağabeyin de onlara katıldı. Her zaman yaptığınız kavgalardan birine tutuştunuz. Nefes nefese virane binadan evinize kadar ağabeyini kovaladın. Koştunuz, terden sırılsıklam oldunuz. Annen kapıda uzaklara bakarak sigara içiyordu. Anne, baksana şuna gömleğimi yırttı, diye Andrey'i şikâyet ettin. Annen, susun, babanız uyuyor, dedi şaşkınca bakışlarını boşluğa bırakarak. Hepiniz yalnızdınız belki, annen ise kendi yalnızlığına ilaveten hepinizin yalnızlığını bir mıknatıs gibi kendinde toplamıştı.

Senelerdir görmediğiniz babanız dönmüştü. Hemen evin bodrumuna inip eski bir fotoğraf buldunuz. Babanız olduğuna iyice kanaat getirdiniz.

Herkes gergindi. Annen, anneannen, sen ve ağabeyin. Yemeğe ilk oturuşunuzdu babanla birlikte, yıllar sonra. Baban buzdolabından daha soğuktu, mesafeliydi. Annenin yüzüne ikircikli bir ruh hali yapışıp kalmıştı. Sevinmek istiyordu, iyi ki geldin demek istiyordu, kocası kendine bir gülümsesin, güzel bir iki çift laf etsin istiyordu. Babansa bir duvardı. Berlin Duvarı bile yıkıldı da babanınkini bilmem.

Soğuk ve gergin bir ortamda kimse kimsenin yüzüne bakamaz ya da göz ucuyla bakar, çaktırmadan. Hepiniz önünüze bakıyordunuz, tabaklarınıza.

Babanın ağzından zar zor bir "merhaba" çıktı. Sen ve Andrey, merhaba, diye karşılık verdiniz. Yemekte baban bir geziye çıkacağınızı söyledi. Balık da tutar mıyız, diye sordun, isterseniz tutarız, diye yanıtladı o da.

Çantalarınızı hazırladınız. Oltaları koymayı unutmadın. Gece ağabeyinle fısır fısır baban (Konstantin Lavronenko) hakkında konuştunuz. Sabah yola koyuldunuz. Fotoğraf makinesini ve günlük tutmak için bir de defter aldınız. Bir gün sen bir gün Andrey yazacaktı günlüğünüzü.

Sabah yola koyuldunuz. Sen arka koltuktaydın. Andrey önde babasının yanında. Az buçuk gittiniz. Baban, Ivan, diye seslendi, Efendim, diye karşılık verdin. "Efendim baba, demelisin, niye baba demiyorsun," diye seni azarlayınca, sen de zar zor, efendim baba, dedin. Baban da işte oldu, dedi mesafeli sesiyle. Bana baba demeye utanıyor musun, diye sordu sonra da. Hayır, dedin. Baban, yalan söyleme, diyerek kalbini kırdı. Kırık olan kalbini bir kere daha kırdı. Yalan söylemiyorum, dedin. Yalan söylemiyordun. Bana baba diyeceksin anlaşıldı mı, diye bir kere daha yineledi. Evet, baba, dedin çaresiz, isteksiz.

Sen baba diye hitap etmek için can atıyordun aslında. Binlerce, on binlerce, milyon kerelerce baba diye seslenebilirdin ona. Dilinden düşürmezdin baba kelimesini. Yeter ki, baban babalık yapsın. Babalık sadece lafızda kalmasın.

Babana karşı elindeki tek güç vardı: Onun yapmanı istediklerini yapmamak. Gücün buydu. Onu gıcık ederek sen de öfkeni çıkarıyordun.

Arada bazı olayları atlıyorum. Gece çadır kurdunuz, Andrey'le birlikte tuttuğunuz balıkları pişirip yediniz. Sabah babanız yola koyulacağınızı, Bekotova'ya gideceğinizi söyledi. Sen itiraz ettin, göl kenarında kalıp balık tutmak istedin. Arabada mızmızlık ettin. Yol boyu konuştun. Derdin balık tutmak değildi. Derdin içinde biriken öfkeydi. Öfken babanın her ikinizle ilişki kurmamasına, kendinden bahis açmamasına, yaptığınız her şeyi eleştirmesine, sürekli azarlayıp durmasına mıydı?

Bir derenin üzerindeki bir köprüde arabadan indirdi seni, burada balık avlan, deyip bırakıp gitti.

Bekledin, saatlerce bekledin. On iki yıl beklediğin gibi bekledin. Sonra bardaktan boşanırcasına yağmur yağdı. Baban geri dönüp seni aldı. Sırılsıklam arabaya bindin.

"Neden geri geldin, neden, neden bizi de yanına aldın. Senin bize ihtiyacın yok!! Sen yokken her şey yolundaydı, annem ve büyükannemle mutluyduk," diye patladın.

Günlerdir bu cümleni düşünüyorum Ivan, "Senin bize ihtiyacın yok," demeni aklımdan çıkaramıyorum.

Çocuklarına ihtiyaç duyabilen anne babalar, iyi anne baba olabilir ancak demek istedin. Yanılıyor muyum? Sana yürekten katılıyorum.

Sonrasında ne mi oldu? Devam edemeyeceğim Ivan. Benim için film (*Dönüş/ The Return*) burada bitti çünkü.

SONSÖZ YERİNE
Dünyanın Birinci ve İkinci Yüzü

Şairi bu kadar bunalıma sokan neydi, diye meraklandığımda, sinemadan çıkalı on dakika olmuştu. Yürüyordum. Buz kesmiş caddede. Filmden çok aklımdaki şiir ele geçirmişti zihnimi. İçindeki kasveti de ruhuma yığarak.

"Elbette anlamı olabilirdi: Geçip gitmekteyiz bu dünyadan/ Sormamışlar gelirken, çekilmeliyiz şimdi yavaştan/ Ama konuşmamıza karşın, birbirimizi anlamadan/ Ve karşımızdakinin ellerine bir an bile ulaşmadan" diyen şairin (Ingeborg Bachmann) dünyanın üçüncü yüzünde dolanıp durduğuna ve dünyayı üçüncü yüzden ibaret sandığına kanaat getirdim. Dolandıkça da kördüğüm ediyordu kendini: "Yıkım bu işte: Çıkamayacağız bu sınavdan/ Denemekle bile kalkılmaz bu şeyin altından/ Ve bir çarmıh dikilmiş, kendimizi tanıyamadan/ Yalnızlığımızda, silinip gidelim diye dünyadan."

Yürüyordum. Caddede. Bir süre sessiz kalmıştım ki, "Gerçekten hiçbir yerde kaydımız yok mu?" sorusu zihnime ilişiverdi.

Bir buz sarkıtının ucunda donarak asılı kalmış bir su damlası nasıl güneşi özlüyorsa; dünyanın üçüncü yüzünde asılı kalmış varlığımız da öyle özlüyordu dünyanın birinci ve ikinci yüzünü.

Derken, Zamanın Bedii'nin; ikinci yüzün, dünyanın ahirete bakan yüzü olduğuna dair yazdıkları belleğimde gezinmeye başladı. Ahiretin tarlası, cennetin mezrası olan yüz. "Rahmetin mezheresi" dediği dünyanın güzel yüzü. "Tahkire değil, muhabbete lâyıktır," dediği yüz.

Üçüncü yüze, ikinci yüzün hikmet güneşi doğmuştu, caddenin soğuğuna inat. Bu yüz olmasaydı şair haklı olurdu isyanında, umutsuzluğunda. Bu yüz olmasaydı, her şey berhava olurdu.

Bizi sonsuzluğa taşıyacak ikinci yüzle dünya zalim bir yer olmaktan çıkabiliyordu ancak. Dün ile yarın arasında salınıp dururken, sonsuzluk açılıyordu ikinci yüzün penceresinden, her varlığın nefes aldığı.

Yolu yarıladığımda, aklım sinemaya kaydı. Bir filmin çekilme ortamını hayal ederken buldum kendimi. Oyuncular, çalışıyor, çabalıyor, yoruluyor, aynı sahne tekrar tekrar çekilip kayda alınıyordu. Her şey en iyi şekilde kayda alınmak içindi. Akılları fikirleri, çekilen sahnelerin bir bütünlük içinde kurgulanıp perdede gösterilmesindeydi. Çekim yapılırken olan bitenin dışında bir hedef vardı. Sonrasıydı bu. O anı aşan, o anın dışına çıkan bir amaç ve hikmet için onca zahmete katlanıyorlardı.

Perdeye yansıtmak için kayda alınmış görüntüler kadar da mı kıymetimiz, ehemmiyetimiz yoktu? "Silinip gidemeyiz bu dünyadan. Mutlak Varlık silmez bizi. Sonsuza kazınmış varlığımız," dediğimde, dünyanın ikinci yüzü "evet" diye fısıldadı. Dünyanın sırrı ikinci yüzünde saklıydı.

Caddeyi kuşatan soğuğu unutmuştum. "Benim yüzüm olmadan bu dünya anlaşılamaz. Hiçbir düğüm çözülemez. Hiçbir acınız dinemez. Hiçbir öfkeniz yatışamaz. Hiçbir çiçek canlanamaz. Hiçbir ağaç yeniden yeşeremez," diye sesleniyor sandım ikinci yüz. Sesi sakin, serinletici, duyarlıydı.

Birinci yüzse en tebessüm edeniydi. En şefkatli olanı. En umut vaat edeni. Zamanın Bedii'nin "Cenâb-ı Hakk'ın esmâsına bakar; onların nukuşunu gösterir, mânâ-i harfiyle, onlara âyinedarlık eder," dediği yüz, varolmak için yeter de artardı. Bir an bile.

"Hadsiz mektubât-ı samedâniyedir," dediği yüze kendi varlığımızı da koyunca, dünyanın üçüncü yüzündeki tüm acılar dindi, zerre kadar bile karanlık kalmadı varlığın dünyasında. Sanki her varlığa güneş serpilmişti.

"Bu yüzü gayet güzeldir; nefrete değil, aşka lâyıktır," dendiğine göre, dünyadan nefret ediyorum dediğimizde, kastettiğimizin üçüncü yüz olduğunu anladım.

Caddenin sonuna gelmiştim. Son cümleleri sıraladım aklımın bir köşesine.

Bize isyan yakışmaz cümlesini en başa koydum. Doğumumuzdan ölümümüze, olan biten her şey, kalbimizde misafir tüm duygular, O'nun isimlerinin tecellisine bir ayna olmak içinse eğer, varsın dünya zor olsun, varsın eğilip bükülelim.

Zaten, dünya tadımlık bir yer değil mi?

Not: Kitaptaki terapi öykülerinin gerçek hayatta birebir karşılığı yoktur. Yazarın muhayyilesinde kurgulanmıştır.

Mustafa Ulusoy

EVLİLİKLER YALNIZLIKLAR UMUTLAR

"Bir ilişki inşa etmen bin aşktan evladır."

İnsan ruhu en çok bir başkasının ruhunda demlenmek ve olgunlaşmak ister. Bu yüzdendir ki hepimiz sevgi ve sadakati ararız bir ömür boyunca.

Hayatın tozlu yolları önümüzde çatallanırken birçok şey gelir başımıza. Yollara bir başkası için, bir yoldaş için düşmüşüzdür. Bu yoldaki her adımımızda anılar bırakırız ardımız sıra.

Derken, birisi çıkar karşınıza. Hoşlanırsınız. "Onu kendime nasıl bağlarım?" diye sorarsınız. Kimse kimsenin kalbine hükmedemez hâlbuki.

Karşılıksız bir aşka tutulduğunuzda, "Nasıl unutabilirim?" diye sorarsınız.

Bekârsanız, "Beklediğim kişi ne zaman karşıma çıkacak?" diye sorarsınız.

Siz bu melankolik bekleyişteyken, "Hâlâ birini bulamadın mı?" diye soran kendini bilmezlerle karşılaşırsınız.

Binbir umutla evlenirsiniz. Tam mutluluğu yakaladım derken aslında her şeyin şimdi başladığını anlarsınız. "Evlilik bu muydu?" diye sorarsınız.

Artık biri cehenneme biri cennete çıkan iki yol vardır önünüzde.

Mustafa Ulusoy, *Evlilikler Yalnızlıklar Umutlar*'da çeyrek asırlık psikiyatristlik deneyimiyle evliliği bir cennete dönüştürmenin ipuçlarını sunuyor ve sorunların içindeki umudu gösteriyor.

kapı

Mustafa Ulusoy

HAYAT APARTMANI

"Küçücük bir iyilik bütün dengeleri değiştirebilir."

26 Kasım perşembe akşamı. Saat, 20.58-21.33 arası.

Hayat Apartmanı'nın önünde esrarengiz bir genç kız beliriyor. Üstünde okul üniforması var. Görünüşü biraz ürkütücü, biraz tekinsiz; sanki başka bir dünyaya ait. Hayat Apartmanı'nın kilidi bozuk kapısından bir hayalet gibi içeri süzülüyor. Issız ve karanlık merdivenlerden ağır ağır çıkmaya başlıyor. Kızın attığı her adımda bir sır açığa çıkıyor, her adımında biri ölüme daha da yaklaşıyor. Dünyanın dört bir yanına saçılmış hayatlar bir noktada birleşiyor.

Hırsız Mülayim Fikirtepe'deki gecekondusunda esrarın dibine vuruyor. Selma buğulu gözlerini televizyona dikmiş, kulağı kapıda bekliyor.

Londra uçağındaki Kardiyolog Murat Bey, Avrupalı meslektaşlarına yapacağı etkileyici konuşmanın hayaline dalıyor. Müküslü Ramazan rüyasında ak sakallı bir dede görüyor. Küçücük bir iyilik bütün dengeleri değiştiriyor. Halepli Muhammed, Kilis'teki evinde eskiden yaşayanların hikâyesini merak ediyor. Ünlü müteahhit Mehmet Göğebakan, yakın gözlüğünü elinde evirip çevirirken artık yaşlandığını idrak ediyor. Dursun spor salonunda yüz yirmi kilo ağırlığı kaldırıyor, salonda bir alkış kopuyor. Numan, New York'ta, Lafayette Caddesi'ne yürüyüp gözdesi olan Madison Square Park'a ulaşıyor. Tarihçi Kâmil seyrettiği *Into The Wild* filmini tam o sahnede durduruyor. Daha birçok hayat tam o anda, Mualla Hanım'ın ömrünün son anında birbirine mühürleniyor.

Mualla Hanım, evinin salonunda yerde yatarken, tiz bir kahkaha ile neye uğradığını şaşırıyor. Kara kaşlı, kara gözlü, buğday tenli, dünya güzeli Cemile buz gibi bir sesle fısıldıyor:

"Ölümün benim elimden olacak."

kapı

Mustafa Ulusoy

GİDERKEN BANA BİR ŞEYLER SÖYLE

"Ayrılırken söylenen sözler, beraberken yaşananların bir özetidir."

Yaşam denen sırrın içinde bir sırdı o
Üstüne söylenen bütün sözler yarım
Adı ise baki kaldı:
O sırrın adı ayrılıktı.

Kaybetme korkusu ve ayrılık kaygısına dair yarım kalmış sözler bu romanın sayfalarında tamamlanıyor.

Mustafa Ulusoy, İnsanın Temel Acıları Üçlemesi adlı roman serisinin ilki *Aynalar Koridorunda* Aşk'tan sonra G*iderken Bana Bir Şeyler* Söyle ile acıların sırrını bir bir çözmeye devam ediyor. Ayrılığın binbir rengini anlatırken, dönüp aşka bir kez daha bakmayı da ihmal etmiyor.

Roman olağanüstü kurgusu, sürükleyici diliyle sıra dışı bir kahramanın, bir meleğin gözünden bize bizi anlatıyor. İnsan olarak varolma ıstırabının şifasına giden yolları önümüze seriyor. Yaşam denen esrarın içindeki sırrı katman katman açıyor, dertlerimizin kaynağını gösterip kalbimizi teskin ediyor.

*Akl*ınıza şu soru gelmiş olabilir: N*eden biz? Öyle ya, insanı anlamak ve bir öykü oluşturarak anlatmak için dünyadaki milyarlarca insan arasından neden sizi seçtim?*

Hayatı, aşkı, ölümü ve ölüm sonrasını merak edenlere...

kapı

Mustafa Ulusoy

NİETZSCHE VE BABAANNE

Nietzsche felsefeciydi. Babaannemse sıradan biriydi.

Nietzsche, üniversitede ders verirdi. Babaannem, hayatında okul yüzü görmemişti.

Ünlüydü Nietzsche, bütün Avrupa ondan hayranlıkla bahsederdi. Babaannemse yalnızca kendi köyünde bilindi.

Bu iki ölümlü, aynı gezegenin misafiri oldularsa da bambaşka dünyaların insanlarıydılar. Yine de bir yerde buluştular: Dönülmez kararlar kavşağında. Tercih etmedikleri bir dünyada, yaşamlarını sonsuza dek etkileyecek bir 'tercih'te bulunmalıydılar çünkü. Kararlarını verdiler. Sonra da seçtikleri yola sapıp bir daha asla karşılaşmamak üzere ayrıldılar.

Nietzsche kolay olanı seçmişti, babaannemse zoru.

Mustafa Ulusoy *Nietzsche ve Babaannem*'de en insani ama aynı zamanda en çetin meseleleri irdeliyor. Hayatın anlamı, ölüm, hiçlik, sonsuzluk arzusu, yabancılaşma, mutsuzluk, anlaşılamama, sevilmeme korkusu gibi bütün çağların ortak meselelerini cesaretle ele alırken, herkesin elbet bir gün yolunun düştüğü o dönülmez kararlar kavşağında buluşuyor okurla.

kapı